好·奇

提供一种眼界

要命的急诊

第七夜 著

北京联合出版公司

目录

1 争分夺秒 / 001
"人都快不行了,不是该就近抢救吗?"

2 急诊科果然够急的! / 021
"金眼科,银外科,铜妇产,累死累活小儿科,死都不去急诊科。"

3 众生平等,来者不拒 / 035
"这个病人在外面流浪了这么久,我这么做也只是想让他尽可能体面一点,少受点罪。"

4 诊病如断案 / 049
"真是够了,我居然没想到这些天里如此常见的热射病!"

5 这是个瞬息万变的地方 / 066
"李医生,快进来,患者心跳又要停了!"

6 急不起来的急诊手术 / 081
"你们先告诉我,你们还有哪些花样没玩转?当我妈是唐僧肉呢!"

7 这世上只有一种病:穷病! / 097
"医生,我们不治了。"

8 医院并非象牙塔 / 118
"有些医生就是'白衣狼',眼里只有钱,病人在他们那儿都是可以论斤论两交易的。"

9 走向人生尽头 / 134
"我求求你们,一定要救活我,我想活着,我不想死!"

10 生命的重量 / 148
"她后来向我保证说再没和男同学交往,我就以为不可能是宫外孕……"

11 见义勇为反成重伤 —————————— / 170
　　"出院之后,谁又去保障他们一家人的生活呢?"

12 医闹面前,谁是"鱼肉"? —————————— / 188
　　"这年头,哪里的生意都没有医院好做啊。"

13 老子不干了! —————————— / 207
　　"在当下的大环境里,当医生很难。"

14 被痛苦凌迟的失独者 —————————— / 225
　　"孩子走的时候,我和他爸都不想活了……"

15 是盟友,不是仇敌 —————————— / 243
　　"害死你老公的是疾病,不是医生!"

16 你见过凌晨五点的急诊科吗 —————————— / 259
　　"天还没亮,又下着雨,等能看清人的时候,狂按喇叭也来不及了!"

17 被踢来踢去的"医疗人球" —————————— / 274
　　"这里是我们最后的希望了,你们一定要救救他!"

18 人生难免会抓到烂牌 —————————— / 288
　　"但是人口基数那么大,得这个病的始终是少数,为什么会是我?"

19 救人是本能 —————————— / 306
　　"他可以为了其他人命都豁出去,我为什么就不可以为他冒点风险呢?"

20 无国界 —————————— / 321
　　"我只想当一个纯粹的医生。"

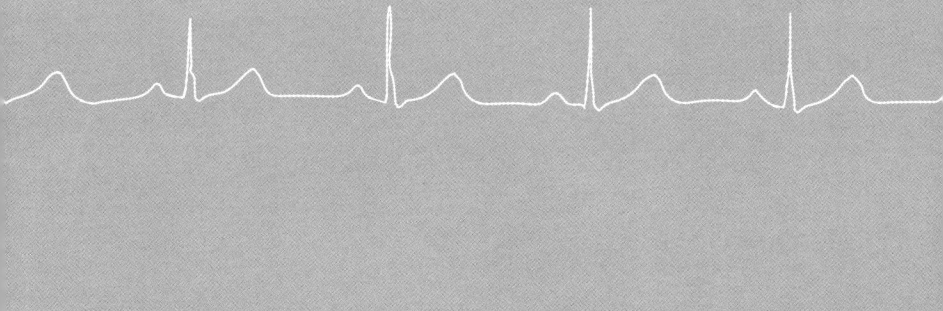

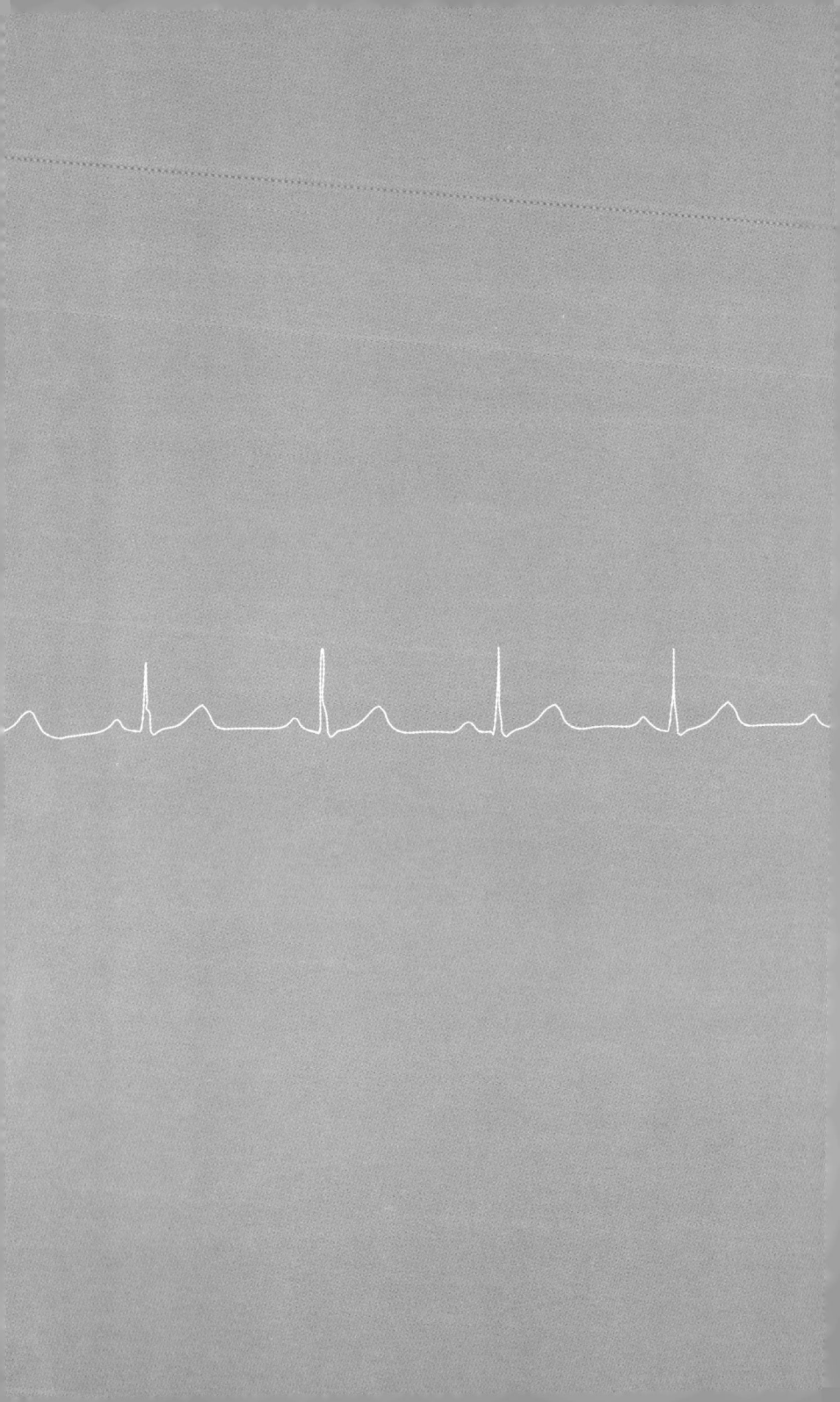

- 1 -
争分夺秒

五一小长假之后，此刻正值午高峰。尽管刘慧宇乘坐的救护车一路不停长啸，却在很长一段时间里被裹挟在车水马龙里，纹丝不动。

刘慧宇心急如焚，救护车车厢的转运平车上，那个面色苍白的年轻男子气息越发微弱，插在左侧胸口上的水果刀更是触目惊心。她把头伸出车窗，向前张望，这条车龙压根就看不到头，前后左右都被堵死了。城市上空密云涌动，像一口铅灰色的锅盖倒扣下来，更添烦躁和压抑。

虽是初夏，天成市的天气却反常地闷热。天一热，人心也跟着浮躁起来，很容易因为一些微不足道的小事发生口角，甚至上升到肢体冲突。车上的这个小伙儿就是因为在公司食堂吃自助餐时和同事起了矛盾，对方一怒之下居然顺手抄起先前向厨房借来削皮的水果刀，刺进了他的胸膛。

刘慧宇不是没遇到过在暴雨天里出120急救，虽然每次难免在雨中被搞得狼狈不堪，但此刻的她还是希望这场将下未下的雨能来得早一些。雨后自然会降温，人也就没有那么躁动不安，这样的伤害事件也许会少一些。

从内分泌科被抽调到120院前急救的这两个多月以来，刘慧宇也接诊过许多例刀刺伤患者，让她这个过去从来见不得血腥的内科医生也能在急救车上处理一些鲜血直流的外伤患者。受多方面因素限制，她的院前急救能力始终有限，外科处置经验更是少得可怜，但对这些有开放性损伤的患者来说，包扎止血、建立静脉通道总是没错的。

可眼前这位患者难倒了她。伤者身上并没有多少血迹，但那把刀肯定已经刺入他的胸腔，并且造成了心包甚至心脏的损伤，所以伤者才会在短时间内出现心包填塞和循环衰竭的症状。

虽然是搞内科出身，但既往的理论知识告诉她，眼下这位患者只能尽快送到一家可以迅速实施开胸探查手术的医院才能救他的命。目前最优的选择是五公里外的新华医院，那里的创伤中心在全国都能排得上号。可按照目前严重的堵车程度，这个年轻人能不能挺到那里都是个问题。

伤者的同事和领导也在车上，他们也感觉到了这个年轻人的生命力在慢慢消退，不停地催促道："你们再想想办法，也不是非要去那家医院，人都快不行了，不是该就近抢救吗？"

伤者领导更是态度强硬："下个红绿灯那里不是也有家医院吗？就先去那里吧！"

刘慧宇解释说，那家医院只是一家普通二乙医院，一般不会设置单独的胸外科，这样的伤情不一定能得到有效救治。

伤者领导再次发话了："就地抢救、就近抢救不是基本原则吗？这种节骨眼儿上，你们非要把他拉到更远的医院吗？要是在路上出了事，你来负责吗？"

这位领导年纪不大，但颇具威严，语气很有震慑力。刘慧宇一时语塞，也没了先前的坚定。是啊，万一真的挺不到新华医院呢？

特别是当伤者领导强调，如果现在送到就近医院手术，万一人没救回来，急救医生也尽力了，怪不着他们。如果在这样严重堵车的情况下强行将濒危伤者送到更远的新华，万一途中伤者不治，院前急救人员可能就真的难辞其咎了。

于是，在绿灯亮起，救护车可以缓缓启动后，她改变了初衷，示意司机将车开往最近的那家二乙医院。

然而当患者被送到这家医院后，刘慧宇便后悔了。这里的急诊科更像一个缺乏管理的简易预检分诊台，根本不具备针对这类危重患者的救治能力。可人已经送来了，院方也只能硬着头皮联系大外科的医生前来会诊。

这家医院的外科分家并不精细：胃肠、肝胆、胸外都在一起；而眼前这位医生显然也没有受到过太多胸外方面的训练，面对这种胸部刺伤患者竟有些发蒙，急着向主任汇报，而伤者的血压此刻已经下降到快测不出来了。

在好不容易协调好手术室后，伤者终于走上了"绿色通道"——进入手术室开胸探查。

憋屈了大半天的雨，也终于倾盆而下。

由于接到了新的出诊任务，刘慧宇自然不能在这里逗留太久。

可她预感到，这个决策很可能害了这名年轻伤者。

而她新出诊的对象是一名高度怀疑主动脉夹层的患者：一名中年男子，半小时前突发剧烈胸背部疼痛，既往有明确的高血压病史，血压控制情况欠佳。

患者居住在一个老小区，没有电梯。出于节约薪酬考虑，医院没有为急救人员配备专门的担架工，仅有的一医一护一司机，承担起了将这位近八十公斤的患者从六楼抬到一楼的职责。三名急救人员协同患者家属，一齐使出吃奶的劲才将患者抬到楼下，可眼前的瓢泼大雨不禁让他们发怵。

小区非常陈旧，大多是些"握手楼"，救护车根本没法停到单元楼下。眼下将患者抬上救护车还有一段距离，家属出门前匆匆拿了把伞，但也只能遮在患者头上。刘慧宇和同事们出门前没带雨具，这一段路也没有丝毫遮挡，只片刻工夫，他们便让雨水从外到里浇了个透心凉。

救护车在暴雨中一路鸣响，刘慧宇和随行护士顾不得浑身滴水的狼狈，忙着给患者实施安装心电监护、建立静脉通道、吸氧等基本急救措施。

在患者被抬上救护车之前，刘慧宇就已经给他拉了心电图。对于这种剧烈胸痛，她首要考虑的是心肌梗死，可目前心电图不支持，再结合患者描述的后背像被撕扯开一样痛，刘慧宇便想到了主动脉夹层的诊断。同心梗一样，这也是致死率极高的一类疾病。患者左右两侧肢体血压不对称，差别已超过20mmHg，这一体格检查更让她确定患者的剧烈胸痛来源于主动脉夹层。于是，她决定将患者送到自己就职的天成市中心医院，一来距离不远，二来医院实力也相当。

在狭小的救护车厢里,一再袭来的剧痛让患者发出惨绝人寰的号叫,因为痛得难以忍受,他紧紧抓着刘慧宇的手。刘慧宇之前一直在内分泌科,收治的患者病情大多比较平缓,她只在教科书上看到过关于主动脉夹层患者"剧烈撕裂样"疼痛的描述,从未料想这种病竟然真的可以让人痛苦成这般模样。

鉴于吗啡、杜冷丁这类强效镇痛药物管控过于严格,救护车上根本不会配备。虽然已经注射了曲马多,但患者还是一路哀号不止,仿佛那针曲马多压根没起作用。

剧烈的痛楚使患者异常烦躁,他忍不住将这种恶劣情绪尽数发泄在医务人员身上:"我是不是要死了?你们连止疼都解决不了吗?!"患者妻子一开始只是哭,眼见丈夫受尽折磨却始终没有缓解,也开始对医生和护士发难。

剧痛和烦躁导致患者的心跳飙到了每分钟120次左右。这也是一个危险信号:过快的心跳会使血液对已经破损的血管内膜造成更大的剪切力,从而加大主动脉夹层的面积,使得患者的处境更加凶险。

随着出诊次数的增多,刘慧宇越发觉得院前急救存在种种缺陷,急救箱里的药物也极其有限。就说眼前这位患者,药箱里除了隶属管制药品的强效镇痛药,就连减慢患者心率的β受体阻滞剂也没有。而院前急救,面对的恰恰是各类风险难测的患者,刘慧宇再次感到巧妇难为无米之炊的无奈。其实这也不是他们一家医院的问题。

终于到了。天成市中心医院急诊科的院内接诊医生名叫郑良玉。自从跑120的这两个多月以来,刘慧宇经常和郑良玉打交道,患者送到他手上也就放心了。这位前辈虽然其貌不扬,但是个能人。

将夹层患者送到医院后,刘慧宇仍然没有时间逗留,调度中心再次向他们派出了出诊任务，这次的路途有些远。在救护车上，她给收治胸部刀刺伤患者的新华医院打了电话，询问患者目前的情况，可对方告诉她，那个年轻人没有救活。

她的心一沉，一种强烈的内疚感浮上心头，如果当时再坚持一下，或许这个年轻人还有救。她茫然地朝车窗外看去，这场暴雨来得快、去得也快，天空已经呈现出些许奇异的景观。东边的天色已经放晴，刺透云层的日光有些炫目，让人无法直视；西边虽已无雨，但仍被浅灰色的密云层层笼罩，让人不免觉得前路暗淡。

此刻，救护车仿佛落在了这个阴阳分明的结界里，一路沉入犹如迷雾般的深渊。想到这些，刘慧宇顿觉此次出诊的路变得越发遥远。可她不知道的是，接下来发生的一切注定将改变她的整个职业生涯。

四年前，从学校毕业的刘慧宇被分到了天成市中心医院的内分泌科。去年，她刚刚通过主治医师考试，但医院一直没有正式下主治医师的聘文，而是把她派去了120院前急救轮岗三个月，并以此作为聘用主治医师的必要条件。虽然心里不大愿意，但刘慧宇还是按时去了急诊科报到。

这些年，许多医院的急诊科和120院前急救都面临着医务人员严重缺乏的问题。因为这两项工作压力太大，医疗过程中面对的不确定因素太多，危险系数太高，再加上越来越不明朗的职业前景，尽管院方已经把准入门槛一降再降——只要本科毕业且有执业医师资格证，入职后立刻分配编制——依然很难招到合适的人员，更别提让他们安心留下了。因此，为了维持医疗工作的正常运转，许多医院不得不从住院部抽调专科医生轮岗急诊科和120院前，以此缓解矛盾和压力，并把这些作为医生晋升职称的必要条件之一。

但这种做法并不是没有隐患。毕竟是专科医师，即使平日里在自己的学科上再有建树，也没人能预知即将出诊的事故现场会发生哪些未知的变数。许多疾病和突发事件来得过于凶险，根本不是专科医生在先前的工作中会遇到的，他们不可能在对自己而言不甚熟悉甚至完全陌生的领域里做到面面俱到。然而，所有人都必须硬着头皮上。

刘慧宇是一位标准的内科医生。在本科阶段实习时，她就因为受不了带血场面而几乎没在外科系统待过。研究生阶段虽然也有下临床各科室轮转的情况，但只要遇到外科系统，她都会以各种理由推托。实在推托不了的，她便向带教老师坦承自己横竖不搞外科，所以也就不跟着上手术台了。这些带教老师倒也"通情达理"：女生嘛，只要安排换换药、写写病历，对付一下就行了。

工作后，在内分泌科的这几年，她接触最多的病种就是糖尿病，患者大多也是病情较为平稳的老病患。所以在这期间，她参与抢救患者的次数一只手都能数得过来。而且说是抢救，其实也就是应对诸如糖尿病酮症酸中毒和高渗性昏迷这些病种，无非就是降血糖加补液罢了；唯一一次在值夜班时遇到过一个因高钾血症导致心脏骤停的病人，也在心内科医生的协助抢救下很快让患者恢复了自主心率。除此之外，刘慧宇这几年的职业生涯中再没有遇到过什么"惊心动魄"的事件。

对她来说，这才叫求仁得仁。她当初选择内分泌专业，就是冲着内分泌科相对其他临床科室来说风险系数低、工作清闲、夜班轻松、压力小、医患纠纷少。而这些年常见的有关医患纠纷和医生过劳猝死的新闻报道,有哪一起会发生在内分泌科?她不需要自己的职业生涯里有太多的波澜壮阔,平顺和稳定毕竟是大多数人的职业追求。

在出诊120的这两个月里,她几乎每天都是掰着手指头过的,祈祷这期间千万不要出太大的差池,还有不到二十天,她便可以回到住院部了。

"您好,120调度指挥中心。"

"快点救救我的孙子!他被货车撞了,浑身是血,你们一定要快点来啊!快点!求求你们了……"

电话那头是一个老年男性有些战栗的声音,带着哭腔,虽然看不见人,但接线员还是能感受到老人此刻巨大的惊恐和焦灼。电话那头的现场非常嘈杂,在喧闹的背景音中,接线员间或听见女人哭天抢地的嘶喊,几个男人的相互推搡和咒骂,隐约还伴有重物砸向肉体发出的钝响和一个男人吃不住痛发出的哀号,很快,这些声音又统统湮灭在驶近车辆不断尖叫的喇叭声里。

"老人家,您能大点声吗?电话那边太吵了,"接线员不由得提高了音量,"您能再说一下地址吗?"

再三追问之后,接线员终于勉强听清了事故位置:天成市二道河区街道路口。那里属于城乡接合部,距离市中心较远,而且现在是下班时间,正是城市里一天中道路最为拥挤的时间点。接线员用电话通知了距离事发地点最近的天成市二道河区人民医院急诊调度台,但得到的回复是四辆业务用车以及相关医务人员均正外出接诊。

恰好这时,接线员又接到反馈:天成市中心医院其中一辆救护车的出诊位置正是二道河区，他们在到达原目的地后，拨打120的患者家属表示患者已无大碍，并拒绝前往医院救治。眼下只有天成市中心医院的120急救人员距离这起车祸地点最近，接线员只得把电话打给了刘慧宇。

在接到调度中心的出诊电话时，刘慧宇和饥肠辘辘的院前急救人员正在一家面馆里准备坐下。他们刚才没能将那名晕厥患者接回医院，眼见到了饭点，几个人决定就近解决晚饭。面才刚端上饭桌，刘慧宇的电话响了，她心里一沉。随即，身边的护士、司机的电话依次响了起来，大家都接到了出诊电话。

和平常太多次值班一样，今天的晚饭又只得搁浅。几个人迅速背好急救箱，匆匆上了急救车，直奔事故地点。

这次的出诊目标是一起车祸，伤者是个小孩，肇事车竟然是辆违规行驶的重型卡车。虽然还没有到达现场，刘慧宇已经可以想象出现场的血腥和混乱。

道路依然异常拥堵，即使救护车的警报器一直发出凄厉的尖叫，此刻也只能夹杂在车水马龙中缓慢前行。

120指挥中心再次接到伤者爷爷的电话。电话那头，老人原先焦灼的口气中又增添了无法抑制的愤怒："你们是干什么吃的？现在都还没有到？你们再慢点的话，我孙子要是被你们耽误了，我会向媒体曝光你们渎职！"

接线员连忙在电话里宽慰道："老人家，我们的急救车已经在路上了，孩子身上还有出血吗？如果有，请你们先想办法用毛巾或者衣物压紧伤口，减少出血。还有，请您一定保持电话通畅，方便我们在第一时间找到伤者。"

虽然沿途异常拥堵，好在家属说清了车祸的准确地点，刘慧宇一行人很快找到了事故现场。

这是一条机非混合道，一辆满载货物的重型卡车正停在路边，柏油路上赫然拖着一道长长的急刹车痕迹。车轮下压着一辆自行车，车身已经被碾得完全变了形，两只小鞋歪在车身两侧。车轮下一大摊血水和喷溅在柏油路上的血迹已经变成了暗褐色，没有了原先触目惊心的鲜红。细看下，车轮附近甚至散落着被碾得粉碎的肌肉和脂肪组织。

然而，血腥的现场并没有阻挡住周围人的好奇心，一群人已经将事故现场围得水泄不通。

一个浑身是血的中年妇女看到医务人员后，本来涣散的眼神瞬间有了光彩。她跟跟跄跄地抱着孩子冲向急救车，沙哑着嗓子喊道："医生！快救救我的孩子！他下个月才满八岁啊！"

与此同时，刘慧宇和护士抬着担架一齐向患者方向奔去。在距离医务人员还有两三米时，中年妇女突然打了个趔趄，再也吃不住力，受伤的孩子从母亲怀里跌落在地上。

此刻，刘慧宇终于看到了受伤孩子的全貌：全身血污，整个躯体残破不堪，就像一个被拆解得七零八落的布偶；左下肢自大腿处被车轮碾轧成糊状，腹部被豁开一个大口子，而刚才那一摔，腹腔内的部分肠子也跟着滑落出来。

看到眼前的这一幕，孩子的母亲仿佛一只失去了幼崽的母兽，发出痛楚凄厉的哀号，随即晕厥倒地。

刘慧宇瞬间感觉双脚有些不听使唤，两只脚像灌了铅，无法迈出一步，拿着急救箱的手在不停地发抖。

"刘医生——"一同出诊的护士张英看着愣在一边的刘慧宇，小声提醒道。见刘慧宇还是迈不动步，只好自己先冲上前。眼前的场景虽然血腥混乱,好在她已经在急诊科工作了几年,比这更为惨烈的车祸、凶杀和垮塌现场,她都经历过。

见张英已经冲上前去,刘慧宇只得强迫自己镇定下来,跟着张英一块儿上前查看情况,她感觉自己脚下虚浮跟跄,险些栽倒。她跪倒在孩子身边,反复拍打着孩子的肩膀,可孩子没有一点反应。孩子左眼损伤严重,已无法探查左眼瞳孔情况,右眼的瞳孔好像也有些放大。刘慧宇将手指探向了孩子的颈动脉,她的手抖得很厉害,好像没有扪到孩子的颈动脉在搏动。

"孩子伤得太重……"刘慧宇喃喃着,她要将这个坏消息告知孩子的家属。她在想用什么样的措辞,才不至于让情绪已经处在失控边缘的家属彻底崩溃。

还不等她说完,孩子的几个家属已经将她团团围住。"你还愣着干什么?还不快点救人!"一个中年男子对刘慧宇咆哮着。

刘慧宇一惊,眼前的男人额部青筋暴突,眼中的怒火似乎随时都可以把她烧成灰。

"……这位大哥,孩子……孩子伤得太重,那么大的卡车轧过去……呼吸……呼吸、脉搏都没有了……"刘慧宇脑中一片混沌,连说话也变得结巴起来。

男人力气很大,他一个推搡,刘慧宇打了个趔趄,后退出大半米远,险些摔倒在地。可孩子的父亲并没有解气,他快步跟上来,揪住刘慧宇的衣服,强行把她拉到孩子身边。"你们快把娃儿拉到医院去!快救救我娃儿,我都快四十岁了,才生了这么一个儿子!"男人的声音开始带着哭腔。

"先把我娃儿放到救护车上吧,先带他去医院啊。"他一边说,一边蹲下身,试图将孩子抱上救护车。可他刚一站起来,孩子从腹腔内滑脱的大肠又脱出来一大截，而遭到碾轧的左下肢仍粘连在路面上，只带起空空的裤管。他不敢再轻举妄动了，索性跪倒在地上大哭起来，断断续续地发出几乎听不出腔调的字音："你们救救他啊……"

"医生！你快看，孩子的手指好像动了一下！"孩子的爷爷惊呼道。

惊魂未定的刘慧宇看了看浑身是血、一动不动躺在地上的孩子。"家属，请节哀，孩子确实伤得太重了……"

"先把孩子抬上救护车吧！"孩子的爷爷试图强行拽开救护车车门。

刘慧宇站在原地，不知所措。

她突然想起之前有次出诊院前急救，一名五十多岁的家庭主妇因一点邻里纠纷闹到派出所，最后意外猝死在派出所里。那一次，当她到达现场时，主妇已经完全没有生命体征。因事发突然，几名家属情绪过激，一口咬定人是在派出所出的事，派出所应当给个说法，并一齐堵在了派出所门口。派出所领导甚至市里领导都建议先将死者拉到医院"救治"，可当时患者身体冰凉，哪里还能起死回生？刘慧宇清楚各位领导施压的目的：拉回医院进行抢救是为了给家属一个心理缓冲的过程，派出所也可以顺势转移眼前激化的矛盾。但硬要把已宣布死亡的患者强行拉回医院"救治"，同样也会给医院自身带来更多的隐患，甚至可能会让医院成为这起意外事件的"背锅侠"。

于是，她建议先将死者拉至殡仪馆，但周围领导态度强硬地要求先将死者转入医院救治。她意识到当时正值某个重要会议召开：特殊时期，稳定才是关键。她一个小小的医生，又怎能违拗众多市局领导的意见呢？最后，她只好将死者拉到医院进行"抢救"。

后果可想而知，被带回医院的死者在众多家属的强势要求下，又接受了长达两个小时毫无意义的心肺复苏。在这两个小时里，死者的亲朋好友、派出所的各位领导、各路记者以及围观人群将本来就异常忙碌的急诊科室围了个里三层外三层；而负责"抢救"的医生更是焦头烂额，急诊科主任及医院各层领导也多次出面反复沟通、让步。最后，在医院等了个通宵的死者家属，终于在派出所的反复调解下，勉强同意暂时将尸体放至医院太平间。

正是因为这次事件，天成市中心医院领导层再次强调：无论出于何种原因，全面禁止将已宣布临床死亡的患者拉到医院救治。

"你他妈的傻愣着干嘛，快点把我儿子送到医院抢救啊！"孩子的父亲一把揪住刘慧宇的衣服，像一头被激怒的猛兽，看向刘慧宇的眼睛里似有怒火在熊熊燃烧。对于车祸后等待医院救援的这段时间，可以说是家属一生中最难挨、最漫长的时刻，当他们终于望眼欲穿地等到姗姗来迟的救护车，眼前的医生却迟迟不采取急救措施。被揪住的刘慧宇重心不稳，摔倒在受伤的孩子旁边。左手着地的她感觉掌心处粘上一种特殊的黏腻湿滑的东西。蓦地，一种诡异的恐怖感从心底升腾而起，让她的脚底和手心都渗出了一层冷汗——手中那抹滑腻湿热正是孩子从腹腔中滑落出来的大肠。

这一刻，刘慧宇彻底崩溃了。她生平从未见过如此恐怖血腥的场景，更不知道该如何应对情绪失控并已经出现暴力倾向的家属。她歇斯底里地失声尖叫起来，甩开手中的大肠，跌跌撞撞地跑向救护车。救护车车门先前已经被孩子的爷爷打开，她冲上救护车后迅速关上车门,躲在车里瑟瑟发抖。护士张英这下彻底傻眼了,站在车外,茫然不知所措。

家属被刘慧宇的举动彻底激怒了。孩子的父亲举起停在路边的一辆共享单车,用力砸向救护车,嘴里疯狂地咆哮着:"你们今天要是不把我儿子带到医院抢救,谁也别想离开这儿!"

围观群众也纷纷冲过去拦住救护车,生怕救护车撇下伤童扬长而去。孩子的爷爷见医生已经上了救护车,怕他们把孩子抛下,气急败坏地将救护车的一个前轮胎放了气。救护车司机面对这突如其来的变故也慌了手脚。

一同出诊的护士张英,已经有好几年急诊和120院前经验,相较于刘慧宇,算是见过较多"大场面"了。在以往的救援中,她都是配合医生的口头医嘱的,可面对眼前的场景,她知道自己才是主心骨。

她再次蹲下身,重新探查孩子的颈动脉搏动情况,的确还是和先前一样,没有触及到大动脉搏动。不过她顾不了那么多了,任何时候遇到没有呼吸和脉搏的情况,除非确定人已经死透,否则首先要做的不就是心肺复苏吗?先前的突发状况让张英一下子没反应过来,眼下她已无暇多想,必须先做胸外按压,起码得先救活才行。

看到有人在为自己的孩子进行心肺复苏,陷入疯狂的父亲立刻停止了粗暴的举动。张英叫来了救护车司机,司机也经过了专业的心肺复苏培训,她让对方接手胸外按压。她抬起小孩的下颌,开放了气道后,把简易呼吸气囊面罩扣在孩子的口鼻处,一下一下地捏着球囊辅助通气。围观者里有个大学生模样的年轻人,看起来还算镇静,她示意对方过来帮忙,按照她刚才那样的节律和力度捏球囊,帮助伤者通气。

在腾出手后，张英准备给孩子建立静脉通道，孩子失血过多，要想办法进行补液。可是，血管已经塌陷，胳膊上也找不到静脉，她大声地问还在救护车里的刘慧宇，是否直接进行骨髓腔输液。

六神无主的刘慧宇慌忙地点头。

张英立马拿出小电钻，在连接了骨髓腔穿刺针后，迅速将针头扎进孩子右小腿上段的骨髓腔里，穿刺成功后，她连接了平衡液，用最快的速度将液体输进孩子体内。

作为老急诊人的张英，几分钟工夫便完成了一系列急救操作。她又重新检查了下孩子的颈动脉，这一次，她可以清晰地扪及孩子在搏动的颈动脉了。她激动地告诉家属，孩子恢复了自主心跳。家属的眼睛里渐渐闪出一丝希望的亮光。

张英迅速在急救箱中翻出生理盐水，随即开始冲洗孩子外露的大肠并将肠道还纳回腹腔，最后用无菌棉垫覆盖住腹部伤口。

"救护车的车胎已经被你们放了气，开不了了，再拨打120的话肯定又要耽搁一些时间。这样吧，你们谁还有车？帮忙送我们一起去医院！"孩子的父亲在这名积极救治的护士的话语里听到了无限生机，他连忙拼命点头。一个路过的汽车司机当即表示愿意将孩子送到医院。

从先前血腥混乱的场景中逐渐平复下来的刘慧宇，本想跟着张英一块儿上车，可家属已经对她彻底失去了信任。孩子的爷爷一见她也要上车，便大声咒骂起来。

刘慧宇也意识到自己闯了大祸，救护车司机已经向调度中心汇报了情况，她和司机在原地待命。她不知道小男孩接下去的命运是什么，更不知道自己之后要面对什么。

在狭小的私家车后座上，张英一下下地捏着球囊，帮助孩子通气。她让家属举着输液瓶,自己则不时地调整输液管道。孩子的左下肢伤得太重,属于毁损伤,股动脉也和肌肉、骨骼一样,被彻底压毁,不过这样反倒使血管断端被封闭,没有发生活动性出血。要不然像这样的大血管断裂,血会出得如喷泉一般,孩子根本挺不过来。

她想起刚工作时接诊的一个年轻女孩,因为有些胖,上厕所时不慎坐烂了马桶座,锋利的马桶断口割断了她的股动脉,血喷溅得到处都是。女孩还没有挺到救护车到达,就已经没了生命体征。想到这里,张英感慨这孩子目前的伤情,也算是不幸中的万幸吧。

上车前,张英给调度中心打电话说明了伤者情况、车牌号码和行驶路线,调度中心立刻安排了一辆最近的救护车与他们对接。道路堵得厉害,张英着急地向交警说明了情况。交警部门立刻派车给他们开道,一群人一起护送着命悬一线的孩子。

因为提前给急诊科打过电话说有危重病人马上送达,所以当救护车到达急诊科门口时,早已有医生和护士如临大敌般等在那里。孩子被送进了抢救室,经过气管插管、液体复苏后,各项生命体征开始趋近平稳。最后,在病情相对许可和医生、护士的陪同下,周身插满管子和仪器的小男孩被推向了CT室,准备进行头胸腹部的CT检查。

在全程急救绿色通道的照顾下,检查结果也很快出来了:特重型颅脑损伤,硬膜外血肿,对大脑组织有压迫,且大脑中线结构有偏移,必须立刻进行开颅手术,取出已经压迫脑组织的血肿。孩子的胸部没有太大问题,腹腔被划开,肠道外流,肝脏、脾脏、肾脏、胰腺等实质脏器未见明显损伤;但左大腿损毁过于严重,只能做残端修整术。

孩子立即被送往手术室,在神经外科、胃肠外科和骨科诸多骨干医生的共同参与下进行了手术。手术期间,孩子发生过两次心跳骤停。在多科室的协同抢救下,手术终于顺利完成,孩子最后被送往了重症监护室。

就在医院积极实施抢救的同时,各路媒体像闻到血腥味的秃鹫一般,纷纷杀向医院。谁不想在第一时间抓住这个爆炸性新闻线索呢?

一时间,院长办公室、医患和谐办公室、急诊科主任办公室陆续被各路媒体人堵得水泄不通。没过多久,只要打开天成市的各大报纸,人们便会看到诸如《天成市中心医院拒绝救治危重儿童为哪般》这样的长篇特稿;电视新闻频道也会争相播报类似新闻;而手机里的微信朋友圈则会被"震惊!医生因家属无钱缴120费用,拒载危重儿童到院抢救"这类夺人眼球的文章标题刷屏。

天成市中心医院院长钟毅的电话此刻快要被打爆了,他不得不给手机设置了陌生来电免打扰模式。在配合完善了卫计委督导的整改工作之后,他亲自送走了一拨记者,最后决定下周召开全院职工大会。

一周后,会议针对刘慧宇事件进行了深刻讨论,并当场宣布了对事件当事人的处理结果:

> 当事人刘慧宇因业务水平欠缺、临床经验不足,导致对患儿伤情判断错误;面对危重患者未能采取恰当措施,导致事态复杂化,并因缺乏作为医务人员最基本的责任心

和同理心，致使患儿未得到及时处理，从而让医院陷入极大的舆论风波。刘慧宇须对本起医疗事故负主要责任，故暂停刘慧宇执业资格，待岗一年，扣发本季度绩效；对当事护士张英及救护车司机予以诫勉谈话。

会议最后，医院对此次事件进行了反思与警醒。钟院长再三强调了各临床科室须狠抓医德医风教育，重申每月开展三基三严培训，努力提高医务人员的基本业务水平和职业道德素养。

会议结束后，与会人员陆续离开。偌大的会议厅里只剩下刘慧宇还坐在原位上。主席台的灯光已经熄灭，只有走廊过道的应急灯发出幽幽的绿光。她实在想不通，一年前自己还作为优秀医生在年度总结大会上接受表彰，站在领奖台上被院长树立为所有员工学习的优秀典型；一年后，同样的自己，却在数千同事面前被当作反面教材，理由竟然是"业务水平欠缺，缺乏责任心和同理心"。

在她心里，就连过道上的应急灯似乎也顷刻间熄灭了。

三天后，天成市中心医院急诊科主任杨振再次被钟院长约谈。在对方责备他对科室人员管理不善且培训不到位时，杨振颇为不满："说来说去，不就是没有足够的院前120医生嘛。"

钟院长喝了口茶，用食指敲着办公桌："去年才给你们科分了一批小年轻，一个比一个有干劲，专门负责120院前工作。结果不到一年，大部分都辞职不干了，你做主任的在管理上就没点问题吗？"

杨振叹了口气："我们120院前那几个固定医生和护士，每周六天工作日，有四天一直待在医院，随时待命。除非接到出诊任务，否则96小时内不得离开医院半步。而这四天里，运气不好的话可能天天都要熬夜值夜班，白天还必须强打精神完成高强度的工作。他们的工作强度可以说是全院最大的，基本上所有时间都奉献给了医院。更重要的是，我们120院前医务人员整日面对的是什么环境？"

说到这里，杨振提高了音量："先不说上班累不累的问题，就连他们的人身安全也经常得不到保障。他们的出诊现场很可能是发生惨烈车祸的高速公路，或者是恶性刑事案件的案发地，甚至可能到达现场时连凶手都还在那里。而接诊患者呢？很可能是一群打架斗殴的酒鬼流氓，社会上什么三教九流的人他们都会遇到；而这些医生大多是刚走出校门的小年轻，没有太多社会经验，前两年不就有一个出诊120的医生无故被人泄愤杀害吗？"

看着钟院长的神色稍微缓和了些，杨振的情绪也平复了下来："工作辛苦，安全还得不到保障。就说待遇吧，我看了下他们每个月的工资条绩效单，那点钱真的比医院做清洁和护工的高不了多少。敢情别人这样累死累活、没点保障，给提高下待遇就那么难吗？

"能来当医生的，多数人也是有点情怀、有点理想的。急诊科本来就没什么学术成果，还老是受到其他科室的排挤，技术上进步的空间也小，简直一无是处，鬼才愿意来。"说到最后，他的情绪又有些激动。

看到钟院长欲言又止的表情，杨振决定乘胜追击："先不扯远了，就说说前些天刘慧宇的事情。"说到这里他叹了口气，"事情闹大了，上面来检查，责令督改，你们就在大会上以刘慧宇业务水平差、没有责任心为由，把她一竿子打死。当然医院为了这个事情也自罚三杯,好歹算是给外界有了交代。可积压这么久的制度弊病,就让她一个小医生背锅了?你要真说她水平差,人家在住院部的时候,病人满意率多高啊,还发表过多篇高分SCI。好好一个科研临床一把抓的好苗子,就因为120院前医生不够被临时抽调过来。一个长期只看糖尿病、甲亢、甲减的医生,没受过太多120院前岗前培训就直接出诊,最后捅了娄子;而那些招来的受过专业训练的院前120急救人员又都辞职不干了,我们只能赶鸭子上架,从眼科、口腔科甚至康复科抽调专科医生过来应付120院前急诊。之前的隐患多了去了,我们能兜底善后的都睁只眼闭只眼地过去了。可常在河边走,哪能不湿鞋?刘慧宇事件不是第一次,也绝不会是最后一次!"

钟院长在杨振义愤填膺的言辞中彻底败下阵来。杨振说的这些问题,他一直都知道。哪家医院的院前急救都不太好留人,很多医院都是不得不从专科医生里抽人支援。他也知道这种拆东墙补西墙的做法无异于饮鸩止渴,时间长了,终究会出问题。

这次的谈话不欢而散。

- 2 -
急诊科果然够急的!

这一次的谈话倒也奏效,一个多月后,天成市中心医院院办经多次开会讨论决定,最终批准对院前 120 和院内急诊科待遇做出调整。特别是院前,即使基本不产生效益,医院仍对其做出了政策倾斜,大幅度提升了医生待遇。正因为如此,之前曾向杨振委婉提出离职的几个年轻医护人员,后来再也没递交过辞职信。

然而,院内急诊的压力依然巨大。天成市中心医院虽然是一家三甲医院,但整体实力无法比肩医大附属医院和军区医院,只是刚好地处市中心,且交通极为便利,因此每年接诊的患者数量极大。而急诊科作为医院的窗口和门户,其承担的压力可想而知。

这一天,医院人事科蒋主任打电话给杨振,说有个好消息告诉他,让他到人事科面谈。

"喏,你不是一直抱怨缺人吗?还向院长吐槽你们招不到人、留不住人。我给你介绍的这两位可是主动请缨到你们急诊科来工作的,你看看,都是人高马大的小伙子,绝对能适应你们的工作强度。"

杨振并不想多寒暄,开门见山地问道:"你们两个都是什么专业的?之前干了多长时间了?"

"我叫赵英焕,西华医科大学毕业的,本硕都是,研究生方向是神经外科。"

"哦,西华医科大?还是神经外科?怎么会想起要来我们医院的急诊科?"杨振有些狐疑地打量着赵英焕。这个小伙子二十七八岁的模样,个头很高,全身自上而下散发着蓬勃朝气,眼神干净,但也略显跳脱。

让杨振意外之处是,对于中心医院来说,这小伙子算是有着不错的学历背景,而且又是神经外科方向,居然会主动申请到急诊科来工作。天成市虽然已经被纳入"新一线"行列,但毕竟根基还浅,远不是北上广深这种高层次人才扎堆的地方。中心医院也不是什么需要博士学历打底的医科大学教学附属医院,虽然眼下急诊科非常缺人,但他还是觉得赵英焕这样的人来急诊科的确屈才了。

"你这孩子有点意思。来急诊科的话,你的专业可能就没有那么多用武之地了,岂不可惜?"

"也许吧,去急诊科,我之前的专业优势不太能充分发挥作用,略显可惜了。可是如果不去急诊科,我觉得我的人生都可惜了。"

听了赵英焕的话,杨振笑出了声。这小子还挺机灵,虽略显滑头了些,但随机应变的能力还算不错,是块干急诊的料。

杨振又望了望站在赵英焕身边的小伙子,看模样比赵英焕略小两岁,气质截然不同。这个年轻人看起来要比赵英焕淳朴得多,着装非常素净,整个人收拾得清爽利落。

"我叫李贺,是华中大学湘潭医学院毕业的,本科毕业后没有读研究生，而是在天成医科大学规培了三年。这三年里，我先后在重症医学科、急诊科、心内科、骨科、神经外科、妇产科、儿科等科室轮转学习过。对于医生这个行业来说，我的学历比较低。但我从大五实习的时候就没有决定考研，从实习到规范化培训的四年里，我一门心思地把精力放在临床实践上。这几年在临床方面积累了扎实的经验，或许我在做科研和发论文上远不如其他拥有硕士和博士学历的医生，可我相信自己可以很快胜任临床一线的工作，成为一名优秀的急诊科医生。"

凡是在医院工作的人都知道一句顺口溜："金眼科，银外科，铜妇产，累死累活小儿科，死都不去急诊科。"鉴于急诊科一直是个"死都不去"的科室，医院也降低了急诊科招聘医生的准入门槛。虽然门槛是降低了，可听到对方说是本科学历后，杨振还是感觉有些为难。

让杨振欣喜的是，李贺显然也知道自己的优劣势在哪里。从大五实习到规培的四年里，这小子去过很多临床科室学习，且"一门心思"只扑在临床上。急诊科缺少的不就是这种临床经验丰富且见多识广的人吗？杨振向来有些名校情结，这个叫李贺的年轻人，虽然学历低了些，但他就读本科的学校同样相当不错。在这个流行"学历查三代"的年头，这样的"第一学历"也绝对拿得出手了。

虽不及赵英焕张扬机灵，但李贺的朴实稳重、善抓重点让杨振对他有了更多好感。

赵英焕研究生毕业后直接去了蓉城市一家知名药企，此时再来到天成市中心医院报到，又走了一遍新人入院的流程。

医院一直有规定：每个新入院的医生，不管什么学历，都要下临床，在相对重要且与自身专业连接较为紧密的科室轮转学习半年到一年时间。可眼下急诊科确实太缺人，而赵英焕和李贺两人都已有了执业医师资格证，便省略了下临床的程序，直接去了急诊科报到。

天成市中心医院院如其名，不偏不倚地坐落在城市的中心。这样的路段自然寸土寸金，医院的环境和绿化倒也没有落下。医院共有四栋主楼，内、外科住院部各一栋，位于围栏深处；急诊科、门诊部和医技科室共处一栋，属于门面担当，直挺挺地屹立在最显眼处；它们共同包围着处于核心位置的气派恢弘的行政楼。

在去急诊科报到前，赵英焕先去了外科住院部，犹豫再三后终究还是没有上去。这里的四楼就是重症监护室，窗户是开着的，他在楼前驻足良久，并没有如期望的那样看到那个熟悉的身影。

周一交班。狭小的急诊科办公室里挤满了医生和护士。在听完值班医生、护士的交接汇报后，杨振向全科室的医务人员隆重介绍了两位新人。

话音刚落，赵英焕便主动向全科医生、护士打招呼，刚做完自我介绍，他的外卖便到了科室：各种不同风味的咖啡、奶茶，一应俱全，而且包装也颇讲究。科室里医生和护士的配置比例基本是1:2，医生的男女比例还算均衡，但护士基本是女性，所以整个科室还是女同胞占了主力，这些茶点对她们来说就是日耗品。作为第一天到科室的新人，赵英焕却像和其他人熟识了很久一样自然地招呼着。全科室的年轻护士都记住了这个笑容灿烂的年轻医生。李贺则中规中矩地做了自我介绍,表示自己初来乍到,还请大家多多指教。

接着,杨振带着赵英焕和李贺来到抢救室。"从你们开始,急诊科将不再严格区分急诊内外科,赵英焕是神经外科科班出身,外科方面自然很熟悉,但内科这块肯定相应欠缺。所以,这段时间,你就先跟着郑良玉老师学习。郑老师可是内外兼修的好医生。"

良玉?谦谦君子,温良如玉。好名字,希望人如其名。赵英焕心想,随即开口问道:"哪位是良玉老师?"

杨振朝端坐在抢救室电脑桌前一名穿着白大褂的男子努了努嘴:"就是他。"

那名男子没有回头,赵英焕从背后打量着自己未来一段时间的带教师父。

中心医院的白大褂设计得较为肥大,可这名男子居然将最大号的白大褂也撑得满满当当,不留余地。他留着板寸,头发粗黑浓密,显然久未打理,像刺猬刺般根根立在头上。直到他感觉身后有人在盯着他看,才猛地回过头来,赵英焕此刻终于看清了他的正面:面容粗犷,浓密的胡楂从下颌一直蔓延到两鬓,细看之下,鼻孔内还似有鼻毛探出。

好一条大汉!赵英焕不禁心里暗叹。可惜了这样儒雅的名字。

在听过赵英焕的自我介绍后,郑良玉哼了一声:"哦,神经外科的研究生?怎么被发配到急诊科来了?"

赵英焕眉头一皱,没接话,暗想:你自己不也是急诊科的?还"发配"?

"李贺,你就跟着沈芊芊老师吧。"杨振说着,将李贺带到沈芊芊面前。

"沈医生,这是我们科室新来的小李,这阵子你要多操点心了,早点把他们带出来,可以独立值班,科室其他医生就不用这样辛苦倒班了。"

"这小伙子身板不错,看样子平常没少锻炼。"沈芊芊上下打量着李贺,边看边笑,"干急诊的要求身体素质好,这里工作强度大,特别是夜班,身板弱的根本就扛不住。"李贺垂着两手站在原地,在沈医生略显夸张的反复打量下,微微抿着嘴。

沈芊芊打量着新人的模样,像极了在劳务市场挑到了吃苦耐劳的苦力的雇主。芊芊?!看到这位身材和名字有着巨大反差的女医生后,赵英焕不觉有些暗自想笑:这急诊科的医生真有意思,一个不修边幅的"良玉",一个五大三粗的"芊芊",这名字和人设全部反了过来。

就在杨主任介绍带教医生时,抢救室里送来了一名中老年男性患者。

郑良玉快速地采集完病史:患者一小时之前忽然感觉心慌、胸闷,心前区有被重物压着的感觉,在口服速效救心丸后症状缓解不明显,于是被家人送到医院急诊。

"护士这边有点忙,你先去给他拉个心电图。"郑良玉朝赵英焕努了努嘴,"十八导联的心电图,把右胸和后背导联一起加上。"

赵英焕有些犯难了。之前读研那会儿也管过病人,可心电图都是护士做的,他还真没捣鼓过几次心电图机。在给这位病人做完常规的十二导联,准备做后背和右胸导联时,他停住了,死活就是想不起来这两个地方的导联应该怎么安装。在接连摆弄了好几次之后,郑良玉皱了皱眉,索性自己动手安装了后背导联。

待心电图出来后,郑良玉将图纸丢给赵英焕:"看看这个心电图,说说什么问题。"

读研时，除了常见的那几类会致死的恶性心律失常外，赵英焕对大多数心电图都看不出个所以然来。他寻思着病人被送来时心慌、胸闷，却没有剧烈胸痛、濒死感这种心肌梗死的典型临床症状，再加上上级医生看了心电图后也没见摆出如临大敌的架势，所以肯定不是啥要命的问题，便答道："就是心肌缺血吧，接下来需要用硝酸甘油扩血管。"

郑良玉托着下巴，摸着胡楂，继续问："说说是什么部位的心肌缺血。"

赵英焕这下有点尴尬了，他一个神经外科出身的医生，读研时做过的临床工作也就是写写病历、医患谈话、做手术。心电图这玩意儿，本来就有心电图室的专科医生判读后给出结果，如果有问题，喊来心内科医生会诊就是。他一个神外医生，压根就没想过去研读心电图。现在又离开临床快两年了，仅会的那点东西早就倒光了，自然是更看不懂了。

但毕竟是第一天来科室报到，他不想给其他医生留下个"一问三不知"的印象，于是琢磨了一下回答道："下壁。"反正就那么几个地方，先蒙个最常见的吧。

"蒙的吧？"郑良玉毫不留情地点破，"回去再看看心内科方面的书，特别是心电图的快速识别，这是急诊科医生的基本功。我不管你以前是什么专业的，到了急诊科，就必须有急诊科医生的素养。不一定什么都很专，但涉及急救的东西，必须都要熟练掌握。"

赵英焕被一通说教搞得有些情绪低落，特别是听到郑良玉转身时又嘀咕道："还西华的研究生呢。"

就在被郑良玉教育的空当，抢救室又被送来一名呼吸困难的气促老年患者。

这回杨振略过了沈芊芊，直接对李贺说道："这个病人接下来就交给你处理，你可以下达口头医嘱。抢救室的护士都训练有素，这个又是呼吸系统最常见的疾病，只要你的医嘱不出大纰漏，护士都会执行。我和沈医生给你把关。"

在叮嘱护士为患者安上监护和氧气之后，李贺开始向家属采集病史。"他这个慢阻肺多少年了？平常还吸烟吗？这次发病多久了？"他一边问病史，一边让护士给这位呼吸困难、嘴唇发绀的老年患者进行相应检查。

"他这老毛病都十几二十年了，每次一受凉感冒就这样。每次发病就像这样，咳黄脓痰，喘得很厉害，最严重时只有出气不能进气，每年进进出出医院好多次。"家属也是久病成医，有些不以为意。

李贺为患者做了简单的体格检查。视触叩听之后，他判断老年患者除了严重的慢阻肺，还有严重的心力衰竭。他让护士把床头再摇高一些，然后说道："推上半支西地兰，20毫克速尿静脉推入，再静脉推注一组二羟丙茶碱和甲强龙。"

护士按要求推完药物后，患者血气分析的结果也出来了。李贺看了看检查结果："病人Ⅱ型呼吸衰竭很严重，二氧化碳潴留也比较重，要上无创呼吸机。"说完他让护士推来机器，麻利地给患者戴上呼吸机面罩，并调节好参数。

经过一系列处理后，病人呼吸困难、喘累的症状得到了明显缓解。

沈芊芊率先夸赞道："不错，不错，有我们急诊人的素质。"杨振也满意地点点头。郑良玉在一旁意味深长地打量着赵英焕："现在进医院都要求至少研究生打底了，热门点的科室更要求博士才是起步门槛，可有时候唯学历论还是不太靠谱的，搞得在临床上眼高手低的人一抓一把。"

赵英焕虽说也有些汗颜，但此刻郑良玉拿腔拿调的一番话，多少让他有些心生不悦。

杨振没再说话，但已经心下了然。眼下这两名病人所患的疾病均为急诊科最为常见的简单病种，却也是小试牛刀。学历较低的李贺是合格的，他有着相当不错的临床经验，处理慢阻肺病人时思路清晰、用药精确、操作麻利。

而赵英焕，这位顶着西华光环的研究生，着实让他有些失望。好歹这小子人还算机灵，脑子转得也快。反应敏捷、能言善辩，这两点也是一名优秀急诊科医生最基本的素质，只要用心去学习，假以时日还是能独当一面的。

这天早上，赵英焕和李贺第一次参与了急诊科的交班。现在大型医院的专科分得越来越细致，专科病房相对来说病种较为单一。而在急诊科，各类病人往往混杂在一起，每名病人都可能是一类疾病的代表。查房时，杨振也有意考了两人几个问题，无非是患者临床症状的首要考虑因素，如何快速诊断时间短、病情急的患者，以及初步诊断某类疾病后需要如何诊治并与哪些疾病相鉴别，等等。

正常来说，医学类院校会在学生大五时安排学生去所在院校的附属医院实习，涉及内外妇儿的科室都要轮转，以学习各类疾病的诊治。毕竟临床医学就是要直面各类患者的病床，直接观察各类疾病的具体表现，了解症状的演变及转归。要想在医学领域深耕，本科学历只是个起点，而现在的医院分科又越来越细，学生在大五期间到各个科室轮转实习，也有利于更清楚自己的兴趣所在。研究生阶段则多以专科学习为主，反而没有了大五实习时广泛了解各科室的机会。

赵英焕在大五时加入了考研大军，实习当然是能逃就逃，最后只去了神外和妇产科，加上毕业后脱离临床有将近两年的时间，原先储备的那点知识也差不多尽数还给了导师。这些都导致在今天的查房中，面对杨振问到的问题，他压根就答不上来几个。

与赵英焕相反的是，不管杨振抛出什么问题，哪怕是些许生僻的知识点，李贺总能对答如流；而且其临床思维之敏捷、各类知识点储备之完备，就连赵英焕也不得不暗自称赞。

就在一大拨人有条不紊地交班查房时，预检分诊台的护士急忙呼叫医生。大家回过头，看到一个浑身是血、面色苍白的年轻人被安置在转运平车上。护士一边测量生命体征，一边询问随行者情况。一对中年夫妇焦急地解释，刚才他们在医院附近的一家早餐店吃饭，有个年轻姑娘突然大喊"抢劫了"，之后就见到这个青年冲上去帮忙，结果被凶手刺了好几刀。他们想着附近就是中心医院，就帮忙把小伙子送到了急诊。

医生、护士迅速展开救助，两位高年资医生在完成伤口的初步探查后，用厚敷料压迫住不断冒血的部位，两名护士则以最快速度给伤者建立了两个静脉通道，并迅速补液。

初来急诊的两个新人自然也一同进入了清创室，郑良玉正忙着给患者伤情最重的右大腿消毒，动作麻利至极，嘴上也没消停："他身上刀口过多，而且较深，有两处肌肉发生部分断裂，刚才探查后倒是没发现伤到大血管，神经肌腱也都避开了。我来处理他最严重的右大腿，他右上臂和左大腿也有好几处刀口，血流不止。伤者心率已经增快，考虑是失血性休克的代偿期（轻度休克）。刚好你们俩都在外科待过,我们几个一块儿动手,这个年轻人也可以少流点血。"

赵英焕虽许久未干临床,毕竟在神外待过三年,外科功底还在,这类清创缝合自然难不倒他。在给伤者右臂消毒时,他看到郑良玉正在缝合一处深部的肌肉,动作极为敏捷利落;他嗅得出对方身上散发出的优秀外科医生的气息,也有些好奇为何如此能干的外科医生会甘愿到急诊来工作。他又看了看对侧的李贺,稳重却也麻利。不一会儿,两处浅表伤口已经缝合完毕了。

就在他打量这两人的空当,郑良玉冷不丁地抬起头,看着赵英焕手上的操作:"这些总算干得不错,还不至于一无是处。"

这姓郑的真是阴阳怪气。赵英焕边缝合边腹诽。

在快速补液和止血后,受伤小伙子的精神状态明显比刚入院时好了很多,先前还紧张地问医生自己会不会死,现在关心的却是什么时候可以出院,他们快期末考试了。

郑良玉笑了笑,说问题不大,应该不会耽误年轻英雄的期末考试。忙完了手上的活计,郑良玉将伤者交给另一名当班医生:"流血很多,刀口也深,先留观几天。生命体征和血常规监测得勤一些,必要时就输血。"

就在这时,一楼大厅传来一阵喧闹。一名导医匆匆跑来急诊科,说挂号处有人晕倒了。几名医生、护士立刻拉着平车冲了过去。

患者病情随时都会发生变化,医院所有科室都会在晨交班时汇报昨晚新收患者和病重患者的情况,以便当天上班的医护知晓患者的最新情况。晨交班结束后,医护还会进行查房,在患者床旁做进一步了解和交接。

可这天早晨的交班还没结束,就已经被迫中断了两次,赵英焕不禁感慨：急诊科果然够急的！赶到挂号处，一行人才发现那人可不只是"晕倒"那么简单：一名中年男性的面容已呈现出不祥的青紫色。郑良玉迅速检查了对方的呼吸、脉搏，心跳已经没了。他立即开始胸外按压，另一名医生实施气管插管，护士则直接推肾上腺素。

看医生、护士这么大阵仗，患者妻子吓得号啕大哭，说丈夫数年前就得过心肌梗死，当时医生说要做造影，还要安支架。可支架贵得要死，器材本来就报销不了几个钱，而且异地医保报销比例更低，就没安装，经药物治疗有所好转后就出院了。最近几个月，丈夫总觉得心慌、胸闷，但每次吃速效救心丸就能好转。现在条件也好了，两个人决定安支架，可前阵子做了冠脉造影，医生说拖得太久了，已经没法安支架了，必须做搭桥手术。

妻子边哭边说着，因为那是个大手术，丈夫觉得平常吃药也能控制，就没往心里去。三天前，他说牙疼得厉害，这次本来打算去口腔科，没想到挂号挂了那么久，丈夫就晕倒了。

在原地按压了几分钟后，患者的心跳总算恢复了。一行人迅速地把他抬上平车，一路跑回抢救室。刚把患者抬到抢救床上，监护仪就提示患者出现了室颤。

室颤是一种严重的心律失常，会导致心脏骤停、猝死。听着仪器尖锐的报警声和家属哭天抢地的哀号声，赵英焕觉得自己的心跳都要骤停了。抢救室的护士早就备好了除颤仪，在听到除颤仪充电时刺耳的鸣叫和杨振"床旁离人"的提示后，他才退后了一步。

接连三次电除颤之后，患者终于恢复了窦性心律。虽然意识还没有恢复，但面色逐渐红润起来。随之而来的，患者开始出现不自主的挣扎，甚至数度想扯下插入气道的导管，几名医护人员急忙控制住患者的四肢。

看着眼前忙作一团的医生、护士，明明如临大敌，却又镇定有序，不见一人神色慌张、手忙脚乱，赵英焕突然莫名地对这些同事多了些好感和亲近感。

心电图提示患者情况属于广泛前壁心肌梗死。医护人员已经通知了心内科会诊。患者妻子这次就医前因为担心最后还要做很多检查，就把既往病历和影像资料全部带来了，包括数月前做的冠脉造影，这的确给医生省了不少时间。心内科医生看过片子后直摇头，坦言患者冠状动脉的三个分支都有病变，血管都有弥漫性增厚，还有不少部分已经发生钙化，有些地方甚至无法插入导丝，目前不太可能直接做急诊 PCI（经皮冠状动脉介入治疗），只能先急诊溶栓。

郑良玉听了会诊意见后，直接对家属说道："患者突发意识障碍，考虑还是心梗的原因，但脑出血也会让人出现意识障碍，而脑出血对于溶栓来说是绝对禁忌。现在我们要马上带他去 CT 室做头部检查。"家属忙不迭地点头。郑良玉回头嘱咐赵英焕："你去和护士把抢救床推到 CT 室。"他撂下这句话时已向外走去，护士开始拉床尾，赵英焕配合推床头。

"小心！"一旁的护工阿姨大叫起来。隔壁床上正躺着一名接受抢救的肝硬化患者，患者到达抢救室后已呕了超过 1000 毫升的血，搞得抢救室像极了命案现场，护工阿姨正是急忙来救场的。她看到已经开始推床的赵英焕并没有把床头柜上的除颤仪一并带上，除颤仪的电极片还连接在患者身上；随着床的移动，除颤仪也从床头柜上被拉了下来；还好她眼疾手快，一手接住了快要落地的除颤仪。

听见护工大叫，家属和郑良玉都是一惊，一齐回头看到了这惊险的一幕。好在机器没摔坏,郑良玉瞪了赵英焕一眼,扭头离开了抢救室。待患者在CT室检查的空当,他忍了几分钟的火终于发了出来:"你读研的几年是在实验室里泡出来的吗?!临床知识一问三不知就算了,抢救病人也在这里帮倒忙!患者随时都可能再出现室颤,去做检查时除颤仪必须得跟着,那机器一台要十几万,你看也不看就瞎推床。如此危重的患者,这关过了还好说;要是人死了,家属看到抢救医生这样掉链子,你就等着起纠纷吧!"

赵英焕愤懑不已,活这么大还真没人这么大声骂过自己,可的确也是自己理亏,便没有还嘴,只是感慨到急诊的第一天就诸事不顺。

患者溶栓的过程还算顺利,溶栓完毕后就被收入了CCU(心血管科监护室),等病情稳定后再转至胸外科择期做冠脉搭桥手术。

这个惊险不断的晨交班总算结束了。杨振拍了拍郑良玉的肩膀,意味深长地说:"赵英焕这小子,你就多担待点儿。看他这样子,基本上要全部回炉再造。活儿先别急着交给他干,就让他从最基本的东西开始学吧。啥时候像点样了,再考虑让他独立接诊患者,处方权的事情就更不要着急了。"

- 3 -
众生平等，来者不拒

第一天急诊交班后，杨振和郑良玉都对赵英焕有了初步认识。眼下见主任已经这般发话，郑良玉也清楚接下来应该怎么做了。

一上午，郑良玉都自顾自地忙碌着，赵英焕眼巴巴看着他和家属做各种沟通谈话，遇到不好沟通的情况也能见招拆招，各类操作娴熟麻利，一副胸有乾坤的样子；可好像就是什么都不愿意教他，什么都不愿意放手让他去做。

直到快下班，郑良玉才甩给赵英焕几个病历夹："这是今天收了留院观察的病人，病情都不算重，病历小刘已经写完了，你就负责拿去给家属签个字。"说完郑良玉便脱下白大褂，惬意地在水池边洗手。因为可以按时下班，他甚至得意地吹起了口哨。

赵英焕愤愤地抱着病历夹，挨个儿去找患者家属签字，他再次感觉受到了冒犯，这明明应该是带教医生打发给实习生干的活儿。大医院可从来不缺实习生、规培生，反正对医院来说他们就是廉价劳动力，用来干这些杂务刚刚好。可自己是正经八百被安排到这里工作的，是这里的正式医生，凭什么被安排干这些个杂事？简直就是职场霸凌！

之后的日常查房，郑良玉也总会冷不丁地问赵英焕一些临床上的问题。和第一次一样，赵英焕经常被问得哑口无言，左右其他。虽然郑良玉从不会当着病人和家属的面为难他，但只要一出病房，他总会半带调侃地对赵英焕笑道："你还真是三缄其口、沉默是金啊。"语气虽说不重，但赵英焕怎么听都觉着是对自己满满的奚落。

初入急诊的这段时光，赵英焕觉得无比煎熬，他甚至有些后悔：明明自己已经脱离临床了，为何还这么想不开地非要"二进宫"，还要来急诊科受郑良玉的窝囊气。

白天，赵英焕的主要工作就是找家属签字，以及送各类病情相对严重的患者去做检查；偶尔也被安排写病历，还总会被郑良玉教训得体无完肤。他甚至觉得郑良玉是故意找碴儿，有时候气不过，自然会反驳对方，可郑良玉也会教训得更加劲。还"良玉"？压根就是凉薄之玉！每每被郑良玉念叨，赵英焕都要在心里恨恨地抱怨一番。

好在现阶段还不用值夜班。下班回家后，赵英焕便大门不出二门不迈，安心阅读各类专业书，用功程度简直堪比当年高考，书架上新入的小说很快都落了灰。

而那个跟自己同期来的李贺，入职急诊科后就一直跟着沈芊芊。赵英焕一直觉得沈芊芊本人和名字有着强烈的反差，这位前辈行事风风火火，王熙凤式的"未见其人先闻其声"，成天一副大大咧咧的女汉子模样，似乎也只有这样的女子才能适应急诊科超负荷的工作量和瞬息万变的工作环境。赵英焕隐隐觉得，比起郑良玉，沈芊芹要放手得多，许多复杂操作她都会放手交给李贺去做。

赵英焕不禁有些郁闷，比起李贺，他的确有那么点相形见绌。他思忖着郑良玉这般瞧不上自己，这一天天让他干的事情，基本都是科室打发给实习生的活，没点技术含量，长此以往，跟着这样的人，啥时候才能有出头之日啊。

抱怨归抱怨，赵英焕丝毫没有停下自己的步伐。上班期间，他开始细心观察郑良玉如何与患者以及家属沟通，如何做到即使面临难缠的家属也能化干戈为玉帛。急诊科几乎每天都会遇到患者及家属因各种原因与医务人员发生口角纠纷，但这样的事情似乎从不曾发生在郑良玉身上。

他好像也忽然意识到自己刚来急诊科时，郑良玉为何先让他拿着写好的病历去找患者家属签字。这些时日以来，他开始留意到，郑良玉每次给他的病历上的病种都不相同：高血压急症、眩晕、糖尿病酮症酸中毒、轻微脑挫伤、胸腹部闭合性损伤（未见明确脏器破裂）、各类腹痛（需留院观察），以及跨科室较多而导致无科室收治的复杂病种，所有这些在急诊科都十分常见。

纵然有万般先天不足，但有一点不可否认——在这里，一个年轻医生可以亲见大量病种，并能掌握不同疾病的迅速诊断及鉴别。比起其他专科医生，急诊医生对患者的认知不会过于受限，毕竟许多患者都会存在多器官多系统疾病。

他读研那会儿也写过很多这样的病历，但都局限于神外专科。而现在自己拿去签字的每一份病历，其实都代表了一种疾病的诊断和治疗思路。在拿病历去给家属签字的同时，他要面对各类不同家属，在每日与罹患不同疾病、来自不同背景、拥有不同性格的患者与家属的交谈中，他也摸到了一些碰到什么样的人就说什么样的话的门道；而这些对一个需要快速识人鉴物的急诊科医生来说，同样是最重要的基本功之一。

明白了这一层之后，赵英焕顿觉那个总对自己摆出一副臭脸的郑良玉也没那么面目可憎了。他自小便熟读金庸，知道全真教马钰目睹江南七怪教郭靖习武，一方教而不得其道，一方学而不得其法，导致郭靖进步缓慢。马钰便因材施教地教了郭靖一些"呼吸、坐下、行路、睡觉的法子"，长此以往，郭靖在日间练武时，渐渐身轻足健，原来拼了命也来不及做的招数，忽然做得又快又准。

对他这种脱离临床已久，又近趋于生瓜蛋子的年轻医生，郑良玉的带教方法正是先传授心法，再授其招数。

这一日，赵英焕跟着郑良玉上抢救室。120刚接回一个慢阻肺患者，患者本来有肺大泡病史，到医院时除了严重缺氧外，还表现得异常烦躁，精神也有些错乱。血气分析提示氧分压很低，二氧化碳分压却严重超标，呼吸衰竭导致的缺氧、二氧化碳潴留也使患者出现了精神症状。听诊时，患者左边肺部呼吸音几乎消失，左侧胸部穿刺也抽出了很多气体。

在以最短时间采集病史并快速进行视触叩听查体之后，郑良玉边交代护士用药事宜，边回头对赵英焕说："想到什么了？接下来该做什么？"

"自发性气胸，现在该去做胸部影像学检查，如果肺部压缩得多，就考虑做胸腔闭式引流。"赵英焕有些窃喜，他前些天才复习过这类病例，这次自己总算没再被考住。

可自己的回答显然没能让对方满意："你看患者现在的状况还

能被搬到 CT 室做检查吗?来回搬两下,说不定就直接挂在 CT 室了。赶紧去把引流装置拿出来,直接做排气!"

护士很快把需要的消毒液、胸穿包、麻醉药准备好。与此同时,郑良玉打印出一张手术同意书,对赵英焕说:"拿去让家属签字,把手术并发症也一并告诉他们,操作相关风险及并发症都在同意书上,如果不知道向家属说什么就照着念。"

听到那句"就照着念",赵英焕没好气地扯过那张同意书,走出了抢救室的门。

一同前来的是患者的老伴和孙女,一听到做这么个急救小手术就有可能发生大出血、肺部感染,甚至呼吸、心跳骤停等很多并发症,患者老伴有些犹豫了:"医生啊,能不能先用其他急救方法试一下,这个要在胸口戳个窟窿,老头子身体本来就很差了,想着都觉得糟心……"

患者孙女急忙打断道:"奶奶,你就先听医生的吧,医生也说了,这只是个比较常见的操作,虽然有可能出现这种小概率事件,但眼下救命要紧啊。"她转向赵英焕:"医生,就按你们说的做吧,我来签字。"说完,她接过赵英焕手中的单子,写上了"同意手术"四个字。

赵英焕匆匆返回抢救室,郑良玉对他努了努嘴:"你外科系统出身,这种小操作问题不大吧,就交给你了,我在旁边给你把关。"

赵英焕暗暗叫苦。他是神外出身没错,可他都两年没上临床了,而且之前也从没亲自做过这种郑良玉口中的"小操作"。之前在神外的时候,偶尔遇到需要做胸腔闭式引流的患者,他只要通知胸外科来人就是。现在医院科室分得这么细,肯定是术业有专攻了。自己之前对理论知识一问三不知本就给郑良玉留下了诸多糟糕印象,现在如果连操作也好不到哪里去，又该落下话柄让他说闲话了。

操作还没开始，郑良玉又匆匆打断了他："这个字是刚才那个小姑娘签的吗？我看她还穿着校服，应该就是个中学生，可能都没成年，她签字不算数。"

抢救室的护士急忙出门去询问，片刻后返回："郑医生，那女孩只有十七岁。"

"再去给患者老伴做工作，她什么时候决定签字了再说。"郑良玉语气平淡，听不出任何情绪波动。

患者老伴还是因担心和焦虑而迟迟下不了决定，自然一直没签同意书。见赵英焕空手而回，郑良玉当然也没有准备操作的打算。

"郑老师，你看用药和给氧后，患者的血氧饱和度还是很低，复查的血气分析表明缺氧情况还是很严重，要不，咱们先做了排气再说？"赵英焕试探道。他有些纳闷，郑良玉为何在这名危重老者面前居然还能保持一副老僧入定的模样。

"小赵，如果你看不下去的话，就再去和家属谈谈利弊，沟通时多注意下技巧。反正家属没决定和没签字的，无论多紧急，我们都不能贸然采取任何措施。当然了，特殊情况下又没有家属在场的，就要先通知院领导！"撂下这句话后，郑良玉转身离开了抢救室。

赵英焕被郑良玉的几句说辞堵得哑口无言，不知下一步该如何操作。没过几分钟，郑良玉回来了："患者老伴签字了，我们开始吧。"

赵英焕心里琢磨着，为何自己沟通了半天，患者老伴一听到风险就始终犹豫不决，可这个郑良玉一出马，家属便立刻同意了，他到底和家属说了什么？

虽然之前也见过闭式引流的操作，算是略知一二，可真正等自己操作起来，赵英焕却感觉没那么顺畅。

"得得得，还是我来吧，您这么一刀划下去，肋间动脉八成都断了，之后搞不好还得开胸收场。"郑良玉接过赵英焕手中的手术刀，边说边切开、分离、置管、缝合，整个过程老练至极，仿佛闭着眼也能顺利做下来一般。

"小赵啊，我觉得有个专业特别适合你。"置好管子后，郑良玉边看着水封瓶里随患者呼吸而不停波动的水柱，边头也不回地向赵英焕提议。

"什么专业？"

"颌面外科咯，再往细分点就是颌面缺损修复方向。"

赵英焕一时语塞，没反应过来郑良玉到底想表达些什么。

郑良玉笑了笑："你今后就去进修这个方向，把颌面缺损修复技术学好了，一旦别人知道你曾经是我的徒弟，我要去修复这张面皮的话，找你最合适不过了。"

反应过来的赵英焕怒不可遏。这话不仅伤害性大，侮辱性也极强，他真想当场就脱衣服走人。从出生以来，他从未遭遇过如此大的羞辱，偏偏这个人还是自己颇有成见的郑良玉。遇到危重患者不在第一时间作为，非要家属签字后才肯安装引流管，仅这一点就看出这个人没有一点医生该有的担当，这样的人竟然还有脸教训别人？！

赵英焕站在原地没动，强行让自己镇定下来。他反复告诉自己不要忘记来这家医院急诊科的初衷，不能才开始就打退堂鼓。同时他也告诉自己，一定要争气，再不能让郑良玉这般糟践。

除了跟着上班值班以外，他一回家便直奔书房，心无旁骛地攻读各类临床书籍。现在医学类APP也多了，手机上随时随地就能学，所以，他就连吃饭、洗漱的空当也直接开着这些教学视频，全当背景音了。

两个月下来,郑良玉感觉到赵英焕开始上道了。每每查房时,郑良玉发现他带的这个徒弟不再是那个一问三不知的愣头青,而是在不知不觉地进步,临床思维能力也有飞速提升,至少面对一个个因不同原因被匆匆送进急诊的患者,这小子知道该往什么地方着手了。

一碰到有操作机会和相对容易沟通的病人,郑良玉便会放手让赵英焕去操作。虽然刚来时,赵英焕的理论基础差极了,但这小子的动手能力挺强,诸如气管插管、除颤技术、胸腔闭式引流、各类深静脉穿刺、腰穿、腹穿等急诊科比较常见的操作,赵英焕基本都是一次就过,不需要郑良玉太多提点。慢慢地,他对赵英焕的态度也开始有所改观。

这一天,科室里来了一名手部被玻璃划伤的患者,伤口较深。郑良玉初步查看了下,玻璃碎片割断了患者手指的肌腱,也就是人们日常说的"手筋"。好在这条筋没有回缩,缝合起来难度不大,外加还有其他需要处理的病人,于是他对赵英焕安排道:"喏,这个患者的手指肌腱断了,先用专门缝合肌腱的线把肌腱缝合好,完了再打个石膏。你是神经外科出来的,这个应该没有问题。"

赵英焕隐隐感觉发怵,他是神经外科的没错,可他从没有去过手足外科,参与过的手术也是大脑和脊柱这块的,上了手术台也只是个助手,只有本科期间上解剖课时大致了解过肌腱的大体分布形态。至于这个手指肌腱该怎么接起来,他完全不知道。

然而看郑良玉刚才那副模样,又是"连这么简单的事情都不会"

的刻薄样，如果就这么告诉他自己从来没缝过这类肌腱，估计又要换来他诸如"还西华毕业的，这估计是西华被黑得最惨的一次"的奚落。赵英焕实在不想看到那张臭脸，想到这里，他把手被划伤的患者带进了清创室。

患者是个二十出头的青年，伤口还在出血。赵英焕用纱布块盖住伤口，对伤者说道："你食指的背伸肌腱断了，需要接起来，清创室的肌腱线都用完了，我去护士站再找找。"

见伤口已被临时包扎好，年轻伤者倒也不催他："医生，不着急，纱布盖着，也没出血了，你慢慢找。"

这患者太好说话了，赵英焕反而有些心虚。他匆匆跑到护士站，让护士帮忙找吻合手部肌腱的缝线，自己则在护士去取线的间隙，打开手机，直接搜索"肌腱吻合"视频。

视频时间不长，放慢速度也就几分钟。这几分钟里，赵英焕聚精会神地盯着手机。他自小考试就临时抱佛脚惯了，似乎越是这般时间紧迫，就越能激发出他强大的潜力。

视频放完之后，他倒回一点，把关键步骤又回看了一遍。这下，他基本摸清了章法。正当他准备收起手机时，抬头发现李贺正站在他面前。

"看什么呢，这么专注？"

"没什么，肌腱吻合术的教学视频。"

"向焕哥学习，这么见缝插针地勤学苦练。"

赵英焕没空再接话，不能让患者等太久了。他拿了线，匆匆回到清创室，在给伤口消毒后，利索地打好麻药，边操作边故作轻松地和伤者聊天，说护士站也没缝线了，他临时去供应室取的，所以耽误了些时间。

因为是现学现卖,他的操作并不算熟练,好歹也没出什么岔子。就在做到关键步骤时,他冷不丁听到后面飘来一个声音,"再拉紧,肌腱弹性很大,不拉紧的话很容易再断。"

赵英焕猛一回头,发现郑良玉悄无声息地站在他背后,连什么时候推门进来的他都没注意到,就像中学晚自习时静悄悄出现在后门检查学生自习情况的班主任。

赵英焕顿觉周围的气压变低,时间变得格外难熬。郑良玉也不再说话,只是等着赵英焕把肌腱吻合好,又将皮肤缝合好后,才撂下一句话:"别忘了打个石膏,打成背伸位。全部处理完后到我办公室来。"说完,他便离开了清创室,关门时带门的力气有些大,外加穿堂风,门发出"哐当"一声巨响。

赵英焕也暗自憋劲,这家伙"更年期"没完没了了,又发的哪门子火。

走进郑良玉的办公室,对方也不转弯抹角,开门见山地说道:"现学现卖,蛮有天赋哈。"

赵英焕没有吭声。不用说,肯定是李贺告诉他的。自己看视频时只有李贺在场,真没想到,这小子平时看起来老实本分,一副淳朴好青年的模样,居然这么喜欢给人背后捅刀子。他们两人一起来的科室,对方已经出尽风头,深得上级喜爱,但也犯不着这样阴别人。

郑良玉也没少给自己气受,虽说医院和军队一样,下级必须绝对服从上级,但他还是气不过,于是撑了回去:"反正你看不惯我的地方也多,不管过程光不光彩,我最后的操作是成功的。"

郑良玉一愣,本想批评赵英焕死要面子,明明不会的东西,怕在上级面前丢面子,非要硬扛,居然临上场才现学现卖,这对于患者来说是极其不负责任的。如果任其这样发展,风险极大。这小子经验尚浅，却不愿虚心求教，仗着点小聪明有恃无恐，到底是年轻气盛，还不知道医疗是如履薄冰的行业。可赵英焕这样一顿抢白，乍一听好像是占理，况且这个操作，他做得确实不错。

这次的谈话陷入僵局，但通过这些时日的相处，郑良玉何尝不知道这小子是个急性子，又心高气傲，最不喜欢师父像唐僧一样终日对他絮絮叨叨。然而，赵英焕毕竟还没有独立接诊患者的资格，因此他的任何操作，郑良玉都会盯着，不会完全放手不管。刚才他便注意到赵英焕在护士站磨蹭了好一阵，明明已经从护士手里接过了缝线，可这小子居然还一直待在那里看手机。碰巧李贺也出现了，从赵英焕和李贺的对答中，他已经猜到了大半。

这次事件之后，李贺明显感觉到赵英焕对自己的态度淡漠了许多，经常一副爱搭不理的样子。有几次两人在医院食堂碰到，赵英焕简单地打了个招呼，便端着餐盘另找了地方坐下，可他向来都是自来熟。李贺也搞不懂赵英焕这些天为何对自己一反常态。

没几天，两人的关系便出现了转机。

一天前，一名男子被人发现仰躺在马路边，一开始过路的人也没太注意，以为只是个醉汉。可第二天，路人发现这名男子依然躺在原地，周围飞着大量苍蝇，以为男子已经死亡，便拨打了110。警察到达现场后，发现这名男子极度虚弱，但仍有生命体征，只是流浪多时，个人卫生状况非常糟糕。会阴区皮肤发生溃烂，因为天热，苍蝇已在其会阴区产卵，一时间溃烂处出现了大量蛆虫。

一听到院前120医生对患者的交接报告，赵英焕就觉得头皮发麻。到急诊科之后，赵英焕见识到了各式各样的患者和家属。几乎所有科室都不愿意收治的流浪汉、三无人员，急诊科一向来者不拒。今天下午科室并不忙，小组医护人员按顺序接诊病人，而这个病人偏偏就轮到了赵英焕。

还没靠近患者，赵英焕便闻到了一股浓烈的恶臭，几欲作呕。患者因有智力障碍很难沟通，采集病史也成了难题，看样子应该在外面流浪些时日了，生命体征都还好，只是过于消瘦，查体也无其他大毛病。唯一需要紧急处理的就是溃烂的会阴区，那里还有大量在蠕动的蛆虫。

一想到那些白色的肉虫，赵英焕就头痛不已，他实在不知道接下来该怎么收拾。他盘算着干脆直接开张住院证，把这个棘手的患者送到泌尿外科，让那边的医生来收场。

见赵英焕一直干愣在那里，李贺处理完一名服用过量安眠药的患者后，便主动跑过来帮忙。他打量着肮脏无比的流浪汉，又看了看一直戳在原地的赵英焕，犹豫片刻后，索性加戴了一层口罩，直接将患者推进洗胃室，那里有一个独立卫浴室。

急诊科平时经常接收各类药物中毒患者，农药中毒自然也包括在内。有些农药泼洒在衣服上后会经皮肤被吸收入体内，所以遇到身体被喷溅上农药的患者，医生通常都是在这里帮患者洗净身体。

患者虽有智力障碍，但被带入这间小屋后，便像个懂事却不通人语的小动物般茫然地看着李贺，好像知道李贺是在帮助他，倒也还算配合。两人走进狭小的洗浴室，热水器打开后，热气很快蒸腾起来，像个桑拿房般。与此同时，患者身上的恶臭在这个密闭空间里也变得越发浓烈，李贺几度干呕。患者身上不明秽物散发出的恶臭尚能忍受，但躯体腐败后又被蛆虫附着，类似尸臭的气味让李贺觉得在这间小屋里的每一秒都是煎熬。

赵英焕在洗胃室门口往里面张望了一眼，本想搭个手，最终还是没有进去，那味道实在太令人窒息了。看到在里面不停忙碌的李贺，他感慨这家伙多半是为了争表现，好在主任跟前邀功，才主动揽了这么个苦差事。其实何必呢？反正科里已经有自己这个反面教材，而他李贺早就是主任心尖上的人物，这么做简直就是多此一举。

李贺在反复冲洗患者的身体之后，又快速在他身上打了肥皂泡，然后用科里其他医生换下来的毛巾反复搓拭其全身污垢。因为太久没有洗澡，患者身上厚厚一层泥垢都结成了痂壳。更严重的是，其身上的污垢像是已经和皮肤融为一体，明明已经抹了很多遍肥皂，李贺也搓得很用力，可这些污垢还是像蛇皮一样紧紧套在患者身上。

护士长给李贺找来了一套病员服，被洗干净的患者穿上整洁的衣服后，终于让人看清了瘦削的他原本也有着秀气的五官。

刚从洗胃室走出来，李贺便立刻解下口罩，大口呼吸着过道里不算清新但也好过里面数十倍的空气。赵英焕发现李贺的脸色有些苍白，不知道是不是在洗胃室待得太久有些缺氧的缘故，李贺乏力地在门口一处平日给患者和家属坐的长椅上坐下来。过了好一阵，他好像才恢复了些体力，起身去推了辆轮椅，把行动不便的患者推到了清创室。

赵英焕不由得心生感激，更有一些愧疚。原本该是自己承受的这些，可现在由李贺代受了。他近来对李贺有些不满，一方面两人同来急诊科，李贺在业务上全方位碾压他，深得上级的喜欢；另一方面，前些时日，李贺向郑良玉打小报告检举他现学现卖，这也让他颇为不爽。

李贺将清洗干净的患者带进清创室，仔细给患者的会阴区做了消毒清创。好在溃烂的地方不算太多，清理干净蛆虫，修剪了坏死组织后彻底清创，后期再配合慢慢换药，未来问题不大。

这天下午发生的所有情景，郑良玉全都看在了眼里。他对赵英焕的态度更加一言难尽。反观李贺，这个朴实、勤奋、有担当的年轻医生，和赵英焕形成了鲜明对比。

医院如今在处理收治三无患者方面越来越人性化，甚至会提供日常饮食。到了饭点，科室打电话给医院食堂，便会有人送饭过来，费用由医院承担。所以，哪怕一直联系不到家属，也不用担心患者的生活起居。患者一旦病情好转，便可以联系民政部门，让他们来接走患者。

晚上，赵英焕主动约李贺吃饭，他笑嘻嘻地冲李贺说道："多亏你帮我解了围，要不我真不知道该拿这个患者怎么办，光是闻那个味都受不了，更别说怎么去处理了。你想吃什么？我请客。"

"我不是为了帮你才去处理这个病人，也不是因为我是刚来这里工作不久的新人，急着表现才这么做的。这个病人在外面流浪了这么久，因为是智障，都这样了还不懂向人求救，直到身上长蛆，周围苍蝇乱飞，被当成死人报了警才被送到医院。他也是人，我这么做也只是想让他尽可能体面一点，少受点罪。"

一瞬间，赵英焕有些愕然。他自幼顺风顺水，彼时还不知道李贺过往的遭际，也不明白生活在风雨飘摇中的人，对他人遭遇的不幸尤其能感同身受。

- 4 -
诊病如断案

九月下旬的一天，120送来一个已经昏迷的三岁幼童，郑良玉将患者交给了赵英焕接诊："喏，重型颅脑损伤，跟你的专业很对口。"

跟随幼童一起赶到急诊科的还有孩子的父母和爷爷奶奶。

"病人什么情况？"赵英焕问孩子的母亲。

"刚才他上楼梯时发病了，直接从楼梯上摔下来，之后就一直吐，后来上救护车那会儿就完全喊不答应了。"孩子母亲的怀里还抱着一个只有几个月大的婴儿，婴儿不住地哭闹，使本就焦急的母亲更加烦躁。她一边拍着怀中的婴儿，一边忧心忡忡地看着昏迷的儿子。

"发什么病？癫痫吗？"赵英焕问道。

"就是这个病，豪豪一岁多时就发现了这个病。我们带他到好多家医院看过，医生说是难治性癫痫，每天都要吃好几种药，可效果都不好。这一年发作的频率更高了,我们也没办法了,连偏方都上了,可一点用都不管。"孩子的母亲已经带着哭腔。

对于脆弱无比的幼童,家长们一个漫不经心就会造成生命的不可承受之重。而对那些本身就患有疾病的幼童来说更是如此,他们身上存在的安全隐患要远超其他健康的幼童,很多不易察觉的危险就像悬在他们头上的利剑。

患儿情况并不好,双侧瞳孔已经不等大,呼吸也非常微弱,开始出现脑疝的表现。在做了气管插管后,赵英焕立即给患儿安排了CT检查。随后,他将CT结果告诉了家属,孩子颅骨碎裂,有硬膜下血肿,而且出血量很大,需要尽快做开颅手术取出颅内血块,缓解对脑组织的压迫。

"要做开颅手术?"家长一下子都蒙了。即使是不学医的普通民众,也知道开颅是大手术。

"孩子那么小,能不能不做这个手术啊?豪豪本来智力就有问题,都三岁了,还不太会说话,大小便经常拉在身上。"孩子的爷爷试探地问道。

"孩子头部受伤后,颅内出现很大的血肿,血肿体积已超过颅腔内的最大容量,压迫脑组织严重移位,手术是肯定要做的。鉴于颅内出血量过多,已经出现脑疝,再发展下去,就会压迫呼吸心跳中枢,那时孩子就只有死路一条。"

"做了手术,孩子就能好过来吗?"孩子的妈妈一脸心疼和忧虑。

"孩子的脑疝已经形成,做手术的目的是清除颅内血肿,缓解颅内压力,就是先保命。后期治疗也必须跟上,部分患者可以完全康复。即使做了手术,而且非常成功,也有人可能活不下来,活下来了也不一定能醒。即使醒过来了，因为脑细胞受损后很难恢复，会有相当一部分患者出现后遗症，比如瘫痪、失语、智力减退……"赵英焕如实告知。

一听到这个结果，豪豪的母亲哭出了声，一家人迅速陷入纠结状态。

孩子的奶奶问道："这个手术要花很多钱吧……"

赵英焕没有直接回答，只是点了点头。他研究生攻读的就是神经外科，见过太多此类重型脑伤患者，一开始家属往往都会要求积极手术治疗，可面对后期的清醒无望、严重残疾，以及足以拖垮一个家庭的医疗费用和令人心力交瘁的漫长照料，有些家属往往会后悔当初的决定。

在呼吸机和血管活性药物的作用下，豪豪的生命体征勉强还算平稳，但赵英焕知道，不尽快手术的话，他活不过今天。这孩子只有三岁，赵英焕不忍心他被家人就此放弃。但在国内当前医疗环境下，面对患者是否要继续救治时，医生往往没有选择权。

他走出抢救室，再次询问家属的意见。

孩子的爷爷拉住儿媳："医生都说了，即使做了手术可能也醒不过来，而且豪豪的脑子本来就有问题，我们跑了多少医院，花了多少钱？他都三岁了，大小便还每天都弄在身上。我们就怕这孩子发病时刚好在水边或者马路上，出了事。这几年我和他奶奶眼睛都长在他身上了，一刻不离，生怕他出点意外……我们也带伤了心，只能说这孩子命不好，现在已经这样了，我们不能把一家子全都搭进去啊……"

孩子的奶奶也红了眼睛，哭着劝儿媳："我们一家人真的已经尽力了，上次去儿童医院住院的钱都还欠着亲戚的……"见儿媳不住地哭,她的声音也弱了下去,"咱们不是还有二妹吗?豪豪已经这样了,我们一家人就好好地把二妹带好……"奶奶说着也泣不成声。

孩子的父亲坐在一旁的长椅上,一言不发。看来是默许了父母的决定,只等着妻子表态。

哭了很久之后,豪豪的母亲忽然用力擦干眼泪,将怀中的婴儿递给丈夫,对赵英焕说:"我再看看豪豪。"

赵英焕陪她走回抢救室,看着那个不谙世事却命途多舛的男童。"豪豪,你再看看妈妈啊!"她俯下身,拍着儿子的脸,看到周身被安插着各种管子和仪器的儿子,原本已擦干眼泪的她再次不可遏制地失声痛哭。

哭了一会儿,她直起身子:"我怀了他十个月,把他拉扯到三岁多,中间那么难都挺过来了,我的儿子我来决定救不救。医生,你们安排手术吧。"此刻单枪匹马的她,坚决得像个决定就义的勇士。

见赵英焕已经开始和孩子母亲讨论手术细节,郑良玉急忙上前阻止,建议还是请神经外科前来会诊,交给专科医生去谈。

赵英焕颇不以为然:"我就是神外出身的,这点小事没必要麻烦神外的医生了。"

"只要你还在急诊,就必须按会诊流程的规矩来。"郑良玉掷地有声。

赵英焕有些无奈,这个郑良玉还真是凡事小心谨慎,连树叶落下来都怕砸着头。奈何这人目前是自己的上级医生,反抗不得,于是他打电话给神经外科会诊。十分钟后,"老总"雷霆匆匆赶来,他这几个月一直做住院总[1],全院但凡需要神经外科会诊,都是他

---

[1] 即住院总医师,这个职务是成为主治医师的必经阶段,工作繁重、责任重大,通常为期半年到一年,每周工作6~7天,且需要24小时都在病区或附近,以便随时随地在岗。——编注

前往。

雷霆是赵英焕的同门师兄，两人在西华求学时隶属同一位导师，只是赵英焕上研究生时，雷霆已经开始攻读博士。还在上学那会儿，两人关系就很亲近，赵英焕来到天成市中心医院后，雷霆一直都是"老总"，吃喝拉撒全在医院了，所以他约了雷霆好几次，对方都没能赴约。算起来，打从自己来了这家医院，只有在通知神经外科会诊时才能见到这位师兄。

在雷霆前往急诊科准备给豪豪的家属做术前谈话时，豪豪的抽血结果出来了：凝血功能非常糟糕。雷霆看到报告单后直摇头，转身对赵英焕说道："凝血功能太差了，几乎是手术禁忌，现在做开颅手术的话，可能会出血不止，甚至有可能直接死在手术台上。"

雷霆同时给出了治疗方案：先输血补充凝血因子，看能否早期纠正凝血功能障碍。如果有幸被纠正，之后才能考虑手术的事情。但这样一来，豪豪很可能因为脑疝加重而压迫呼吸心跳中枢，同样挺不到凝血障碍得到改善的时候。

当凝血报告出来的那一刻，豪豪就被迫站在了悬崖间的钢丝绳上。对于手术与否，他左晃、右晃，随时都可能坠入万丈深渊。而在决定是否手术的权衡过程中，他势单力薄却分量最重的妈妈终于抽走了"手术"这根绳索，豪豪彻底落入"放弃治疗"的悬崖深处。

在签署放弃治疗同意书后，孩子的家人要求先不拔出气管插管，而是索要了简易呼吸球囊，并学习了使用方法。他们想在孩子断气之前，把孩子带回家。

就在这时，豪豪的心跳停止了。在立即进行心肺复苏并使用抢救药物后，豪豪的心跳曾有过短暂的恢复，可很快又停止了。

这一次，心跳再也没有恢复。

看着一家人抱着豪豪的尸体落寞地离开急诊室，参与抢救的护士对赵英焕说道："这孩子是不是也感觉到最在乎他的人也放弃他了，所以他妈妈刚签了放弃治疗，他就走了……"

一瞬间，赵英焕竟无言以对。

科里的值班人手一直都很紧张。这天，杨振向郑良玉问起赵英焕的近况，是否可以给他申请一个工号，让他先独立处理病人。郑良玉听后迟疑了片刻。

过去的这三个月来，赵英焕已经不再像个实习生般只是在科室里做些护送病人检查、贴化验单、拿病历给家属做沟通之类的打杂小事，他的业务能力迅速提升，开始胜任相对有技术含量的工作。郑良玉有时也会对赵英焕打趣道："你小子，进步还算快，'非复吴下阿蒙'了。"

但赵英焕确实仍有不周全之处，申请工号并非小事，于是郑良玉回复道："赵英焕进步虽快，无论理论知识还是临床技能都逐渐成熟，但这小子心性跳脱，急诊科医生每天需要和社会上三教九流的人打交道，我怕他心浮气躁，捅出什么娄子来。"

听郑良玉这么一说，杨振便也作罢。没过多久，赵英焕让杨振和郑良玉对他来了个彻底改观。

月底，科里收治了一名不明原因胸闷且存在严重低氧血症的女性患者，检查做了很多项，始终查不出问题出在哪儿。急会诊的医生来了一大拨，各抒己见后都没能提出实质性意见。赵英焕怀疑患者是亚硝酸盐中毒，建议直接上亚甲蓝。在诊断性治疗后，患者症状很快出现好转，赵英焕就此怀疑是患者的丈夫投毒，并报了警。

后来警方询问赵英焕当时怎么会想到这些，他解释说妻子当时病情严重，丈夫却似乎并不着急；在怀疑亚硝酸盐中毒后，赵英焕重点询问了患者的饮食情况，结果发现患者的丈夫十分心虚，左右其他，所以自然就怀疑是他投毒了。

赵英焕后来在配合警方录口供时才知道事情的全部真相。和他猜想得差不多，丈夫有了外遇，为了摆脱妻子，他设计了毒杀阴谋。他知道妻子素来喜欢早起喝咸豆浆，并且要在豆浆里放炒干货的盐，一家人除了她以外，没人会用那种盐。丈夫知道这种盐中含有亚硝酸盐的成分，但量非常少，妻子一直在吃却始终没事，说明这个量在安全范围之内。于是，他便想到加大这些盐里的亚硝酸盐剂量，让妻子中毒身亡。

这还不是重点，丈夫后来交代：他原本打算待妻子发病后将妻子送医。一旦妻子不治身亡，他便会以受害人自居，以医院救治不力为由，哭天抢地、义愤填膺地在医院大闹一场。那时候，人们看到的便是一个因失去伴侣而无比凄惶悲愤的丈夫，其他家属即使心里有些猜疑，到时也会将悲恸的情绪转移到负责救治的医务人员身上。

患者的丈夫甚至想到，一旦有人起疑要求尸检，他便以不忍妻子死无全尸为由坚决反对。即使医务人员在第一时间想到患者是亚硝酸盐中毒，查到最后也不过是因她历来喜欢食用这种特制盐，长期摄入亚硝酸盐的慢性积累导致了此次急性中毒。到那时，他早已回家毁灭了证据。

他万万没想到，急诊科的一位年轻医生居然这么快就想到了妻子是亚硝酸盐中毒，并且反复追问患者的饮食习惯，甚至追问到只有患者一人食用特质盐以及近期并未更换食盐的细节。那时，他已经感到有些不安，打算找个理由回家，销毁他在妻子的专用盐罐中添加亚硝酸盐的证据。更出乎他意料的是，这个年轻医生不仅猜到了他的手法，甚至在他回家前就报了警。后来，警察在他家中发现了添加过量亚硝酸盐的盐罐，并在四下走访后找到了他非法获取亚硝酸盐的证据。

赵英焕的敏锐，不仅成功地救下了患者，揭穿了人面兽心的丈夫，还让天成市中心医院急诊科避免了一次潜在的医患纠纷。

经过这次事件，郑良玉和杨振开始对赵英焕刮目相看。这个小伙子心思机敏、动手能力强、善察言观色，且眼下急诊科又急需独立接诊的医生，杨振决定不等了，立即向医务科申请了赵英焕的工号。考虑到赵英焕临床经验毕竟少了些，因此暂未安排他独立值夜班。

自从可以独立处理病人，赵英焕便多次缠着郑良玉询问自己什么时候可以去二楼的EICU（急诊重症监护室）。而郑良玉永远是那一句："初出茅庐就觉得自己稳如老手了，先把路走稳，再考虑跑的事情吧！"几次三番地驳回了他的申请，赵英焕只好暂且作罢。

和赵英焕不同，李贺到科室没多久，杨振就为他申请了处方权和工号。白天时李贺可以独立接诊患者，毕竟白天高年资的医生多，随时可以帮他把关，遇到突发情况也好一起解决。但夜间值班人员大幅减少，这几个临床经验尚少、应变能力欠佳的年轻医生，杨振还是不敢放手让他们单独值夜班。即使有了独立工号，李贺还是跟着沈芊芊值夜班。

天成市的这个九月酷热难当，气温始终居高不下。燥热的天气使得各类交通意外、斗殴冲突等事件的爆发率飙升,而且这些伤害事件多在夜间高发。

急诊科已经连续多个夜班都在收治批量伤员。与罹患内科疾病的患者不同,这些因意外伤害入院的患者伤情,不乏鲜血淋漓、血肉模糊,甚至脏器外溢的恐怖画面,堪称《电锯惊魂》真人秀。一边是鲜血残肢的恐怖视觉冲击,另一边是伤者家属随时都要决堤的激烈情绪,双重夹击下,急诊医生面对的压力可想而知。

李贺在初入急诊时就常常面对异常惨烈的车祸伤患者和过于血腥的场景,哪怕从实习到轮转的这几年,他都自认心理承受力还算不错,但有时仍难免心有余悸。作为科室里为数不多的女医生,沈芊芊在处理这些患者时从来都是游刃有余、临危不惧。

在急诊工作总会遇到让医务人员头痛不已的酒鬼,这个夜班也没能幸免,两个满头满脸都是鲜血的伤者来到了急诊科的预检分诊台。

因为聚餐时出现口角,两人当时都抄起了啤酒瓶砸向对方,直到看到双方头上都出了血,两人才停下手来。原本已经不再吵闹的两位患者,在被预检分诊台护士叫去挂号时又开始骂骂咧咧起来,都觉得应该由对方出这个钱。值班的护士是个柔弱的姑娘,见头破血流的两人又起了争执,有些茫然无措。刚处理完病人的沈芊芊听到了动静,立马来到预检分诊台,用自带扩音器的高嗓门劝说道:"还哥儿俩好呢,这会儿又开始掰扯了。这样吧,你们俩谁更讲哥们儿义气,就让谁先来处理伤口!"

先前还在吵架的两人,听到后为了"更讲义气"的名头,互相推着往清创室走去。靠近清创室时,沈芊芊将离门更近的其中一人拉进去后迅速反锁上门:剃发、消毒、麻醉、缝合,一气呵成,三下五除二搞定伤者后，立马换另一个人。

风风火火，速战速决。

另一边，几个大学生模样的青年搀扶着另一个同龄人走进了诊断室。

"哪里不舒服？"李贺看着虚弱不堪的年轻人问道。

年轻男孩有气无力地用手指了指头："我有点头痛，前些天感冒了，没睡好觉。"

李贺给前来就诊的男孩测量了血压：正常范围内。但他还是建议眼前的年轻人再做一个头部CT检查。

"医生，你给我开点感冒药吧，我就是头痛。以前没睡好觉时也会头痛，但不严重。前些天感冒了，鼻子塞着没休息好，头痛就更严重了，我就不去做CT了吧。"

李贺有些犹豫，他将男孩的挂号单信息输入电脑后，查到了男孩的既往就诊信息。他是附近一所大学的学生，二十一岁。

头痛的原因有很多种，颅内肿瘤、脑血管痉挛、动脉瘤破裂、脑梗死、脑出血、颅内感染等诸多疾病都会引起头痛。当然，大概率可能就像男孩自己说的，只是感冒没休息好。这种头痛做CT检查也不会发现任何颅内实质性的问题。如果是这样的疾病，自然是不需要做检查的，开点对症的药物处理一下就好。可他不是没有遇到过非常年轻的脑卒中患者，甚至是儿童患者，但病人往往来就诊时就已经出现了相应症状，甚至已经出现了不同程度的意识障碍。

"还是做个CT扫描吧，确定颅内没有什么问题再开药对症处理。"李贺边说边打量着男孩。

他看到男孩眼里迅速涌现出了失望和焦虑。男孩的衣着非常朴素，一双发黄的耐克鞋一看就是假货：品牌标识上对勾的角度都不对。他双手粗糙，应该做过不少粗活。

头部 CT 的费用要四百多，对比动辄数千元的增强 CT 来说，算不上太贵，但对一个家境贫寒的大学生来说，这可能就是大半个月的生活费。李贺同样有过清贫的学生时代，他非常理解男孩沮丧的神态意味着什么：心疼检查费用。

看得出眼前这个因头疼而略显疲惫的男孩体魄还算强健，要不 CT 检查就先不做了？一念之间，李贺取消了 CT 检查的医嘱单。恰在这时，护士站打来电话，喊他去处理另外一名外伤患者。于是，李贺给男孩开了些解热镇痛类药物后，便匆匆离开了诊室。

几个大学生即将离开急诊科时，刚好遇上从清创室里出来的沈芊芊。她和几个年轻学生擦肩而过，注意到那个被搀扶的男孩脚步有些虚浮，比起右脚，他的左脚显得些许无力，在他人的搀扶下才能勉强用上力，配合右脚缓慢前行。

"这位同学，你崴脚了吗？"沈芊芊开门见山。

男孩虚弱地回答："没崴脚，脑袋疼。"

"头部 CT 照了吗？"

"没有，年轻人头痛还算什么大事？一来医院就要查这个查那个的，刚才医生已经给开药了。"另外一个搀扶男孩的同伴有些不耐烦了，觉得眼前这个医生真是多管闲事。

"这位同学，你先坐下。"沈芊芊示意被搀扶的男孩坐在就近的长椅上，然后不由分说地脱下男孩的鞋袜。她的鼻子在这方面好像一直没有其他人灵敏，似乎完全闻不到男孩脱下鞋袜后浓重的脚臭味。

男孩有些尴尬，想要阻拦女医生过于直接的操作。当他伸手阻止沈芊芊的进一步举动时，发现自己的左手也有些乏力。起初他也觉得左边身子有些发软,但他一直以为是被人搀着使不上力的缘故,就没太往心里去。此刻他忽然愣住了,被一股前所未有的恐惧感笼罩:难道自己真的中风了?!在他的印象里,这不应该是老年人才会得的病吗?自己也并没有口角歪斜、流口水、吐词不清等中风的典型症状。

由于左侧肢体活动没有先前利索,他只能任由对方脱下自己的鞋袜。看着女医生用随身携带的一个金属器械划过自己的双足,他发现自己一侧跗指被划过后自然地背伸。

"左侧肌力也就勉强四级的样子,病理征又是强阳性,颅内肯定有问题。你们俩赶紧搀他到刚才的诊室去,快!必须马上做头部CT,同时通知一下老师和家属。"

三个年轻人望着这位女医生,然后面面相觑,没一人肯动。沈芊芊直接喊护士推了轮椅过来,亲自送男孩到了CT室。

CT检查结果很快就出来了:脑出血!考虑到男孩既往并没有高血压病史,多半还是颅内血管畸形破裂所致。

当李贺看到男孩的检查结果时,不禁后怕不已。他不敢去想,因为自己一念之差同意男孩不做CT检查、直接开具药物后就任由患者离开急诊室的后果。

如果不是沈芊芊在急诊室门口发现了男孩的异样,再次为男孩做了体格检查,并强烈要求进行CT检查,男孩很可能在回到宿舍吃下药物后便不作他想。因为疼痛会在药物的作用下得到缓解,一直担心费用的他极有可能不会再来医院复诊。而动脉瘤破裂的出血往往较多,当出血量进一步增大后,男孩很可能会因为昏迷而被同学、老师呼叫120再次送到医院,而那时可就真的晚了!哪怕及时手术,大脑功能也已经严重受损,日后生活都成问题。再严重的话,可能命都保不住。

处理完男孩后，科室里暂时安静了一阵。

快零点了，沈芊芊点了两份烧烤，给值班的护士分过后，便笑盈盈地来到医生值班室。

新来的医生不能单独值班，挂勾的奖金也只是象征性地发一下，待遇自然低得多。才到科室的李贺一日三餐基本都在食堂解决，沈芊芊看在眼里，每次值班时总会叫些外卖，一叫必是大餐，也总喊上李贺一起吃。这样次数多了，李贺总觉得过意不去，也数次表示要回请，可沈芊芊总是大手一挥："等你们能单独值班，待遇都跟上来了再说这些。你这么能干，帮我做了这么多事，也给我减轻了不少压力，请大家吃点便饭而已，客气个啥。"

李贺知道，沈芊芊这样说只是为了让自己心里好受一些罢了。他是这家医院的员工，拿的是医院发放的薪资，又不是受雇于沈芊芊，哪里谈得上帮她做了很多事。

李贺一直为刚才的漏诊忐忑不安，沈芊芊却绝口不提，只是拿起李贺喜欢的烤排骨串，说马上下半夜了，先吃点东西补充下体力。

从沈芊芊坐下来开始，李贺便有些紧张。这位前辈平日里一急起来说话连珠带炮，一副急诊"女超人"的模样。越是这样的人在急火攻心下数落起人来，就越让人下不了台。可她此刻愉快地吃着烤串，对先前的事情绝口不提。最后还是李贺沉不住气，主动说自己差点犯下大错。沈芊芊倒也没有深究，只说在医疗行业干得越久，就越胆小怕事。因为经历得多了，知道什么叫阴沟里翻船，就会越发谨慎行事。她知道李贺的本意是为患者着想，可急诊医生就是这样，必须在最短时间内用最有效的方法对患者病情做出准确的判断。当医生的，没有同理心不行，可太有同理心了，也容易把自己套进去。

沈芊芊的语气温和得像自家姐姐，李贺心里一热，先前的局促不安也悄然消解。他来自云南一个偏远的山村，父母都务农，还有一个正在上大学的妹妹。因为家境的原因，他一直有些敏感和自卑，工作中也处处小心谨慎。刚才面对那个家境同样拮据的男孩时，他一时的心软差点害了对方。

沈芊芊没吃多少便停下了，说工作久了，胃还跟着娇气起来了。这些天李贺也察觉到沈芊芊的食量比之前明显下降了些，时不时就胃胀、嗳气，她口袋里也时常备着"达喜"。他提议道："沈老师，要不然还是去做个胃镜吧。"

"唉，平常没那么多闲工夫，好几次都想趁着下夜班之后去，可一个通宵下来，四肢无力，脑袋又疼。熬夜后去拉心电图多少都会有点问题，胃镜室的同事一看就直接劝退了。"沈芊芊抱怨着，"况且干我们这行的，长期夜班，饮食又不规律，身体多多少少都会有些毛病，所以平常也不爱体检，有时候是真怕查出点什么问题来。"

在急诊科工作了一段时间，李贺才慢慢察觉到，沈芊芊并不像她看起来那般强壮精干。这种高强度、高压力且使生活极不规律的工作，势必会透支一个人的健康。事实上，科室里高年资的医生，身上或多或少都会有些毛病。医院每年也组织员工体检，除非平日里已经有严重症状，否则大家都会不选择某些项目，不知道是不是多少也有些讳疾忌医的因素在里面。

已经是凌晨三点，正是人们睡得最熟的时候，可深夜的急诊室常常人声鼎沸。

一名不断抽搐的高热患者被推进了抢救室。患者两周前顺产一名女婴,目前还在产褥期。沈芊芊让李贺给产科打电话通知急会诊,患者高热的原因不能排除产褥热。

当接到沈芊芊递过来需要签字的病危通知书时,患者的婆婆和丈夫都蒙了。婆婆随即表示医院太大惊小怪了,无非是自己的儿媳不听劝,不肯好好坐月子,着了凉才会这样,就是个发烧感冒而已,怎么就"病危"了!

沈芊芊解释道,患者的生命体征不太平稳,已经出现了意识障碍,既往也没有癫痫病史,"一般的发烧感冒怎么可能搞成这样?建议赶紧把头部和胸腹部CT一块儿做了,脑膜炎、肺炎、盆腹腔感染都可能出现这种症状!"

"做吧!那就做吧!来次医院就必须做这做那的!要不然医生就没办法看病!"患者丈夫虽然同意检查,可这种强压的怒气让沈、李二人都很不悦。此刻也不便说什么,会诊医生还没赶到,患者病情又重,沈芊芊和李贺一齐推着产妇走进CT室。看到CT室门上贴着"孕产妇检查前请告知"的提示语后,患者的婆婆又反悔了,说儿媳还在喂奶,做了放射检查肯定对喂奶有影响。听母亲这么一说,原本就不愿检查的丈夫又开始反对了。

沈芊芊赶紧解释其中利弊,患者病情这么重,检查肯定是要做的,后面还要用药,横竖这些天是不能哺乳的,劝家属没必要过于纠结这些细枝末节的问题。

就在这时,患者再度抽搐起来,四肢也跟着变得僵硬强直。随行的护士带着药箱,立即执行了医生的口头医嘱,给患者注射了地西泮。

即便这样,家属还在为CT检查可能影响哺乳的事情纠结,患者的婆婆更是表态:"很多小孩发热时不是都会抽筋嘛,抽完不就没事了吗?"

沈芊芊听后勃然大怒:"你自己也是女人,儿媳妇都病成这样了,你还有没有一丁点同理心?合着这女人生完孩子,在你们眼里就只剩下哺乳功能了吗!"

李贺对患者家属的言行也颇为不满,可自己一个年轻的男大夫,也不方便多说什么。急诊科的医患关系一向异常紧张,稍有不慎就容易和家属发生口角冲突,大部分医护人员都尽可能谨言慎行。沈芊芊直截了当地吼出了他心里最想说的话,让他着实感到有些痛快。

CT检查做完了,还真没发现什么大问题。值班的产科医生也在此时赶到了抢救室,宽松的白大褂难掩这位女医生纤细窈窕的身形,虽被口罩遮住了半张脸,但她额头白皙光洁,眉眼清丽。尽管眼前还有重患,可这一瞬间,李贺竟然有些失神。他瞥了一眼对方的胸牌:林皙月。他记下了这个名字。

这位名叫林皙月的产科医生为患者做了妇科查体,初步判断高热原因并不像产褥热,但产科还是愿意密切随访患者,有问题可以随时叫产科来会诊。她的嗓音清悦,和沈芊芊的声如洪钟形成鲜明对比。李贺一直目送对方走出抢救室,又迅速将注意力转移到患者身上。

沈芊芊用手托着下巴,这是她在思考患者病情时的惯用姿势。忽然,她一拍脑门:"真是够了,我居然没想到这些天里如此常见的热射病!一开始就让家属给我带偏了!家属说是'坐月子'不听话着凉了,这么热的天,这家人对产妇也不怎么上心,观念又古板,生怕她'着凉'。空调、电扇肯定是不会给她用的,出现发热、抽搐后，再摊上这么不着调的家属，热射病没跑了！"

可她并没有为自己想到这个结果而感到开心，反而叹了口气："这么重的热射病，死亡率也不低，还是个产妇。我现在赶紧联系楼上的EICU，送她去做后续治疗！"

李贺记得刚到急诊科时，沈芊芊便这样教导自己：一个合格的急诊医生，应该具备缜密的思维能力，反复通过临床思维分析病因、抽丝剥茧，挖掘病因和症状之间的关联和逻辑，最后给出明确的诊断。

窗外，天色渐渐发白，忙了一整个通宵，今天的夜班终于要到头了。李贺知道和沈芊芊同值的时间不会太久，他迟早要脱离沈芊芊独立工作，可他仍为工作之初就能跟着这样一位带教老师感到庆幸。

终于到了早晨八点，开始交班了。李贺平日里就有健身的习惯，身体素质不错，饶是如此，每次下夜班后他都觉得四肢乏力，头也昏昏沉沉的，恨不得一回家就睡到地老天荒。在护士做交班报告的间歇，李贺看了一眼站在他对侧的沈芊芊。这位前辈上班时总是一副生龙活虎的样子，可一个通宵下来也哈欠连天，脸上泛着不健康的灰白色。李贺忽然觉得，工作中的沈芊芊仿佛是被迫打了肾上腺素，在完成高强度的工作后，便再难掩盖油尽灯枯般的疲倦不堪。

- 5 -
这是个瞬息万变的地方

"医生"是一种需要终生学习的职业,各大科室不时会派人外出进修学习,到更大的医院开拓眼界,学成归来也方便在科室展示一些新技术。

沈芊芊是晚婚,眼下又将要成为高龄产妇,三十五岁的她自然要考虑备孕这方面的事情。她先前体检查出子宫肌瘤,瘤体不小,因为肌瘤没有造成月经明显增多及压迫的症状,科室里确实又太忙,她便没急着做手术。原本想等新来的年轻大夫可以独当一面、人手没那么紧张时,她再去把手术做了。

眼瞅着李贺可以独立值班了,医院又给科室安排了进修名额,而且是北京的名院,机会难得。权衡过后,沈芊芊还是决定暂缓手术。反正她也没什么临床症状,这种妇科良性肿瘤很多育龄期女性都有,手术也不急于这一时半会儿。她还是想去更好的平台开开眼界,长长见识。

科室里少了一个可以值夜班的高年资医生，眼下杨振也不得不考虑让赵、李二人开始独立值夜班，以缓解压力。白天还好，科室医务人员充足，可以互相帮衬。到了夜间，不仅医务人员数量骤减，而且就诊患者往往来得更急、病情更重，也更容易出现纠纷隐患。

赵英焕出自神经外科班，普通的外科清创从来不在话下，奈何对许多内科疾病的诊治多少还是有些生疏。李贺虽然临床经验丰富，业务知识也过硬，但急诊科是个瞬息万变的地方，没有强大的心理素质和过人的实战经验，很容易出事故。

同时，急诊科其他医生已经抱怨无法再继续承受超负荷的工作强度，所以杨振不得不考虑增加值班人手。面对这种尴尬局面，他索性将李贺和赵英焕两人放到一组，两人抵一岗：一个业务扎实，一个机警善变，虽都年轻，但两个臭皮匠总能顶得上半个诸葛亮。

这一晚，是两人第一次脱离带教老师，独立值班。像生命中很多的"第一次"一样，面对这未知、新鲜、脱离管束的"第一次"，两人甚至有些期待。

他们商量了一下，由李贺主要负责抢救室。夜间被送往急诊室的，多以内科危急重症为主，往往病情复杂，处理不易。而所有外伤患者和急诊腹痛患者，便由赵英焕负责，毕竟他有较为良好的外科功底。

眼下已是深秋时分，前来就诊的患者多以发烧、感冒和各类腹痛为主，而应对这些常见的内科疾病，已在急诊科工作数月的赵英焕算是得心应手。

急诊科医生的夜班时间从晚上六点开始，直到次日早上八点，其间几乎闲不下来。如果次日晨交班不太顺利，延到中午都下不了夜班的情形也是存在的，所以，急诊科的夜班极其考验医生的精力和体能。

这一晚还算平顺，临近下半夜了，他们还没有遇到过于危重的病人或难缠的家属。就在这时，诊室的电话响了。抢救室打来的，夜班负责抢救室的一名医生正处理一名危重创伤患者，现又接到另一名危重患者需要急救，接到电话的李贺只好匆匆前往抢救室。

赶到抢救室后，李贺才发现这名患者非常特殊。患者只有三十多岁，在一家国企上班，半年前在工作中遭受电击导致心跳骤停，因为当时现场没人会做心肺复苏，黄金抢救时间就这样被耽搁了。急救人员赶到后立刻实施心肺复苏，患者恢复了自主心率，但因为大脑缺氧时间太长，患者最终被判定脑死亡。

脑死亡的意思是：患者对外界的任何刺激都不会做出反应，没有任何自主运动，也没有自主呼吸，体感诱发电位提示脑干功能全部丧失。在很多国家，脑死亡是判定一个人死亡的标准。

李贺过去在重症监护室轮转时遇到过不少已经被宣判脑死亡的患者。脑死亡后，部分患者仍可以维持长时间的心跳和基础代谢，因此，一些家属接受不了患者已经死亡的事实，他们看到监护仪上还有心跳，便选择继续"治疗"。但在继续投入高昂的治疗费后，他们不得不再次接受先前已被医生告知的残酷事实。

他曾经在监护室见过一名年轻患者，因严重颅脑损伤被宣判为脑死亡。家属一开始接受不了，要求继续"治疗"，后面渐渐回过劲来，意识到孩子已经死亡的事实。彼时刚好有一名患有先天性心脏病合并重度肺动脉高压的产妇急需肺移植，与他们孩子的血型相符，于是家属决定捐献孩子的器官。由于患者在脑死亡后仍使用了很长时间的呼吸机，肺部已经严重感染，这个珍贵的肺源没办法用在产妇身上，据说产妇后来也死了。

眼前这名患者，或者说死者，没有结过婚，父母五十多岁，只有这一个儿子。因为是工伤，他们没担心过费用问题，儿子脑死亡后半年还在一直"治疗"。一个多小时前，他的心跳也停了，虽然经过按压后又回来了，可一小时内已经停跳三次，他"活着"的唯一凭证即将彻底消失。家属这才要求转到天成市中心医院治疗。

李贺了解了事情的原委后，让这对失独夫妻坐到长椅上。他蹲下身，握住了夫妻二人的手。他相信对方早就知道这个结果，没必要再过多解释脑死亡的概念。母亲哭个不停，表示医生说的这些她也知道，可这一天真的来了，她还是接受不了。父亲倒没有吭气，眼神中只剩下哀莫大于心死的绝望。

在反复沟通后，家属表示接受现实，愿意让孩子入土为安。半年了，他们也受够了煎熬，现在这只"靴子"终于落地了。

就在这时，护士惊叫起来："李医生，快进来！患者心跳又要停了！"

李贺一惊，匆匆返回抢救室，此时患者的心电监护仪上提示心率只有十几次，护士已经开始为患者做心肺复苏。他替换下护士，立即接手做胸外按压，嘱咐护士推肾上腺素。护士的惊叫让患者母亲再次崩溃，转身抱着丈夫哀哀痛哭，这一刻真的到来了，他们到底还是茫然无措的。

急诊科早已与时俱进地购置了协助医护心肺复苏的仪器，只需连接好电源和氧气，便可以完全替代人工胸外按压。由于一下下按压的模式非常像打地桩，因此，这些仪器也一直被医生、护士戏称为"打桩机"。

胸外按压其实是个非常费力气的活，因为要将上身的重量完全聚集在双手上实施按压，常规按压几分钟后人便累得浑身是汗，需要和其他医生、护士轮流做，适当恢复体力，才能保证后面的有效按压。

当李贺再次向家属说明当下的情况时，这对夫妻又陷入了深深的犹豫。既不表态要积极抢救，也不表明就此放弃。就在这时，急诊科门口传来几个男子的吵嚷，"医生呢？医生在哪里？快点来人，我们被砍了！"

几个浑身鲜血的男青年冲进急诊科，在预检分诊台前不停地吵嚷。

赵英焕连忙赶了过来，几个男青年见到有接诊医生前来，仿佛得到大赦一般。赵英焕没有想到，自己刚一走进清创室，其中一名伤者便立即将门反锁。赵英焕一惊：难道那些只在新闻里报道的恶性伤医事件，就要发生在自己身上了？！

"赵英焕，你在里面吗？你还好吗？"李贺焦急地拍打着清创室的门，然后推了几下，门没有开。正当他纳闷时，清创室里传来了回应："走开！你再撞一下门试试！"一名伤者用身体顶住门，口口声声威胁道，"你们还有一个医生在这里，你敢放人进来你就试一下！"

李贺提高了音量："赵英焕，你还好吗，受伤没有？"

在短暂的惊恐过后，赵英焕强压住自己的恐惧。他知道，这几个人虽然喝了酒，但神志还算清明，加之受伤，情绪难免烦躁，匆匆赶来医院也只是为了治伤而已，但此刻把清创室的门反锁起来……估计是为了避免仇家闯进来加害？想到这一层后，赵英焕反倒镇静下来。他迅速用无菌敷料和绷带挨个儿缠紧三名伤者的伤口，防止其大量出血，紧接着又根据出血情况依次为三个人做清创缝合。

初步包扎好的伤口有效制止了活动性出血，这三个人也没先前那样惊慌失措了。"你们三个彼此分开些，清创室本来不允许这么多人进来，以免造成伤口感染。你们身上都有伤口，既然全进来了，就要避免交叉感染，不能再扎堆，相互站得越远越好！"

三名不停吵嚷、烦躁不安的伤者，倒是格外听赵英焕的安排。比起其他急诊患者，他们对医生的态度反而更显毕恭毕敬。

抢救室在护士站对面，清创室在两者连接形成的弧面之间，所以李贺在抢救室门口就能看到清创室。可他现在进不去，也不清楚里面的情况，听护士说三名伤者凶神恶煞地将赵英焕推搡进清创室，随即反锁了门。李贺也跟着慌了起来。

每隔几个月，媒体上就会出现恶性伤医的报道，面对这种突发状况，他的心已经悬在了嗓子眼，虽说自己和赵英焕谈不上有多好的交情，但两人同入急诊也是缘分。此刻，他焦急万分，立即拿出手机报警。

刚报完警，李贺就看到一个戴着大金链的光头男子走入急诊科大门，手中拿着一把扎眼的开山刀。男子径直走向预检分诊台，也不说明来意，只是东张西望。预检分诊台的护士见到他手中的大刀，吓得直接躲在了桌子下面。

见这样的不速之客闯入急诊，刚刚出来看热闹的患者和家属纷纷返回病房，并将门反锁。情况危急，李贺立即想到抢救室外的两位老人，于是赶紧输入抢救室的门禁密码，将滞留在抢救室外的几名家属放进去。

他自己本可以不再出去。抢救室的门设有密码，而且是道沉重的铅门，此刻没有比待在这里更安全的了。可一想起光头男手上那把顾长的开山刀，李贺就觉得头皮发麻。看他东张西望的样子，像是在寻找什么人，应该是来故意寻衅的。难道他是来找这里的医生寻仇的？李贺明显感觉到自己的心跳在急剧加速。近年来全国各地总有杀医的新闻报道，难道这样的事情真的会发生在自己身边？

他想破了头也没想起最近科室里发生过什么恶性医疗事故，足以让家属这般前来寻仇。可那些他依然记忆犹新的新闻报道一时间全部涌入了脑海：前几年，广东某医院一位口腔科主任被患者尾随入室杀害，行凶动机居然是十多年前被害人为他安装的烤瓷牙变色了；一名脑梗死患者自觉恢复效果不好，便携妻带子到某医院诊室蹲守，情急之下杀害了一位刚刚走进诊室与他素不相识的医生，而凶手发现杀错人后竟只说了句"算他倒霉"。对于有些人，压根就不能用正常人的思维去揣度。想到这里，巨大的惊恐袭上李贺的心头。好在他已经报警，眼下唯一的希望便是警察快些赶到，救他们于水火之中。

在既往报道的杀医案件中，凶手的目标可能是曾经为他们诊疗过的医生，也可能是随机选择的医生，都只是为了泄愤；凶手可能来自各行各业，甚至平日在常人眼中看起来"无比正常"。而这个光头、戴金链、文身的男人，一看就是社会闲散人员。李贺这才想起护士说的三名伤者一进入清创室便立即把门反锁，这样看来，他们很可能是为了躲避仇家。这光头男应该不是来找医生"寻仇"，而是那三名伤者。但这并没有让李贺松一口气，若是如此，赵英焕就更加危险了！

李贺知道，清创室的门为了方便医务人员和病人出入，门锁基本形同虚设。有时医生也会从里面把门反锁，只是为了保护一下患者的隐私。以光头男的体格，用力撞开门简直轻而易举。一旦他真的破门而入，继续加害伤者，那么赵英焕难免会被误伤，后果不堪设想。

想到这里，李贺决定冒险一试。他脱下白大褂，打开密码锁，走出抢救室。

此刻，光头男的目光正聚焦在地面淋漓的血迹上，血迹一路向清创室蜿蜒，他似乎意识到了什么，便向清创室的方向走去。果然是来寻仇的！李贺的猜想得到了印证，他壮着胆子，从后面叫住了对方："嘿！这位大哥，你在找人吗？"

他尽量使自己的语气显得轻松，带点自来熟似的和对方搭话。

"你有没有看到三个受伤的人？"光头男转过身。他双眼突出（疑似患有甲亢），脸上溅有血迹，面貌看起来格外狰狞。

和这张脸对视，李贺不由得倒吸一口凉气，他从未见过面相如此凶恶的人。他强迫自己镇定下来，指着后边说道："我是看到了三个人，一个头受了伤，另外两个肩膀受了伤。他们往外科住院部的方向走了，不在急诊科。"

光头男狐疑地打量着李贺。他再次看向地面，血迹沿着急诊科大门一路至清创室门口，而李贺所指的外科住院部方向压根没见到任何血迹。

李贺忽然也意识到了这一点，连忙补充道："这三个人先是到了我们这里，可只有一位值班医生，不能同时处理三个病人，所以就简单做了包扎。止住血后，就让他们三个去外科住院部了。"

对方似乎觉得李贺的解释倒也合理，便提着刀往住院部的方向走去。"这位大哥，他们三个人的包扎费用还没交。他们有的伤到了头，有的伤到了胳膊，所以肯定不会去同一个楼层，您要是找到他们，帮忙顺便提一下费用的事情哈。"李贺末了还不忘加上一句。

他故意提及伤者去了不同楼层，就是想拖住光头男在住院部多晃悠一阵，为警察到来赢得更多时间。

男人头也不回地走了。这时，李贺再次拨打110，告诉警察一个光头花臂、手持砍刀的男子往外科住院部的方向去了，请他们到达医院后分部分警力去那里围堵。

警察赶到医院后，在办理出入院的工作台附近抓获了光头男。得知警察到达后，三名伤者终于打开了清创室反锁的门。李贺看到赵英焕正气定神闲地为其中一名肩部外伤的患者做清创缝合，一颗悬着的心终于放了下来。

光头男一见到大批警察赶到便慌了，刀具"哐当"一声落地，嘴里连忙解释："警察大哥，我们就是闹着玩玩的，你们看这刀，橡皮的。"

警察哪里肯听他过多解释，十几条粗壮的胳膊将他按倒在地，用手铐将其双手铐在背后。其中一名年轻警员捡起那把骇人的刀，摸了摸刀刃，"还真是橡皮做的……"

虽然事后证明完全是虚惊一场，但这次事件后，赵英焕完全改变了对李贺的态度。当时他被关在清创室里，并不知道外面发生了什么，直到后来警察找他做笔录询问三名伤者的情况，并让他看了那晚手握开山刀的光头男在清创室门口几欲破门闯入的监控画面，他才深觉后怕。他不得不佩服李贺的机智和仗义，知道自己的生命中从此多了一个非常重要且讲义气的朋友。

与此同时，医院的安保措施也让他咂舌。监控显示，自从光头男提刀来到急诊科，原本在急诊科入口处的保安便闪进了保卫室玩消失，直到看到大批警察进入急诊科，他才像没事人一样从保卫室出来。

都说病人欺生，对这两位新人医生也一点不例外。两人独立值的第一个夜班，后半夜又来了"惊喜"。凌晨两点过后，他们陆续接诊了几名上吐下泻的患者，本来没什么特别，但相同症状的患者不断增多，而且他们这天都在一家名叫"徐生记"的酒店吃过饭，两人这才意识到，他们很可能遇到了批量食物中毒，科室里能来加班的同事也都被他们招来了。

林皙月也是这次食物中毒的一员。这天晚上，她去酒店参加同事的婚宴，席间有不少凉菜和海鲜。她吃了几口觉得不太新鲜，便没再动筷，没想到夜里还是上吐下泻，到后来完全成了水样便。

到达急诊科时，她被眼前的情景惊呆了。抢救室、留观室、坐式输液区，甚至连急诊过道的长椅上都塞满了人。

她在人群中看到另外几位参加婚宴的同事，便意识到了问题所在。宴席中有些肉类遭到细菌污染，导致了大规模的食物中毒。

"护士，这包液输完了，快来换液了！"

"全都输完了，还有药没？要不要拔针！"

"我肚子都快疼死了，你们倒是快点来给我把液输上啊！"

"医生，你们在不在啊？这没啥用啊，都输了一个小时液了，我怎么还在拉稀啊！"

急诊室里嘈杂不堪，护士都是一路小跑地到处"灭火"，恨不得脚踩风火轮。

而那些还没下夜班的医生，则是一边语速飞快地采集病史，一边头也不抬地在电脑上下达医嘱。哪怕不停地有患者或家属来打岔问话，他们仍然没有停下手中的活。在病史采集结束的间隙，他们还要忙于回答患者和家属的问题，一心三用倒也利落。

病人虽多，但林皙月的就诊流程还算顺利。接诊医生迅速问过病史后，便开了医嘱，让她在候诊区等待打针输液、抽血化验。赵英焕和李贺接到上级通知，为这晚所有食物中毒患者开辟绿色通道：先治疗、后付费。

等待中，林皙月眼见所有医务人员尽管忙得焦头烂额，行动却不失条理：预检分诊台的护士根据病情严重程度，重新分出就医先后，并在每名患者的手腕上套上腕带，编好序号；医生查看患者、采集病史、迅速查体，并根据患者序号开出医嘱。

拿到医嘱单的患者须到诊疗区接受相关化验及治疗。林皙月抬起手腕，看看自己的编号——72号。护士已经为她配好了药，恰好一名坐式输液区的急性支气管炎患者刚拔完针，护士便安排她坐在了那里。

在注入解痉、镇痛的针药后，她感觉腹痛和恶心的症状很快得到了缓解。输液过程中，她看了一眼剩余的液体：主要用来补液和补充电解质。慢慢地，她觉得有些头晕、心慌，周身出了很多汗，意识也开始模糊，她意识到自己可能是低血糖了。坐式输液区没有连接护士站的按铃，她想喊住来来往往的护士，帮她测下血糖，然后给她推点高浓度葡萄糖，这样她的症状就可以得到迅速缓解。

可周围的护士行色匆匆，需要紧急处理的病人太多了，根本没有注意到这位年轻的同行已经出现了异样。

她竭尽全力喊了两声，可环境太嘈杂，没有医务人员听见她的呼喊。她的身体越来越无力，已经不能支撑她坐稳，视线也开始变得模糊。在彻底失去意识之前，她依稀看到一位年轻医生正朝自己走来。

"你怎么了？快醒醒！"在林皙月残存的意识里，她感觉那位年轻医生在焦急地拍打着她的肩膀。后来她一直没有找到恰当的词语去描绘那一瞬间的感觉，只记得那张被口罩遮挡了大半部分的脸仅露出了眉眼，眼神中充满温暖和关切，他温润的模样与嘈杂的环境形成了强烈反差。

随后，她感觉有人将她环抱起来，穿过熙熙攘攘的人群。之后，她便彻底失去了意识。

的确是低血糖，在推注高浓度葡萄糖后，林皙月很快清醒了过来，但她再没有看到失去意识前最后映入眼帘的那位医生。

就在赵英焕准备将这个晕倒的姑娘送到抢救室时，突然被护士拦了下来，一个原先经赵英焕处置的病人出了新状况。

刚好这时，李贺也走了过来。情急之下，李贺直接抱起林皙月，将她匆匆安置在抢救室里。看她周身被汗水浸湿，便给她测了血糖，发现她的血糖低到几乎要测不出，他立即让护士给她静脉推注了高糖，并将她输的平衡液换成了葡萄糖溶液。

李贺这才认出了这个姑娘——产科的林皙月，前段时间来急诊科会诊过。她明明自己就是中心医院的医生，有着比其他患者更为便利的就医条件，为何都这样了，她还不向急诊科的同事求助呢？

高糖的效果立竿见影。看到林皙月的意识渐渐恢复，直到慢慢地睁开眼睛，李贺终于安下心来。与此同时，护士呼叫他去接诊新来的患者。病人一个接一个，他根本无暇逗留，只得匆忙离开了抢救室。

这真是一次不平静的夜班，已经到了第二天上午近十点，这两位新晋的急诊医生才算真正下班。赵英焕邀李贺一起去吃早饭。连续十几个小时滴米未进,又熬了一个通宵,李贺早就饥肠辘辘,便没再推辞,交了班后跟着赵英焕走出急诊室。离开科室前,他还专门去抢救室看了一下林皙月的情况。护士告诉他,林皙月用药后,情况很快得到缓解,因为产科事情多,就先回去了。

走到医院的停车坪时,李贺看到赵英焕在一辆捷豹前停了下来,接着从裤兜里拿出遥控钥匙。车门应声而开,赵英焕迅速钻进驾驶室,对一直愣在原地的李贺说道:"愣着干嘛?上来啊。"李贺这才上了车。

他这会儿才知道,赵英焕家境果然不俗。虽然不知道赵英焕之前两年到底在哪里工作,但看他平日里大手大脚惯了的样子,绝不像工作两年就能买得起这种车的人。

他也喜欢捷豹,好车坐起来,感觉是不太一样。

赵英焕说一起吃早饭,他没多想便答应了,猜想无非是些小面、米线之类。当两人到了目的地,李贺看到店里颇为考究的装潢时,就知道不会是亲民价了。他翻开手里的菜单,愣住了:一小屉只有四个的水晶虾饺也要五十八块。他粗看后随便点了两样点心,便将菜单递给了赵英焕。

"就吃这么点啊,"赵英焕又在菜单上选了几个,"流沙包、烧鹅、马蹄糕、酥皮莲蓉包、蒸凤爪、瑶柱白果粥,再要两份双皮奶。"

李贺听他点了这一长串,连忙打住他:"够了吧,多了吃不完。"

"这家店的双皮奶很好吃,我帮你叫了。真不多,这家菜的分量都不大,但是论口味,绝对是正宗的老广州味道。来中心医院工作后,休息日的早晨我都会跑来这里吃,何况这次下了夜班,这一晚上跟打仗似的,必须要犒劳下自己的胃。"赵英焕笑嘻嘻地将菜单还给服务员,"暂时就这些吧,待会儿看看我朋友,还想吃点什么的话就再上。"

李贺这才意识到,虽然他们两个一同进科室,做着同样的工作,穿上白大褂时彼此似乎也没什么不同,但说到底,他们的底气是不同的。

"都说男女搭配干活不累。但咱俩内外兼修、里应外合,倒也相安。"赵英焕边说边拿起眼前装双皮奶的小碗,和李贺碰了碰碗,以表感谢对方的救命之恩。

虽然赵英焕曾误会李贺在背后捅他刀子,可自从那次李贺帮他接诊了那个流浪汉之后,他便打算和对方化干戈为玉帛。特别在后来郑良玉的一次训话中他才得知,自己在网上学习缝合肌腱的事情并不是李贺告发,他更是对自己先前的莽撞愧疚不已,平日里总是想找机会补偿一下。

没有了成见,又都是同进急诊科的年轻人,彼此很容易成为心性相投的朋友。李贺还没来得及回答,兜里的手机便响了。是杨振。下了夜班还有电话,估计不是什么好事。

赵英焕听不见电话里的内容,但他发现李贺的表情逐渐凝重起来。

"昨天晚上那名脑死亡患者的家属把我投诉了,说我在抢救期间擅自离岗。"

"投诉?他们后来不是主动放弃,把患者拉回家了吗?而且患者脑死亡那么久了,心跳都停了,还'抢救'个什么鬼啊!"赵英焕觉得有些不可理喻。

"其实也能理解,那对老夫妻就这么一个孩子,心里过不了这道坎儿,需要一点发泄情绪的空间吧。应该没什么事。"

"先别管他们,美食不可辜负,咱们都累一个晚上了,饭还不让吃了?"赵英焕知道,李贺背上这么个投诉,其实和自己有关。如果不是关心自己的安危,他压根不必冒险离开抢救室。

"待会儿吃饱了,我和你一起回去,跟主任和医务科说一下这个事情,顺便向医院提议整改医院的安保措施。一天到晚只知道盯着医生,有错没错都要先打医生的板子,还好意思拿这种投诉说事,我还没追究医院的安保形同虚设呢!"

医患和谐办里,那对失独夫妻的情绪倒没有那么激动,只是一个劲地哭,说半年前医生就坦承儿子已经脑死亡,可他们心里迈不过那道坎儿。这一次孩子心跳停了,他们知道这一天终究还是来了,与其说送到这里来"抢救",其实是想让医生告诉他们儿子这回是彻底走了,他们也好跟儿子彻底告个别;可抢救医生居然中途放下他们的孩子跑出了抢救室,虽然知道事出有因,但一想到这里他们就很难过。

在和谐办主任不住地劝慰下,这对夫妻倒也没怎么为难李贺。老夫妻都是五十多岁,满头白发,悲伤到不能自已。儿子出事后的这半年来,都不知道他们是怎么挨过来的。

看到这一幕,李贺的鼻子有些发酸。他主动上前道歉,轻轻拥住了一直小声抽泣的老夫妻。他道歉并不是因为和谐办主任的施压,更不是想以低姿态换取息事宁人,他知道自己当时在潜意识里已经认定出现心跳停止的脑死亡患者是没有任何"抢救"价值的。作为一名医生,尽力救治固然重要,但对死者家属做到应有的人文关怀,同样是治疗的重要部分。他察觉到夫妻二人的背部在微微颤抖,也跟着流下了眼泪。

- 6 -
急不起来的急诊手术

赵英焕自认为是个坚定的无神论者，可自从经历了首次夜班的大阵仗，他觉得还是对"夜班之神"心存敬畏比较好。医院里流行这么一种传言，每位刚刚独立工作或值班的年轻医生，在头几个夜班总会遇到些奇奇怪怪的病患，甚至惊心动魄的事件。

科里其他高年资的医生告诉他，夜班的禁忌食物之一就是杧果。"杧""忙"同音，吃了之后会一晚上忙成狗。以及凡是名字里有"méi"音的水果也万万碰不得，什么草莓、杨梅、蔓越莓，坚决不要吃，要不然一晚上霉死你！带"旺"字的，什么旺旺雪饼、旺仔牛奶、毛血旺之类的也万万吃不得。之前有次沈芊芊夜班时请大家吃旺旺大礼包，结果那天晚上科室忙翻了天——连环车祸、午夜跳楼、心梗、肺栓塞、主动脉夹层，只要是急诊医生能想到的危急重症，那天晚上基本来了个遍，连三线班的医生、护士都被叫来加班了。

他和李贺在夜班前自然没吃这些食物，可"病人欺生"这条铁律还是没逃掉。

他们的头一个夜班刚结束,第二天就遇到了批量伤员事件。中南路发生车祸,一辆旅游中巴车因躲避一辆轿车失控侧翻,车上二十几人无一幸免,全部受伤。120调度中心立刻派遣周边医院救护车前往救援。中心医院也接回了六名重伤员,基本是多发伤。其中两人满身血迹,四肢和头面部都有伤口,伤口处布满血痂和尘土,看上去凄惨无比;另外两名看着身上很干净且没有明显伤口的伤者已经出现失血性休克,最后还有两人已经出现意识障碍。

一瞬间,整个科室忙作一团。两名高年资医生为意识障碍伤者做气管插管。李贺和赵英焕也熟络地忙于各类操作,杨振示意他俩分别给两名已经休克的伤者做中心静脉置管,方便后续大量输血补液。护士则忙着为伤员做四肢伤口的包扎止血,上监护、氧气,建立各类静脉通道并抽血,完善各类术前及输血前检查。

抢救室顷刻间被塞得满满当当,好在医生、护士配合默契,忙而不乱,杨振指挥为伤者全程开放绿色通道,在患者生命体征相对平稳后,立刻由医生、护士陪同前往CT室做相关检查,并请骨科、普外、胸外、神外等相关科室急会诊。

其中一名胸部损伤的患者因发生严重血气胸,双肺均受到压迫并丧失了正常的呼吸功能,患者仿佛一条离开水的鱼,嘴巴尽力开合,却无法有效摄氧,严重缺氧造成的濒死感使患者的面容看起来极为惊悚。

李贺和赵英焕立刻为患者做胸腔闭式引流,引流出胸腔内的血液和气体,被压缩的肺脏迅速复张后,伤者严重的喘憋症状立刻得到了缓解,血氧饱和度也迅速回升。警报解除后,患者被收入胸外科。另外两名腹部损伤的患者——一个肝破裂,一个脾破裂——血型鉴定结果还没有出来，可肝破裂患者已发生严重失血性休克，再不输血的话可能没法活命。在杨振和肝胆外科主任安排急诊手术的空当，郑良玉已经和输血科沟通先输一个单位的 O 型红细胞悬液。由于肝破裂出血太快，输血刻不容缓。血液一到，护士立刻用加压器快速灌注入患者的中心静脉导管。至于那两名入院便出现意识障碍的患者都存在严重的颅脑损伤，胸腹部虽然也有问题，但还属头部最重，已经被紧急收到了神经外科。

急诊科三天两头面对的都是此类批量患者，大家早已经习惯了。今天送来六名重伤员，其中四名生命垂危，可硬是没见一个惊慌失措的急诊人。

两名清醒的伤者不住地呻吟，其中一人更是发了怒。这两人都在车祸中被甩到了窗外又遭其他车辆碾轧下肢，其中一人的足踝部发生严重撕脱伤，他冲医生、护士吼道："你们看看我的脚！骨头全露出来了，这里就属我伤得最重！结果来了医院，你们都先给他们几个处理。先给他们做 CT 那些我也忍了，可都过这么久了，你们一堆人只围着那几个人转，难道是因为他们几个穿得更好，医院也是先敬罗衣再敬人吗？"

赵英焕实在听不下去了，他本想解释优先处理的伤者肯定伤得更重，而这位还能这般中气十足地喊话，显然不是医生首要操心的对象。他瞥了对方一眼，脱口道："要是所有人都先围着你转，说明你离太平间就近了。"

突来的车祸加上剧烈的疼痛本就让伤者惊慌不已，来到医院后自己又不被医护人员重视，眼下还被一个年轻医生无礼冒犯，他气得浑身发颤，拿出手机准备对着赵英焕录像，叫嚷着医院不仅视人命如草芥，还对患者这样傲慢无礼。

李贺看见对方拿出手机，忙上前好言相劝，直言确实是因为其他几人伤情太重，都有严重的脏器损伤，随时有生命危险。既然对方的检查已经做完，急诊现在也已经和骨科对接好，这就送他去手术室做手术。见他还举着手机，李贺善意地微笑说自己可以帮忙联系家属，这伤不算重，就是创口看着吓人，自己是医生，由他来和家属沟通要更专业些，也让一路赶来的家属先别着急。

一番劝慰后，伤者将手机给了李贺。一场可能存在的医患纠纷就这样被化解。

一系列检查和急救全部完善后，六名患者顺利转入相关责任科室。因为是外地游客，家属一时也到不了，所以院领导出面签署了相关的手术同意书。

这一通紧急处理结束后，不知不觉间，天已经黑了。此刻，神经外科手术室的灯依然亮着，雷霆已经做了一整天的手术：一台脑胶质瘤，一台脑垂体瘤，都是非常耗时的精细活。

而就在这临近饭点的时刻，急诊科又送来两名车祸导致的硬膜外血肿伤者，其中一名因血肿太大，大脑中线发生偏移，已经形成脑疝。两名伤者都由赵英焕开出了住院证，都需要做急诊手术。

两台手术差不多同时开始，雷霆参与的是已经形成脑疝的伤者手术，过程还算顺利。不过，手术成功对于重型颅脑损伤患者来说只是万里长征的第一步，后期还有漫长的关口需要医生和患者一同去闯。

手术结束时早已过了晚饭时间，雷霆脱下沾血的手术袍准备离开手术室，病房医生又打来电话通知他，一名不慎从脚手架上坠落的工人已经从急诊科被送到他们科的病房。

"CT什么情况?"累了一天的他懒得再和病房同事左右其他,直奔主题。

"颞叶挫裂伤严重,左颞顶枕部硬膜下和硬膜外都有血肿,出血量很多。CT平扫我录了一段小视频,已经发给你了。"对方也是语速飞快。

"患者意识怎么样?"

"浅昏迷。"

趁打电话的空当,雷霆已经在手机上看到患者的头部CT,"出血量很大,赶紧和家属沟通手术细节,把术前签字那一套写出来,然后直接送手术室。我这边喊护士和麻醉医生一起做准备。"

没过多久,已经被剃光头发的伤者被送到了神经外科手术室。这种手术需要副主任医师级别才能主刀,雷霆担任的是第一助手。他今年马上三十二岁,二十八岁博士毕业,到中心医院已经三年有余。可对于医生这个职业,特别是神经外科医生,不管是资历还是年龄,他都算是年轻的。

这台手术的内容倒也不算复杂,在消毒铺巾后,将生理盐水注射到帽状腱膜,切开头皮,在患者出血侧的颞顶部钻孔,取下颅骨骨瓣,全层切开头皮,再行颅骨钻孔,铣开颅骨,取下骨瓣,清除硬膜外的血肿并严密止血;然后再剪开硬脑膜,清除硬膜下血肿,并修剪部分失去活性的脑组织,再次电凝止血;在确定无出血后,用明胶海绵及人工硬脑膜覆盖脑组织,最后安置引流管后,再分层缝合头皮。

手术还算顺利,马上就要缝合最后一层头皮了,主刀已经下台。一名实习医生也上了这台手术,但全程下来基本没有真正参与的机会。看对方跃跃欲试的样子，雷霆索性把持针器递给他，反正缝头皮也是最没技术含量的扫尾工作。

其间看到对方笨手笨脚的样子，雷霆好几次想自己上手分分钟了事，毕竟一旁的巡回护士和器械护士都开始有些不耐烦。可看到对方兴致勃勃的状态，他又有些于心不忍。眼前这名笨拙却认真的实习生，让他不禁想起了十年前的自己。

他第一次上手术台还是在本科实习的时候，跟着观摩了多台手术之后，老师才让他当助手，同台干些拉钩、剪线的杂活。这么多年过去了，他还记得老师第一次让他参与手术时他内心的欢呼雀跃。现在的他已经成为神经外科医生，主任也逐渐开始让他主刀，可自打这一轮住院总生涯开始，他感觉越来越力不从心。

这半年来，他实在太累了。且不说这期间他几乎一直住在医院里，每天都在协调手术、参与手术、参加全院和神外相关的会诊，而且经常是晚上忙个通宵后，第二天还得连轴转。他工作的时间不算长，可他感觉自己已经出现某种程度的职业倦怠。还好住院总的生涯马上就要到头了，不知道结束了这种超高强度的工作模式后，自己日渐深刻的职业倦怠会不会有所缓解。

他刚刚脱掉手术服，手机又不合时宜地响了起来：又是病房医生。雷霆心里一紧，这根本就是"午夜凶铃"。病房医生在电话里告诉他，好几个科室已经向神经外科发出会诊，不过都不算急会诊，他下了手术后可以挨个儿去。

在一旁写记录的麻醉医生讪笑着哀叹："夜班之神啊，请你保佑雷总今晚风调雨顺，我今晚可不想再遇到这个'霉星'了！"

"我也希望咱俩此生不复相见。"雷霆甩下这句话后，人已经跨出了神外手术室。

刚做完因骨盆骨折又合并少许蛛网膜下腔出血的骨科伤者的会诊，他又接到了神经内科打来的电话，要求他前去急会诊。

见到雷霆后，神内主管医生开始有条不紊地汇报病史："患者年龄五十七岁，既往有房颤病史，未正规服药。两天前患者因突发意识障碍送入我院急诊科，CT提示脑梗死，请我们科室会诊后建议先急诊床旁溶栓。但溶栓后效果不好，再行脑血管造影检查看见栓塞病灶，和家属沟通后做了支架取栓。手术很成功，但因缺血再灌注的缘故，患者现在出现了脑疝，所以想请你们看一下，能否转到你们科手术减压。"

这位名叫刘成的神经内科主管医生，虽和雷霆在不同科室，但因为都主治与神经系统相关的疾病，所以两人平日里不免有些交集，虽谈不上熟络，但也能叫得上彼此的名字。此刻，刘成医生一身整洁的白大褂，听诊器规矩地绕在颈肩，白大褂左胸上的口袋里整齐地插着各色油笔，典型的斯文温暾的内科医生形象，与外科医生总是一副雷厉风行、不拘小节的状态完全不同。

雷霆大致看完患者病历，又迅速查看了患者最新的头部CT后，没和刘成多做寒暄，而是直入主题："先看看患者吧。"

"患者脑组织水肿情况非常严重，已经形成脑疝。"查看完患者后，雷霆向家属坦承道。

见家属一脸茫然地看着自己，雷霆继续解释："人的颅腔体积是固定的，脑组织水肿后体积增大，颅内压力必然会升高，继而形成脑疝，会压迫呼吸心跳中枢，如不及时处理，人很快就会有生命危险。现在我们要做的就是把空间打开，减少颅内压力，就像开闸放水一样……"

雷霆还没说完，患者的儿子便打断了他："你的意思是，又要给我妈做手术?还是开颅手术?"

"是的,已经形成脑疝,只能开颅,但患者目前是昏迷状态,手术后还需入住重症监护室继续后面的治疗……"

"得了吧,你们先告诉我,你们还有哪些花样没玩转?当我妈是唐僧肉呢!每个科室都想法儿在我妈身上捞点好处是吧?"没等雷霆说下去,患者的儿子抢白道。他声音不大,但语气非常不善。

"我妈一发病,就送到你们医院急诊科,照了CT说是脑梗死,急诊科的人说要溶栓,好家伙,光是那两支溶栓药推进去就花了一万多,那个药还是纯自费。可用了这么贵的药,一点效果都没有。又转到你们神内的病房,你们医生说我妈这个病是心脏乱跳引起的,心脏里的栓子跑到了大脑里面,所以溶栓效果不好,又做了个好几千的造影检查。然后说要做介入手术取栓,这个手术做下来花了十几万,你们说主要是器材贵,医保报销不了几个钱,还说这种手术你们已经做得很纯熟了,行,这十几万我们也出了。手术完了,你们也说手术做得很成功,可一回头,又说我妈出现了什么并发症,又要神经外科的来搞个什么开颅,手术完了还要转到监护室去。敢情我妈这个病还成了个香饽饽,每个科室都要雁过拔毛,都得分杯羹才肯罢休啊!"

患者的女儿在旁边拉住了咄咄逼人的哥哥。虽然眼下她也很着急,但面对两位医生比哥哥客气得多。她一脸谦和地说道:"医生,就按你们说的做吧,怎么对我妈的病情有利,你们就怎么来,我妈养大我们不容易。"她虽然在笑,可因为担忧和疲倦,僵在脸上的笑容显得格外勉强。

她又回头小声地对哥哥嘀咕道:"咱妈的病还没治好呢,先别得罪这些医生,一会儿不给咱妈好好治了。"她说这句话时虽然压低了声音，但还是被雷霆和刘成尽数听了去。

"那你们说说这个手术又要花多少钱。"患者的儿子被妹妹拉扯着胳膊，虽然语气有所改善，但还是看得出怨气甚重。

雷霆解释道："手术加麻醉费用大概是几千块钱。这个手术没有什么特殊耗材，绝大部分费用都可以通过医保报销。"

一听费用不高，而且都可以报销，家属也就欣然接受了治疗方案，哪怕术前谈话中雷霆提到了术后仍要面对迟发性脑出血、术后感染等各种并发症，也可能出现长期昏迷不醒、植物生存状态，而且还要面对后期治疗难度大、时间长、花费高等问题，以及肺部感染、血栓形成、消化道出血等一系列后续并发症。

在做这些沟通时，家属倒没有再度质疑。雷霆不知道家属这般安静到底是因为听懂了所以没有追问，还是压根就不知道他在说什么，于是他反问道："你们听明白了吗？"

看两兄妹面面相觑的样子，雷霆猜想多半是后者。可急诊手术的术前谈话，并没有留给他太多时间把所有细则挨个儿解释清楚。虽然碍于当下矛盾重重的医患关系，急诊手术越来越"急"不起来，可面对急诊术前谈话签字，雷霆必须速战速决。毕竟手术越晚，脑组织损伤越重，而脑细胞是不可再生的。

"唉，反正你们是医生，我们也听不懂那么多专业术语，你们说什么就是什么吧，往哪儿签字？这里是吧？"患者儿子在雷霆的示意下匆匆签了字。

这台手术做完已经是凌晨三点。术后，病人被推到了重症监护室，雷霆也回到了医生值班室。

这些天，雷霆一直随身带着科室给住院总配备的专用手机，自己的手机经常被丢在值班室。临睡前，他翻了下私人手机。这些时日里,也只有这样的时刻,他才觉得自己有片刻工夫是不属于工作的。

手机屏幕上显示好几个未接来电,他心下有些激动和期待。匆匆点开后,发现全都是赵英焕打来的。眼下已经三点多了,自然也没必要立刻给他打回去。估计这小子此番来电又是邀约吃饭的事情。

不过,雷霆为自己刚刚看到未接来电时的那份激动和期待感到有些好笑。看来这次是真的了,她不会再给自己打电话了。他只希望对方再给自己两周时间,把这段最苦的日子熬过去,就能多去陪陪她,到时很多矛盾和误会也就可以迎刃而解了。

还好三点过后,科室还算太平,这个夜晚他难得睡了四个多小时。八点晨交班之后,科室医生在主任的带领下开始大查房。查房结束时距离需要他参与的那台手术还有一点时间,他便趁空当去了重症监护室,打算看看昨天手术后被转移到那里的几名危重患者。

几名重患无一例外都处在不同程度的昏迷当中,不过生命体征还算平稳。昨天重症监护室的值班医生是陈灵,术后病人转给她治疗,雷霆也觉得安心。

见陈灵正坐在那里修改医嘱,雷霆犹豫片刻后说道:"赵英焕也来中心医院工作了,在急诊科,你们最近见过吗?"陈灵明显愣住了,似乎没料到雷霆会忽然说起这个人。片刻之后,她点点头,算是默认。

见对方显然不想进一步展开这个话题,雷霆又赶时间,只得匆匆结束对话,离开了监护室,搭乘手术专用电梯直达手术室。

再过一周,他这半年住院总的生涯就算是熬出头了。

转眼，赵英焕在中心医院工作快半年了，今天终于把雷霆约了出来，两人总算可以坐下来聊聊。雷霆和赵英焕系出一位导师，是同门师兄弟，只不过赵英焕在攻读研究生时，雷霆已在读博。那时他们关系很好，经常随导师一起手术，不上班时也经常约各种饭局。

赵英焕将雷霆约到一家清吧。

"听说你毕业之后两年没在医院工作，到哪里去了？"

"药企。"

"也好，医药不分家嘛，也算学以致用。做哪一块？临床研发？"

"不是，临床医学经理。"

"哟，这个比较符合你的性格啊，比起在医院要自由很多吧？没有那么多条条框框，到处出差讲课，顺带看看各地的风土人情。待遇呢？"

"还好吧，反正我对奢侈品也没什么兴趣，也没买房买车的压力，日常用度足够了。"

"日常用度？你小子别没事硬往我们无产阶级里站队了。还在西华读大学时，你父母就在医院附近给你购置了房产，让我们这些忙着四处租房的人好生羡慕。毕业来了天成工作，'碰巧'你父母又有两套早前投资在这里的房子，还都在医院附近这种寸土寸金的地方。不像我们，上了那么多年学，工作几年了，从来都不敢有什么大笔消费，还要掏空父母的血汗钱，才能勉强在这座城市里凑个房子的首付。"

赵英焕讪讪地笑笑："可我最想要的东西，好像从来没有真正得到过。"

雷霆知道赵英焕上研究生那会儿，和陈灵是恋人关系，过去他们聚个餐什么的，陈灵偶尔也会现身。后来，陈灵来中心医院工作，算起来，自己和陈灵差不多是同时到医院的。神经外科有很多危重病人，有些术后需要转到重症监护室观察治疗，所以这几年自己和陈灵经常有工作上的往来。

"你现在又二进宫回来当医生，还是这家医院，是因为陈灵？"

赵英焕又喝了杯酒，没有直接回答，算是默认。

"先别说我了，好歹你还长我几岁，怎么还单着呢？"

"唉，"雷霆叹了口气，"说起这些……"

他沉默了一会儿，继续说道："以前呢，我不想找同行业的。干我们这行，确实很累，成天泡在医院，基本上就是以科室为家。好不容易有点休息时间，可能一个电话又被召了回去，留给爱人、家人、朋友的时间都很少。要是两个人都是医疗行业的，真的没办法顾家。"

酒意渐浓，雷霆的话也渐渐多了起来："我到这里工作之后也谈了一个，处了一段时间，各方面感觉都很好，很聊得来，也都见了双方父母。毕竟到了我这个年龄，遇到各方面都很合适的人，自然就会考虑结婚的问题。"

赵英焕没有接话，虽然自己已经二十八岁了，但他并没有觉得自己到了这个年纪就一定要成家。如果非要现在就结婚，那结婚对象也一定得是自己最为钟爱的女子，是出于双方的情投意合，而不是出于审时度势、权衡利弊的考虑。

雷霆继续说着："你看你来中心医院工作也半年了，约过我几次，每次我不是在手术就是在准备手术或者在会诊，总之就是赴不了约。换成其他人会觉得，正常人哪有那么忙？这不是明摆着找借口推托嘛，所以关系自然也就慢慢疏远了。"

赵英焕没有接话，果然还是同行最了解同行。

"人家都说医生的进阶之路就像皇帝的后宫。一线的年轻医生在医院里人微言轻,就是个'答应',任何人喊一声都得'答应'。我这半年当住院总,算是进阶了,变成了'常在'。这半年的日子真是天昏地暗,每天都泡在医院,一个月里只有一天可以出去放放风,其余时间全部在做各类手术,处置各种急诊病人,全院到处会诊,当真是'常在'医院。"说到这里,雷霆开始把玩着手里的酒杯,自嘲地笑了笑。可是那笑容在赵英焕眼里,怎么看都像是在苦笑。

"就因为一直寸步不离地在医院里待了半年,两人交流的时间少了,有误会得不到及时解决,所以你俩就分了?"

"可能平日相处时也有一点问题吧,但好歹没当住院总的时候,我还是可以陪她吃个饭、看个电影。只要两个人能常见面,常沟通,很多问题和矛盾就能及时得到解决。可自从我当了住院总,根本就没时间陪她。她也开始经常向我抱怨,说忍受不了这种像守寡一样的生活。

"那阵子我也确实没有多余的精力跟她解释沟通,特别是那次职业暴露事件发生之后。我刚当住院总的那个月,一天晚上遇到一个出车祸的伤者,当时做了急诊手术,手术做到一半时,检验科通知我伤者HIV抗体阳性。其实也不是第一次给感染HIV的患者做手术,但当时我累了一天,大半夜难免浮躁,我的手就被缝合针钩破了。虽然及时吃了阻断药,也会定期复查,可谁也不能保证可以百分百阻断。我没和她提过这件事,不想让她担心,但我自己也确实因此心情烦躁,经常一打电话就吵架。次数多了,其实很伤感情。她和我提了分手,一开始我没太在意,想着冷静一下就好了,以为女人提分手,多半只是为了让男人去挽留。

"最近不顺的事情也很多。之前有个脑栓塞患者,就是先在你们科做了溶栓，后面又转到神内做介入手术取血栓的那个。手术是挺成功的，但因为缺血再灌注损伤，脑水肿很厉害，出现了脑疝。神内喊我去会诊，其实当时我也知道家属已经有点要起纠纷的苗头了，特别是患者儿子的治疗意愿也不是很强烈，我居然又脑子短路似的和他们沟通手术细节。那天我做了好多台平诊和急诊手术，又在半夜三更，我实在是累得不行，但还是给他们加台做了急诊手术，之后患者被送到监护室，过了一个多星期都没醒，也脱不了呼吸机，家属就放弃了。可后来家属三天两头来科室闹，他们也不提赔偿，就是找我们闹，说我们过度医疗，知道治疗效果不好，还要再开刀增加患者痛苦；说老人去火化都没落得个全尸，头盖骨缺了一块。我怎么解释他们也不听，搞得我现在都不想回办公室了，每天就在手术室里泡着，等他们走了我再回去，才能落得耳根清净，真是比欠了高利贷四处躲债的还难挨。"说到这里，雷霆给自己斟满了酒，一饮而尽。

"是不是那个蒋香莲？她儿子前些天也来我们科闹过，说我们推荐的都是又贵又无效的高价药，还骂我们是药贩子。虽然那个病人最早是我们科另外一位医生接诊的，和我没啥关系，但我还是气不过，和她儿子大吵了一架。"

"吵赢了吗？"雷霆笑了笑。

"倒是吵赢了，不过他转头就投诉了。医务科让我写检讨，扣了我两百块钱，不过能出口气也值了。而且那个人之后再也没出现在我们科室。"赵英焕对医院的处罚不以为意，还有点帮雷霆出了口恶气的小得意。

看到赵英焕还像上学时那般棱角分明、个性十足，雷霆忽然有些心生羡慕。在这个行业里待久了，很多东西也慢慢被磨平了。现在的自己只求多一事不如少一事，本来就已经忙得焦头烂额，实在没必要再对这些细枝末节较真。

他不想再对赵英焕一个看不惯就和家属大吵的事情发表意见，于是接着前面的话题说道："我其实能理解家属的不满。这位患者也确实倒霉，在整个病情进展过程中，每一阶段可能出现的最坏的并发症都让她尽数经历了，也难怪家属意见大。其实神内喊我去会诊那晚，他儿子说那些话时，我真想直接甩给家属一句'不开颅必死，开了十有八九要死'。就这一句话，瞬间足以击穿家属心理承受的极限。他们不做手术签个字就行，我也不用后半夜还要熬夜紧着做急诊。可我看患者年龄不是太大，女儿又孝顺，看穿戴家里也不差钱，就这么一念之间改变了后面谈话的方向，给了家属一点希望，结果惹得一身骚。"

看着雷霆如此郁郁寡欢，赵英焕心里也很不是滋味。这半年的住院总经历，各种不如意的事情都让他遇上了。要说自己能理解他的感受也是瞎扯，索性闭嘴，陪他喝酒尽兴就是了。经过这晚与雷霆的叙旧，赵英焕才真正感受到一个医生的进阶之路有多漫长，代价又有多大。

那么她呢？一向要强又凡事谨慎的她，在重症监护室的这些年，也一定非常辛苦和疲累吧？

酒过三巡，开车带雷霆来的赵英焕显然不能再驱车返回了。他叫了代驾，准备和雷霆一起坐车回去。

二十分钟过后，仍不见代驾司机的踪影。"搞什么鬼，这效率。"就在他抱怨不迭时，远处一个身穿代驾制服的人骑着折叠电瓶车过来了。这天晚上，雨大得反常，地面上有很多积水，骑电瓶车的男子小心翼翼地握着车把，却还是打了个趔趄，差点摔倒。

直到电瓶车快开到清吧的门口,赵英焕才发觉这个人有些眼熟。

电瓶车男子到位后,匆忙下车,来到客人跟前,恭恭敬敬地打开汽车门:"不好意思,来晚了,请上车。"

听到熟悉的口音后,赵英焕更加诧异了,对方这时也抬起头,两人同时愣在了原地,异口同声地喊道:"是你?"

前来代驾的正是李贺。

接下来,三个人什么都没有说。李贺打开车门,让二人上车后,自己将电瓶车折叠好,放进后备厢中。他坐进驾驶室,默默地将酒后的二人送回目的地。

- 7 -
这世上只有一种病：穷病！

入冬后，天成市雨雾天气渐增，越发地阴冷潮湿，各类罹患呼吸系统疾病的患者也开始激增。这里地处西南，虽然冬季不如其他极北城市动辄零下几十摄氏度的低温，但寒冷的天气同样会加重心脑血管病变，因而前往医院就诊的各类心脑血管疾病患者数量大幅度攀升。对于急诊科来说，严冬时节更是考验，几乎每天都要忙着抢救本来就有各类基础疾病的老年患者。

冬至这天，120 的院前医生打来电话，通知马上要送来一名高处坠伤病人，呼吸和血压都不乐观，需要准备抢救。

赵英焕从院前急救人员那里了解到，患者是郊区乡镇的农民，受伤后被家属送到了附近一家社区卫生院。但那家医院根本没有救治重伤患者的能力，又将患者转到了市内。

患者很快到达抢救室，在做过最基本的生命体征评估后，赵英焕发现情况要比自己预想的好一些，这名患者并不像其他高处坠落者般，送到医院时几乎已经处于濒死状态。

"他是从多高的地方掉下来的？受伤多长时间了？"赵英焕询问和伤者一起来的家属。

"他自己从二楼跳下来的。我们家那里很偏，路又窄又破，前些天下了雨，路上全是稀泥，车子开不进去。我喊邻居用鸡公车（一种独轮车）把他推到了大马路，才有救护车送他到医院。可到了那个医院后，医生让我们赶紧转院，转到大一点的医院去。"

她说得没错，他们家位置的确非常偏僻，一路辗转来到这里着实不易。家属和送伤者一起来的邻居双脚上糊满了烂泥，已经看不出本来的肤色。

这里的农村家庭多半自建住房，楼下待客做饭，楼上住人，且一楼多为挑高设计，底层被架空。虽然是二楼，但往往也能达到五六米的高度，确实有致命的可能。

在急诊科的这段时间，赵英焕已经接诊过几例跳楼患者，坠楼高度各有不同。让赵英焕疑惑的是，如果患者决意自杀，为何要选择二楼这种尴尬的高度？

虽然还没有做放射检查，但初步查体赵英焕已经确定：伤者存在双下肢胫腓骨骨折。两条小腿的中下段可以扪及骨擦感，有明显的假关节活动，不用拍片就可以明确存在双下肢骨折。

然而对于高坠伤来说，由于暴力作用过大，最让医生担心的并不是这些显在外伤，而是头、胸、腹部、脊柱等部位的隐匿性损伤，这些必须要通过 CT 检查才能明确。在确定了患者伤情并允许去放射科做 CT 检查后，赵英焕叮嘱护士开辟急诊绿色通道，先带患者做头胸腹部脊椎等重要脏器的 CT 检查。

检查结果很快出来了，赵英焕在电脑上调出患者的影像资料，其中头部CT引起了他的注意：丘脑基底节部有脑出血，且边缘有一点吸收迹象。他是神经外科出身，非常清楚高坠伤造成的颅内出血往往是硬膜下或硬膜外血肿，并伴有不同程度的脑挫伤和蛛网膜下腔出血，可这名伤者的脑出血并不在此部位。这说明，他的脑出血并不是此次外伤造成的。那是什么原因呢？从CT上看，脑出血应该有一段时间了。

看完检查结果，赵英焕对伤者的妻子做了简要说明。

"伤者是你丈夫吧？"他喊住慌张无措的女人。

女人立即像鸡啄米一般点头。

"你的丈夫是多发伤，胸部、腹部、脊柱等多处出现问题。最严重的在胸部，多根肋骨断裂，胸膜腔进了很多气体，存在血气胸，血液和气体对双肺压迫情况比较重，所以他呼吸非常困难。解决这个问题倒不难，在胸部安几根管子，把气体和血液排出来就能迅速缓解对肺脏的压迫。除肺部情况外，他的肝脏也有问题，肝脏包膜下有积血，我刚给他做了腹腔穿刺，并没有抽到不凝血。结合他腹部CT的情况来看，目前肝脏包膜下积血可以考虑保守治疗，不过之后需要动态复查腹部CT，查看有没有迟发性腹腔脏器出血。他的腰1椎体发生骨折，但压缩程度不高，也可以采取保守治疗，肝脏和脊柱损伤目前并不致命，都可以保守治疗，双下肢胫腓骨骨折也可以考虑后期做内固定。

"当务之急是尽快做胸腔闭式引流，缓解患者的呼吸衰竭。待呼吸衰竭纠正之后，要转到EICU住院治疗，后期病情好转后，再考虑转到普通病房。"

赵英焕满以为对方在听到这些话后会松一口气。尽管她丈夫的病情不算乐观，但还不至于花费巨额医药费后落得人财两空的地步。

让赵英焕意外的是,面对正值壮年且可能是家中顶梁柱的老公,妻子的救治意愿丝毫不积极。

赵英焕突然想起刚刚护士陪她去挂号以及缴120救护车费时,她从布满裂纹的皮包里拿出了一把零钞。这些钞票非常零碎,而且竟然是市面上已经不常看到的角票。一百多块的救护车费用,收费人员硬是数了半天才点清。

无须多问,问题症结是费用。这位妻子一来就说得很明确,她丈夫是自己从二楼跳下来的。医保规定,凡自杀自残入院患者,医保不予报销。不只是医保,任何商业保险对这类患者都拒绝赔付。

于是赵英焕说道:"如果你丈夫是不慎坠楼,医保是可以报销的。但故意自杀自残,医保就不给报账了。"他明知道自己的操作涉嫌违规,如果硬要追究下来,他有教唆病人骗保的嫌疑,但他还是忍不住直截了当地"暗示"她,希望她在签署受伤原因告知书前"想好"丈夫摔伤的原因。

"我们没有买医保,村委会一直让我们买,可那玩意儿一年要两百块呢,我们就没买。他前些天忽然半边身子瘫痪了,家里把他送到医院照了个CT,医生说是脑出血,要手术,前前后后要花好多钱,而且手术完了效果也不一定好。我们商量了一下,就没治,把他带回了家……"她的声音越来越低,到后面已经开始带着哭腔。

赵英焕此时才意识到为何伤者头颅的CT检查会有些奇怪了。患者的脑出血果然不是此次坠楼造成的,而是数天前就确诊了,这大概也是促使他此次坠楼的直接原因。

在急诊科的这些时日里,赵英焕见识了各式各样的家属,其中不乏非要将早已病入膏肓的患者送到急诊科"抢救"的。一同来的还有一大帮亲戚和邻居,甚至带着早就准备好的寿衣。他们到医院匆匆走个过场,当听到医生告知"病情太重,抢救无效"时表现出如释重负的模样。同时也让亲戚、邻居一同见证了他们是将患者送入医院抢救,最终抢救无效的事实。至少作为家属,他们是尽了力的。

眼前这个女人此刻送丈夫来医院,并再度放弃治疗,其实也可能只是为了走个过场。偏偏赵英焕又将她置入了一个极为尴尬的处境:不论是先前的脑出血,还是此次跳楼造成的多处脏器损伤,都还没到重病不治的地步。

赵英焕见过因饱受癌症或被经久不愈的慢性病折磨的患者,为了免受无尽的病痛且不再拖累家人,最后选择了自杀,且大多数是老年人。但这名患者只有四十出头,就这样彻底放弃确实可惜,而且他在已经脑出血却没有任何医治的情况下尚能活到今日,颅内出血量又不算大,病情也不算危重,当时要是及时医治的话,后期也能康复得相当不错。

在沟通的过程中,患者呼吸衰竭的情况越来越重,必须马上做胸腔闭式引流排出胸膜腔的气体和血液,以争取后面的治疗。赵英焕简要说明了这项操作的必要性和可能存在的风险,最后让她签字。

可女人握着笔,一直犹豫不决。游移不定的眼神中充满了对不愿意积极救治的愧疚和前途未卜的迷惘,更有着对丈夫的眷恋和不舍。

许久,她才开口问道:"如果不安装那个管子会怎么样?"

"他很快就会被活活憋死,过程和被活埋差不多,而且他现在有些许意识,所以这个过程对他来说会很痛苦。"

"那安了就能治得好吗?"她的语气里明显透着心虚。

平日里,医生会给危重患者的家属下病危通知书,术前谈话也会把所有可能出现的并发症尽数提到。这不是为了吓唬家属,而是提前给家属打预防针,降低家属的心理预期,因为医生见惯了"这样都能死"的疾病和意外。可是眼下,赵英焕尽量不把伤者的疾病往重了谈,就是担心一旦突破伤者妻子的心理底线,他将再度被家属放弃。

"安了管子,至少现在不会死,才能保证后面的治疗。这样的复合伤,救治起来难度并不大,但他之前的脑出血没有得到及时医治,所以之后他不大可能像没得病时一样正常生活。而且他双下肢胫腓骨骨折,需要安内固定,待骨头长稳定后还要再次手术取出。这期间他需要卧床,生活不能自理,日常起居需要有人照顾……"

一旁的邻居也开口了:"医生啊,你不知道,在我们乡下,这个年龄就瘫了,生活不能自理,比死了还要苦……要不然张二娃(患者)也不会站都站不起,还要爬到露台再摔下去……"

听了邻居的话,赵英焕心里一沉,先前对楼层的疑惑也随之解开。患者之所以会选择从二楼这么"尴尬"的高度跳楼自杀,是因为脑出血后身体偏瘫,终日只能躺在二楼的卧室里。直到他彻底断绝活下去的念想,从露台跳下去,这也是他唯一能选择的方式。

"费用问题你先别担心,国家有相关的扶贫政策,抽空去你们村委会开个贫困证明来,这些费用都不用你再管了。病人越拖就会越严重,那时就真没救了!"这些年,国家对很多地区都开展了精准扶贫,公立医院也充分调动起自身公益性的一面,让因贫困而得不到救治的惨剧大幅减少。此时,赵英焕仍在积极寻找对策,试图让家属回心转意。

但病人已经撑不住了,眼看血氧饱和度越来越低,不能再啰唆下去了。尽管家属一直拿不定主意,赵英焕还是拿出了胸腔闭式引流装置,为患者胸部皮肤消毒后,准备置管。

一直摇摆不定的家属却在这时开口了:"医生,我们不治了,现在就回去……"

赵英焕有些错愕地回过头,以为自己听错了。他不明白家属为何能这样轻易放弃相濡以沫的丈夫,他得的又不是绝症,明明有救的。

"听家属的,"一直在旁边看赵英焕操作的郑良玉开口了,"她有权放弃治疗,先让她把字签了。"郑良玉语气平淡,完全听不出任何感情起伏。

在家属签署放弃治疗同意书后,赵英焕看着中年男子被抬出抢救室,家属已经扯下了氧气管。此刻,患者圆睁着双眼,嘴唇和鼻翼还在拼命地翕动,像一条被抛上岸的鱼,在生命尾声仍不甘地鼓动着鱼鳃。他还在垂死挣扎,只为能呼吸到一点氧气。

赵英焕尝试着去理解,尽管自己已经说明不需要现在就交费,但她仍然拒绝安装闭式引流。如果不安装,她的丈夫撑不了多久就会死亡;而如果安装了,即使没有后续治疗,病人也可能会在煎熬中活上相当长的时间。而和他一同遭受痛苦的,还有他的家人。

有时,长痛不如短痛。

有人说医生当久了,会变得越来越冷血和麻木。不知道从什么时候开始,赵英焕也慢慢认同这个观点,至少他觉得郑良玉是这样的。这位前辈比谁都会审时度势,大概是常年在急诊科工作,这些出于无钱放弃治疗的案例已经成了郑良玉的日常所见。急诊科由不得医生伤怀悲秋,否则工作根本就没法开展下去。

他忽然有些理解郑良玉了。

在坠楼病人被家属放弃治疗后没几天，赵英焕又接到了类似病例。

"医生，你快点给我爹瞧瞧，我爹肚子疼得厉害。"一个四十多岁的中年男子扶着一个精瘦的老人走进了赵英焕的诊室。

"痛了多长时间了？"赵英焕问诊。

"得有一个星期了吧。"看到医生前来问诊，老人显得有些拘谨。

"怎么现在才来啊？"赵英焕边说边让老人躺在检查床上。他为老人做了腹部触诊，正常人的腹部触诊时是柔软的，可这个老人整个腹壁肌肉都高度紧张，已经出现了弥漫性腹膜炎的症状。

"最开始是哪里痛？"

老人用枯瘦的手指着自己的胃："起先是这里痛，我想着就是个胃痛……在药店买了之前常吃的头痛粉，我头痛的时候每次吃这个药都能好……"

剧烈的腹痛让他的话说得并不利索，常年面朝黄土的脸上尽是沟壑，此刻因疼痛而有些痉挛的面部更显纹路深刻。他痛得咧开嘴唇，露出一口吃惯了粗茶淡饭的牙齿。

"可这次那个药就不太管用了，之前我吃一两包就能好，这回我一天吃上三四包也没见好。今天早上，我痛得实在受不了了，就给我儿打了电话。"

在老人的讲述中，赵英焕已经大致明白了这次腹痛的诊断方向及病因。

看到这个老人，赵英焕不禁一声叹息：因为没有钱，老人一切都是能省就省、能拖就拖，反复胃痛也始终不愿花钱去做一个只要一两百元的胃镜检查，只是吃这种最廉价的"头痛粉"镇痛。长期吃这种药会造成肝肾功能的损害，还会损害胃黏膜，引起胃糜烂、出血、穿孔。

老人之前一直有服用这种药物的习惯，胃黏膜早已受损。此次出现胃痛，因为不舍得到医院看病，他自行加大了药物剂量，从而导致原本已经出现糜烂、溃疡的胃黏膜穿孔，胃液和食物残渣从胃部破口进入腹腔，污染了整个腹腔，出现了严重的腹膜炎，也使得原本柔软的腹壁在炎症的刺激下变得像木板一样坚硬。

"赵医生，患者血压正常、心率缓慢。还有，你看看心电图，有些问题。"预检分诊台的护士将心电图递给赵英焕。

这位老人的心脏也出现了问题，心率慢到只有三四十次（低于六十次就是心动过缓），存在严重的房室传导阻滞。

"上监护氧气，推针阿托品（可提升心率），心率上来后带他去照个腹部平片。"患者已经出现严重的腹膜炎，赵英焕之前准备给他安排全腹部CT检查，毕竟阑尾炎、胃穿孔、肿瘤破裂、脏器出血等多种疾病都有可能导致弥漫性腹膜炎，全腹部CT检查可以非常直观地明确病因。但想到患者的家庭状况，再结合之前采集到的病史，老人更偏向于消化道穿孔。于是，赵英焕最后只安排患者做了一项腹部立位平片的检查。只要照个腹部立位片，看到膈下游离气体，就可以断定是空腔脏器穿孔。而这项基础检查的费用只需要几十块钱，只有全腹部CT检查费用的十分之一左右。

初到急诊科时，郑良玉就反复向赵英焕强调：一定要在视触叩听这些医生的基本功上下足功夫。急诊科病人往往来得急，病种又多，永远都是"只有你想不到的疾病，没有你遇不到的疾病"。所以作为一名急诊科医生，除了需要反应快、知识面广，还要有侦察推理的能力。各类病因不明或危重或垂死的患者被送来急诊，急诊医生必须要在最短时间内迅速判断病情，在问诊和基础查体后，就能大致判断疾病方向，然后有针对性地做出相应检查和诊治。

老人的腹部平片结果很快就出来了，果然是空腔脏器穿孔。

"老人家的病很明确，胃部穿孔，需要转去普外科住院，接受急诊手术，把穿孔的地方修补好，再将污染严重的腹腔清洗干净。这个手术在普外科很常见，本身也不复杂，比较麻烦的是，老人家还有严重的心脏房室传导阻滞，这样根本无法耐受麻醉和手术，需要安装心脏起搏器，否则他的心跳随时都会在麻醉或手术中停止。"赵英焕一脸严肃地说道。早在神经外科读研阶段，他就需要经常和患者做术前谈话，其中涉及的麻醉和手术风险，他都会逐一向患者及家属交代。和麻醉医生接触得多了，他对手术风险这块的谈话自然也是轻车熟路。

"这手术大概需要多少钱啊？"在听到父亲的病情，特别是知道父亲需要急诊手术，而且还是两场手术后，家属变得颇为紧张。

"胃肠穿孔的修补术费用不高，在普外科也比较常见，而且一般来说也不涉及特殊的耗材，大多数费用都可以报销。麻烦的是心脏起搏器，需要好几万块钱。"说到这里，赵英焕忽然想起了什么，"对了，你们是什么医保？交的是哪一档的？"

"新农合，交的费用是最低的那档……"老人的儿子明显底气不足，声音越来越低，"你说的这个起搏器要好几万，能报销吗？"

赵英焕不想隐瞒："报销的比例很小。"

听到这样的结果，老人的儿子面露难色，不再追问住院手术的事情。

耐不住父亲因疼痛而略显烦躁的呻吟，面容粗糙的中年男子再次开口了："医生，不就是肚子痛吗？你打点镇痛针就好了。我们是农村人，进城来打工的，挣钱不容易，你们还是要体谅一下病人。

一上来就要好几万,还不能报销,这不是坑人吗!"

"医生,这个病要花那么多钱,我们就不治疗了吧,我儿子一家过得也很苦……"老人用带着些央求的口气对赵英焕说道,"你们就给我开点止痛药吧,我回家吃药也一样的。"

见对方完全没明白手术的必要性,赵英焕有些着急了,他提高音量说道:"这个病简单说,就是胃破了洞,目前要严禁吃东西喝水,否则这些全部会穿过破洞流到腹腔。这和拉肚子吃点消炎药就能好完全是两码事,只有手术才能治疗,而且拖得时间越久,腹腔污染的程度就越重,后期治疗效果就越差。"

"那你说说不做手术会怎么样。"儿子追问道。

"拖得越久,腹腔感染就越重。说白了,这就像把硫酸倒进了肚子里,最后的结果就是肠穿肚烂。"赵英焕也不用什么专业术语了,只挑大爷和他儿子能听得懂的话,严肃地说明了病情和接受治疗的必要性。

患者和家属都不约而同地沉默了。良久,老人的儿子才勉强挤出几个字:"我们再想想……"

尽管外面滞留了不少急诊患者,而且已经有家属开始因等待时间过长而骂骂咧咧,但面对眼前这个可能一辈子都没享过什么福、年迈了还要遭这份罪的老人,赵英焕还想再做一次努力。

他再次向老人及其儿子说明了这种病的性质和治疗方法,在确保他们的确听懂了相关的专业术语后,又进一步给出了"利好"消息。

"政府已经出台了相关的扶贫政策,即便现在没有钱,也可以向医院申请先治疗后付费,医院可以保证基本的治疗。虽然这个政策不包括那些昂贵的进口起搏器,但先用个廉价且报销比例较高的临时起搏器,让老人的心脏能正常运转到挺过麻醉和手术这一关,就能好起来。日后条件好一些了,可以再考虑安永久起搏器的事。"

赵英焕以为这番谈话能让他们看到希望,并同意住院手术治疗。可是这回,赵英焕又一次"自作多情"了。

他回到办公室处理了前面积压的几名就诊患者后,老人的儿子便走进了赵英焕的诊室,他一直没出声,直到诊室里其他患者和家属都走了后才开口:"我们不治了……"

看到赵英焕有些诧异又欲言又止的神情,他慢慢蹲了下去,用两只宽厚粗糙的手掌捂住了脸,像是在做着剧烈的思想斗争。他想起耳朵上还夹着一根烟,便取下含在嘴里,在看到诊室里醒目的"禁止吸烟"标志后,又将烟卡回耳廓。

"老头就我一个儿子,在我们那里,老人都跟着儿子过,女儿不管。"他叹了口气,"老太婆已经瘫了,身边根本离不开人,我两个儿子一个上大学、一个上高中,全靠我一个人在码头的批发市场当棒棒(天成市的挑夫)挣点苦力钱。我婆娘在别个屋头当住家保姆,也是要照顾一个瘫痪了好多年的老头。几个月了,除了买菜都没出过那家人的门。

"你说的先把病治了,以后再来给医院还钱的事情,那看病还是得花钱不是?就说说今天,这些检查就花了几大百,我挑好大一担东西爬啷个高的坡,爬得脚都打哆嗦,一次也才挣十块钱……"

听到这里,赵英焕的心里泛起一阵酸楚。说到底,一切都是因为钱!

人都说生命无价,但在医院,这个观点却常常会显得无力。很多时候,有钱就等于有命,没钱就只能等死。虽然现在政府也出台了很多扶贫政策,允许病人先治疗后缴费,如果患者确实无钱,医院也会维持基本救治。但这种基本救治,当然不包括那些动辄数万元起步的心脏起搏器。

可就是这样,最终是否接受治疗的选择权还是掌握在家属手里,患者自己都做不了主。

看着患者儿子决定放弃治疗时的坚决,赵英焕的内心感到无法遏制的悲哀和愤慨。他可以预见老人的结局:程度不断加重的剧烈腹痛、感染越来越严重的腹腔、纠正不了的感染又会引起多器官功能的衰竭……最后,他要受很多痛苦才能最终离去。有那么一瞬间,赵英焕甚至希望这位老人得的是心梗,一下子就过去了,不用辛苦了一辈子,还要在这个年龄去受这个罪,落个如此不痛快的下场。而所有这些,几万块钱本就可以解决。

赵英焕叹了口气,对老人的儿子说道:"你父亲也是这样决定的吗?"

他仍然蹲在那里,像只鸵鸟般把头埋在粗糙长茧的双手中,没有答话,算是默认了。

赵英焕和老人的儿子一起回到留观室,因为已经签字不接受住院手术,赵英焕让护士给老人打了镇痛针。在镇痛药物的作用下,老人看起来比刚到医院时好了很多,可是赵英焕心里明白,这其实是饮鸩止渴,除了短暂掩盖疼痛外,这种药对他的病情毫无帮助。

老人的腹痛缓解了一些,但身体还非常虚弱,心电监护提示心率仍然很慢。看到他和儿子收拾东西、准备回家,赵英焕还是忍不住追问了句:"真的不打算治了吗?"

老人叹了口气:"到了我这个年纪,人也不中用了。这个病不好医,还浪费钱,一家人都要跟着遭罪……"老人的眼神异常浑浊,看不到任何一点光彩。他的儿子在一旁默默收拾东西,没有接话。

收拾完东西,儿子便搀扶起老父亲,摇摇晃晃地向大门走去。

看到父子俩逐渐远去的背影，赵英焕实在不忍想象老人的结局。

也许，会出现奇迹吧？或许穿孔的地方不大，不做手术也能愈合。腹腔污染很重，也许就在当地医院输消炎药，也能把感染控制住了呢？如果真的有奇迹呢？

"等一下，"郑良玉突然叫住了父子俩，快步走到老人面前，"你今天早晨腹痛加重时，是吃了早饭后加重的，还是没吃饭时加重的？"

"没吃饭。我这几天都没吃啥子。"老人不清楚这个年长的医生问这些的用意，但还是如实回答。

"给他安个胃肠减压管，"郑良玉冲赵英焕说道，"他应该是空腹状态下的穿孔，胃里可能已经没有什么食物残渣了，腹腔污染的情况要比饱餐之后再破损的情况好很多。他们不接受手术的话，尝试保守治疗也不是没有机会。"

郑良玉转过头又对父子俩说："你们不愿意在这里住院接受手术的话，待会儿让这位医生给你们安一根胃肠减压管，试着保守治疗。如果你们确实费用紧张，可以到社区卫生院住院，那里的报销比例比这里高很多。从现在开始，你不能吃饭喝水，需要在医院输液消炎，再补液维持身体需要的能量，说不定不手术也能闯过去。"

"要得，要得。"老人的儿子连忙应道。

自打赵英焕顺利出师，郑良玉已经很少再像他刚入科室时处处教育。可就在父子俩离开科室后，郑良玉意味深长地对赵英焕说道："急诊科地方不大，但就像个万花筒。社会上什么样的人、什么样的事你都可能会碰到。作为医生，我们说话要谨慎，多考虑下对方的处境，也要根据对方的处境和疾病本身多想一些方案，所以说'看人下菜碟'也是急诊科医生的一个重要素质。多想想其他的可能和方案，不要把话说死，有些人一听没的选择可能就彻底放弃了。"

赵英焕默默地点点头。刚来医院时，他在郑良玉手底下吃尽了苦头，早先一直觉得郑良玉说话极为阴损刻薄，又有些看不上他凡事都明哲保身的做法。可赵英焕不得不承认，郑良玉身上还是会时不时闪现出那么一点"医者仁心"的光环。

"小赵，我还要提醒你一个事，"郑良玉语重心长地补充道，"生而为人，都会有自己的难处。你作为一名医生，不能一味地站在道德制高点去对待病人。每个人都受限于自己的条件，你那样咄咄逼人，让他儿子怎么办？就想逼着他承认自己道德败坏、低人一等？逼着他承认这种做法就像他亲手掐死了自己的老父亲一样？他作为一个人，最后那点尊严也在你这种自诩正义的拷问中被尽数抹杀了。你当时看到那位父亲哪怕在这种状况下都不愿让儿子为难的表情了吗？"

郑良玉叹了口气，继续说道："我们做医生的，治病救人是很重要，但也不要忘记照顾患者和家属的尊严。当医生不单是个技术活，还得学会顾及别人的情绪。"

赵英焕没做声，这天发生的一幕幕已经让他的心里五味杂陈。

到了晚上，赵英焕和李贺都不用值夜班，而且都不用上二线的备班（突发情况须随时到科室应急）。解除了今晚随时可能被喊去加班的危机，赵英焕索性约李贺去喝夜酒。

两人点的烤串很快被端了上来，赵英焕没怎么吃东西，一上来就将一瓶啤酒灌入腹中。李贺向来不胜酒量，只是专心地吃着烤排骨串。

一瓶啤酒下肚后,赵英焕变得话多起来。他对李贺说起自己最近遇到的两名被家属放弃治疗的病人,仍然有些义愤填膺:"又不是什么绝症,也不是需要那些天价靶向药物治疗的肿瘤,真搞不懂这些家属怎么就那么决绝,说放弃就放弃了。一个不算太严重的脑出血,人才四十多岁,发病了没钱治疗,又不想拖累家属,拖着行动不便的残躯跳楼,伤得也不算太重,家属到了医院就直接放弃治疗了,我差不多眼睁睁看着这个病人被活活憋死。都说夫妻本是同林鸟,可他能为了不拖累家庭毅然赴死,他老婆怎么就能眼睁睁看着他去死?"

李贺嚼着排骨,口齿含混地说道:"这话从你嘴里说出来,还真就是晋惠帝的'何不食肉糜?'。"

他咽下一口食物,继续说道:"你家境富庶,又是家中独子,自小就是在蜜罐中长大的,不知民间疾苦。但凡过过苦日子,你多少会明白一点他们的选择。贫穷会让人光为活着就用光所有力气,会让家属在患者和金钱之间选择时,不得不漠视亲人的生命而选择向前看。"

看着赵英焕沉默不语,李贺又喝了口啤酒:"就说之前的一部电影《我不是药神》,让我印象最深刻的就是假药贩子面对程勇的指责时,说了一句'你是无法拯救所有人的,你救得过来吗?这个世界上只有一种病,那就是穷病!'"

赵英焕没有接话。李贺继续说道:"还有一部医疗剧,讲的是一位颇有情怀的哈佛毕业的女医生,一到急诊科便当上了主任。每每遇到那些没钱医治的患者,她便起恻隐之心,动员科室医生捐款,成立救助基金。她一出手便是五万起的捐款。当然了,她有个在上市公司做董事长的富豪养母,她自己年纪轻轻便在北京市中心有了独立的跃层住宅，骑的自行车比一辆中档汽车还贵。有这样的经济基础，理论上她对患者出手阔绰是可行的，但这些东西注定只能发生在影视剧里。我知道你家里经济条件好，你也从来没有金钱上的顾虑，不在乎为个别条件不好的患者垫付费用。但是这样的患者太多了，除非你是专门做慈善的，否则根本帮不过来。而我，最多也只能在自己的能力范围内，尽可能减少贫困患者的负担。

"总之啊，我觉得干我们这行，不管其他人怎么去做，至少从我拿到处方权开始，我做的任何一件事都是对得起自己的良心的。但我也是个凡夫俗子，家里还有老父母和一个还在上大学的妹妹，他们需要我供养。"这是李贺第一次对他提到家中的事情，但也是点到为止。

"虽然哪家医院的分配政策都是多劳多得，可从我拿到处方权能独立处理病人的那一刻开始，我就没想过要滥用我的处方权，在病人身上捞好处，去开一些不该开的检查和药。我也是穷人家出生的孩子，但我不想为生活得轻松一点就丧失底线，那样跟强盗有什么两样。什么叫'多劳'？多开检查？多开药？多做一些不必要的治疗？这种'多劳'绝对是对病人的'打劫'。我也很需要钱，休息的时候，我就去做代驾，做和医生完全不相干的事情，你也看到过，虽然不太体面……"说到这里，李贺的声音低了下去，他一仰头，一口气喝干了杯里的酒。

赵英焕什么也没说，只是拿着酒瓶，给李贺重新斟满酒杯，又给自己倒了一杯。"兄弟，我敬你……"

赵英焕毕业之后就在药企工作，知道除了医院，还有很多行业需要有医学背景的人。上回无意中撞见李贺做代驾补贴家用后，他便推荐李贺去了一家自己比较熟的专做医考培训的机构。毕竟执业医师资格证是合法行医最基本的凭证，可每年的通过率都不高，报名培训的人自然就多，机构不愁没有生源。

李贺的临床经验丰富，可以把日常病例融合到枯燥的试题中，将原本抽象的知识点讲解得活灵活现，顺利入职的他也深得学员的好评。

一个人从事一份工作的时间长了，很容易被这份工作左右性格，特别是医生这个职业。在急诊科工作至今，赵英焕发现自己开始慢慢懂得体谅他人的处境和难处。他有时候也会想，如果曾经的自己也能这样稍加体谅和包容，多试着换位思考，或许当年的恋情也不会起那么多风波……

几天后，一对母子将一个瘦弱的中年男子背进了天成市中心医院的抢救室。

男子的呼吸、心跳已经停了。赵英焕边给患者做胸外按压，边向家属采集病史。患者一小时前突发呼吸困难，家里人建议他去医院看看，他只说自己呛着了，忍一会儿就会好。可看着他呼吸越来越急促，嘴唇都变紫了，家人急忙背着他来到了医院。

"自己背过来的？怎么不叫救护车呢？"赵英焕有些诧异于家属的"神操作"。

患者妻子急忙解释说，他们就租住在医院附近。看到这对母子粗陋的服饰和局促的表情，赵英焕便不想再追问下去了：还不是因为那个字——钱！

"他以前有什么病吗？"赵英焕边做心肺复苏边问道。他发现患者右侧胸廓的发育明显畸形，比起左边凹陷了很多，而左边胸廓比正常人更为饱满,且听不见什么呼吸音。

"我爸爸小时候就有病,右边的胸没发育好,很瘦。其他倒没什么毛病,就是最近总咳嗽,有时痰里有血,最近还瘦了不少。"看着被剪开衣服、赤条条躺在抢救床上的父亲,年轻的儿子不停地抹泪,"他前阵子也来医院看了,回家说就是气管炎,我们就没太在意。"

"医生,你救救我老公吧,他这辈子就没过过一天好日子。"焦急的中年女人怯怯地看着赵英焕。大概是卑微惯了,在这种生死时刻,连面对治病救人的医生都这般怯懦。

胸外按压没进行多久,患者的心率便恢复了。患者目前的情况自然不便被抬去做 CT 检查明确病因,赵英焕想起患者儿子说过患者最近一直咳嗽,这次又突发呼吸困难,结合饱满的左侧胸廓,他立刻想到患者应该是自发性气胸。他让护士拿来注射器,在患者左侧第二肋骨处抽吸了一下。抽出的气体验证了赵英焕的猜测:患者的确是因突发气胸导致肺组织被压迫,造成呼吸衰竭,而严重的呼吸衰竭进一步引发了心跳骤停。

赵英焕急忙为患者做了胸腔闭式引流术,管道进入胸腔后,大量气体被引流出来。在经过胸外按压、胸腔闭式引流、气管插管、呼吸机辅助通气等一系列抢救措施后,患者的呼吸、心率、血氧饱和度都恢复了正常。但患者入院时双侧瞳孔都已经散大到 0.7 厘米(正常为 0.3 厘米),且对光反射消失。经过一系列抢救,他的瞳孔并不见缩小的趋势,应该是耽误的时间太久,大脑缺血缺氧状况过于严重,预后自然也是极差的。

人是抢救过来了,但也只是没有死而已,离"治好"还有太远的路。赵英焕艰难地和家属沟通直接入住 EICU 的事,这样患者在急诊科产生的抢救费用方便直接纳入住院医保报销。

但这一次,赵英焕不再激进地劝家属入住监护室积极治疗。他知道,后面高昂的费用以及注定不太理想的预后对这个家庭来说都太过残酷。

他把后续可能存在的并发症以及预后、费用等问题向患者的妻儿讲述了一遍。这次他打算让家属自己做决定,他不再干涉,而是完全尊重对方的意见。

在家属商量的空当,他坐下来记录这位患者的抢救病历,当他看到系统中患者既往的门诊病历时,内心感到一片惘然。

一个月以前,这位患者曾在中心医院的呼吸科就诊。医生给他开了个CT,他的左肺有一块较大的阴影,从影像学特点来看,基本可以确定是肺癌。

这个得知自己病情的男子并没有选择继续治疗,只是不声不响地回了家,像没事人一样生活,他不想再给家里带来负担。他幼年时得过病,右侧胸腔发育不良,想必整个右肺在逼仄的空间内无法正常发挥功能。现在,这赖以呼吸的左肺也出了问题。瘤体破裂造成自发性气胸,他迅速进入呼吸衰竭的状态。可发病前,他告诉家人自己没事,只是呛了一下。

知道这个情况后,赵英焕决定主动劝家属放弃,并把原因告诉了母子俩。事已至此,他劝说作为家属千万不要有心理负担,毕竟患者的病情来得急,走得也快,不会像很多晚期肿瘤病人一样,在求生无门又求死不得的处境中苦苦煎熬。这是赵英焕第一次劝家属放弃治疗,想必这也是这个中年男子一直想为这对母子做的事情。

女人先是愣了几秒,当她意识到丈夫在自己生命的最后一段时间里独自苦撑时,她"哇"地哭出了声,念叨着自己的丈夫一辈子都是个苦命人；儿子则跪伏在父亲床边，一声声地喊着"爸……"。

赵英焕努力调整呼吸，深怕稍有不慎，自己也被家属的情绪感染到崩溃。

撤下呼吸机并拔除气管插管后，患者的生命体征很快消失了。母子二人在尸体前恸哭了一场，接下来只能准备后事。面无表情的殡仪馆工作人员将死者拉上平车离开了抢救室，家属也跟着离开了。

五分钟后，母子二人忽然折返，两人手上拿着几瓶饮料和一袋水果，还是像刚进抢救室时那样怯生生的。母亲始终没有说话，眼睛、鼻子都红红的。儿子望着赵英焕，嘴唇动了动，也没说出话来，就这样僵持了半分钟，他才终于开口："医生，你们辛苦了，我替爸爸谢谢你们……"

一瞬间，赵英焕也红了眼眶。

- 8 -
医院并非象牙塔

日子一天天过去,每天照常上班的赵英焕深觉急诊科就像一条湍急的河流,永不止歇地上演着一幕幕情景剧:各式各样病情繁复的患者,一次次惊心动魄的抢救,患者和家属背后一个个或凄婉或无奈的故事。急诊科的夜班非常辛苦磨人,可他就是喜欢这种工作环境。虽然眼下的工作远比他过去当医药讲师时疲累、复杂,待遇也有所下降,但他更喜欢现在的自己。

赵英焕和李贺经过那次乌龙"伤医"事件后成了朋友,而赵英焕和雷霆本就是旧识,雷霆终于在一月初结束了住院总生涯,闲暇时间也多了起来;所以在赵英焕牵头下,三个单身汉没事就聚在一起吃饭、打球。

大家头一回聚首便畅快地聊了一通。雷霆得知赵英焕来了这么久都没去过重症监护室时,感到非常不解:这小子来这家医院,不就是冲着陈灵吗?这会儿还当起姜太公来了。难道真要学盖茨比,在黛西家对岸的码头夜夜笙歌，就只为了伸手握住那道绿光？

经雷霆这么一提醒，李贺也回想起赵英焕的确有些奇怪的举动。急诊科不时会遇到非常严重至需要转到重症监护室的患者，由于担心转运途中出意外，每次都有医生陪同转送。可只要赵英焕碰上这种情况，他总会拜托自己帮忙送病人，好像监护室有他的债主似的。

和赵英焕接触的这些时日，李贺一直觉得他是个没心没肺的大男孩。对赵英焕有意思的姑娘也不少，可还真没见到他和哪个异性走得特别近。每当科室一些上了年纪的护士提出给赵英焕介绍个对象时，他从来都以"还没玩够，不想成家"为由婉拒。搞了半天，原来他来中心医院都是为了这么个初恋女友。

"搞得那么被动，实在不像你赵英焕的个性。话说回来，你来这儿拖了半年都没去见她一面，倒也对。当年你移情别恋，以陈灵的性格，吃回头草这种事也够呛⋯⋯⋯⋯"雷霆是赵英焕和陈灵的学长，现在又是二人的同事，对于他俩当年的恋情也算知根知底。

赵英焕没做解释，当年他们分手的导火索是陈灵认定自己有了新欢，加之两人相处中日积月累的矛盾，所以对方不由分说提了分手。她是导师的得意门生，本可以顺利留在西华附属医院的重症医学科，最后却拒绝导师挽留，毕业后只身来到天成市工作。

赵英焕相信她知道自己来了。他来这座城市，除了因为她陈灵，还能有什么原因。可是半年过去了，陈灵不闻不问。尽管很多次在给需要入住重症监护室的病人办理住院手续时，他都会在"住院证收治医生"签名栏里将"赵英焕"三个字写得硕大无比，生怕陈灵看不到。如此往复了半年多，两人却从没见过面。

赵英焕的心里颇为愤懑。从高中起，自己就一路跟着她的步调走，他一心一意地爱着，希望对方也能同样地对自己。不是因为她，自己怎么可能会报医科类大学呢?

"那你就这么跟她犟到底啊?都过来半年了,一直不主动踏出这一步,难道你准备在参加她婚礼的那天才肯主动碰面吗?"雷霆这句话让赵英焕心里一惊。之前雷霆听说陈灵最近和一个相亲对象走得很近,再这样耗下去,万一成了真,赵英焕真不敢想象那样的场景。

夜深了,明天三个人都还要上班,再这样长谈下去,明早非得迟到不可。聚会就此散场。

既然始终没有"不期而遇"的机会,那么想见她的话,就只能自己主动出击了。赵英焕对自己说。

这段时间,赵英焕没有要收治住院的病人,所以休息日的早晨自然也不用去查房。这天清晨,他收拾妥当后,便向重症监护室所在的大楼走去。

当他按下监护室那扇铅门上的按铃时,他感觉自己的手还是有些难以抑制地发抖。

重症监护室的病房并不大。一进门,房间的情景基本尽收眼底。每张病床边都被呼吸机、除颤仪、心电监护仪、输液泵等各类仪器环绕,显得空间更加逼仄。医务人员穿着肥大的白大褂,戴着帽子和口罩。即使中间隔着好几位医生、护士,赵英焕仍然一眼便认出了陈灵。

她原本就消瘦的身材被裹在宽松的白大褂里,当她抬手去调节呼吸机的界面时,赵英焕看到她因过于单薄而显得格外清晰的肩胛骨把白大褂顶出两个包。这个背影他何其熟悉,他知道那就是她。

"陈灵!"他本不想惊扰她,可此刻,还是忍不住开了口。

听到有人在喊自己,陈灵朝着声音的方向转过头。赵英焕终于看到，这几年夜来幽梦重回少年时，自己在心里描画了千百遍的人蓦然回首。

她昨晚值夜班，直到现在还没下班，面容稍显疲惫，眼下挂着隐隐的黑眼圈，似乎和他记忆中那双灵气逼人的眼睛略有出入。当她略显迟疑地抬起眼睛看向赵英焕时，他的心中先是一阵狂喜，随即又满是心疼。他自小就没背出过多少完整的诗词，可此刻他忽然没来由地想起了韦应物的那句诗：浮云一别后，流水十年间。

尽管他们中间并没有真的隔着十年。

陈灵似乎也有些意外，等到反应过来后，她只是冲他微微点头，却没有丝毫他意想中久别重逢的激动。片刻后，她才对他礼貌地笑笑，可那种疏离感清晰得毫末毕现。

一瞬间，赵英焕心底的期待落了空。

当年，为了和陈灵继续在同一所院校就读，赵英焕考上了西华医科大学神经外科的研究生。他是临床型研究生，入学后不再像本科阶段那样需要整日在教室里上枯燥的理论课。研究生一入学，他便直接去了科室上班，起初每天只是换药、拆线、写病历，做些基础打杂的事情，就和他刚到中心医院急诊科工作的情景差不多。

正应了那句"临床工作一月，等于理论半年"，他在神经外科方面的理论知识和临床技能得到了迅速提升。他的导师是业界大牛，还是博士生导师，带的学生也多，那时在攻读博士的雷霆就是他的弟子。

赵英焕在西华读研二那年就通过了执业医师的考试，之后所在科室给了他处方权和工号，他又在神经外科工作学习了两年，最后终于可以独立管病人。

直到真正开始独立管病人,他才深刻体会到医患关系有多紧张。科室里三天两头就有医务人员因为这样或那样的原因被患者投诉。每隔一段时间,就有医生因医疗纠纷被告上法庭。医生和患者本是同一个战壕的盟友,彼此却不再有该有的信任,相互间的提防也让人无所适从。他在和病人做术前谈话时,时不时就会发现被人录音,甚至录像。

在之后的工作过程中,赵英焕发现同事们的一些"生财之道",组长也曾几次暗示,但都被他拒绝了。他不缺钱,他想做一名纯粹的医生。可这份工作太繁重了,不仅每天都要查房、写病历、上手术,特别是对年轻医生来说,几乎没有正常的节假日,而且紧张的医患关系和执业环境,也让他们不得不花大量时间进行各类医患沟通,这使得本就繁重的工作更让人心力交瘁。渐渐地,赵英焕有些动摇了。

让赵英焕下定决心离开这个行业的导火索发生在研三的下学期。他们组当时有一名来自山区的病人,因为颅内肿瘤位置比较特殊,一家人跑了很多家医院,最后才来到西华求医。入院后光是检查就将预算花得所剩无几,偏偏他们身上仅剩的一点钱又被潜伏在医院的小偷偷走了,一家人真到了走投无路的地步。

患者的妻子在科室走廊上号啕大哭,引得周围病房的家属纷纷前来围观。

中年妇人哭得天愁地惨:"你阎罗王不嫌咱鬼瘦啊,你硬是要把俺全家都逼上绝路啊!"

见她哭得厉害,有好心人上前劝解,她却像得到了某种助力似的,哭得更加声嘶力竭:"俺当家的得了这个病,在县城看了瞧不出结果，在市里看了也不知道是啥病，又到省医院看，好不容易知道是个啥病了，可是说手术难度太大，让我们到西华来看看。家里的钱全花光了，才刚瞧出个结果。俺带着俩孩子东一家西一家地凑钱，借遍了整个村，又卖了牛，才能上这里瞧病。结果这里又不认俺们在省医院做的检查，一来又要重做，才两天就给俺说住院押金用完了，这点钱根本就不够手术的。"

她用力揩了下眼泪、鼻涕："俺当家的寻思着不治了，这个钱我们根本就出不起，可最后就剩的这么点路费也让天杀的贼娃子都偷去了！"

周围人看着这个跪坐在地上涕泗横流、头发凌乱的妇人，都觉得于心不忍。到这里来看病的都不是什么小毛病，即便平日里的生存环境可能差异巨大，因为疾病的关系，相互间也更容易理解体谅。

围观者无不为妇人的经历叹息，纷纷咒骂那个无耻到偷人救命钱的小贼，有人甚至充满同情地悄悄塞给妇人钱救急。

这时，人群中突然有人提出："医院这么做也是把人往绝路上逼啊，这才在省医院做了那么多检查，省三甲的设备能有多差？到了这儿还是不认别人的片子，所有大型检查都再来一遍，别说像他们这一家了，现在有些大型检查光一项就能抵得上一个白领几个月的工资。如果不是开单有提成，这些医生能这样做吗？"

一石激起千层浪，周围人立刻停止了对小偷的咒骂："就是啊，过去医生都是望闻问切就把病给看了。现在的医生呢，一言不合就开一大堆检查，一个感冒也能花上一千多，唉，真是生不起病啊。"

"还不只是检查，上次我媳妇生完孩子，顺产的，也没啥特殊情况，医生给我媳妇开了五六种药，七七八八加起来快二十盒了。现在有些医生，简直就是见钱眼开，活脱脱的药贩子！"

更有过激者附和道:"有些医生就是'白衣狼',眼里只有钱,病人在他们那儿都是可以论斤论两交易的,没点人性。怪不得三天两头就有医生被杀,这也是有原因的!"

说话的是一个中年妇女,她的小女儿就站在她身边。女孩年纪不大,应该是听进去了母亲的"教育"。

看热闹的人越来越多,赵英焕也夹在人群当中。已经下班了,他没有穿白大褂。但他吃惊于周围人这样肆无忌惮地吐槽对医院和医生的不满,更让他觉得后背发凉的是,在这些人心中,原本治病救命的医生,居然比那个偷窃病人救命钱的小偷更应该口诛笔伐。

赵英焕不想去和这些人解释:之所以不认可其他医院的检查结果,源于诸多因素,比如近期瘤体还在生长,有无伴随远处转移,等等。一个看似普通寻常的"感冒"每年也能夺走数以万计的生命。一次漏诊造成的致命错误对患者和医生来说都是无法挽回的结果。这些人的既有观念根深蒂固,就像早就认定了无官不贪、无商不奸,医生也随时会在病人身上揩油甚至割肉。

赵英焕忽然觉得有些悲从中来,感到无比的愤懑和委屈,他很想对着眼前这些凑热闹的人申辩些什么。已经连续上了十多天的班,今天又连着工作了十一个小时,一种强烈的无力感让他选择了沉默。

那时赵英焕读研三,七年学制的陈灵先他一年毕业,两人已经分手。赵英焕选择念医科大学完全是因为陈灵,眼下,既然爱情不再,他觉得自己也没必要在这条路上越走越远了。

于是,赵英焕毕业后没有去医院工作,而是去了蓉城市的一家知名药企。

虽然在药企,但他不屑去当医药代表,那是他当医生时最不喜欢的角色。临近毕业那会儿,机缘巧合下,赵英焕看到一家医药公司招聘有三甲医院工作背景的医生。像是早就深谙当下医生面临的诸多困境，招聘启事上刻意写了这样一段非常有人情味的话：为数不多的节假日、凌晨三点还在忙碌的夜班、各种难缠的患者，身为临床一线医生的你，一定深知上述种种烦恼；而眼下你还有另一个选择，虽然暂别一线医疗岗位，却能用专业帮助更多的人。

就冲着这样的招聘启事，赵英焕给这家"懂医生"的药企投去了简历。很快，那家公司也向他抛来橄榄枝。在面试和复试后，他顺利进入了药企工作。

一直以来，赵英焕都以为自己的选择是明智的。他喜欢自己在工作上自信笃定的样子，这才符合他的性子。比起医院那么多条条框框、规章制度，这里要更自在，也随意得多。

他喜欢在出差的空当游山玩水，领略各地的风土人情。药企没有医院里紧张的气氛，不用担心哪位患者会出现并发症、意外、纠纷，更没有极度摧残健康的繁重夜班。入职时间并不长，他就有了远高于当医生的同学的收入。他一度以为，放弃当医生，放弃了和陈灵的感情，都是无比正确的选择。

不到两年，他便升职成为临床经理，负责新人讲师的培训。而这些"新人"基本都是中途转行的医生。不知道为什么，他不仅没有在这份工作中获得太多的成就感，甚至偶尔还会怀念起过去在医院的时光。

就在总公司开年会那天，他路过距离聚餐地点还有一段距离的蓉城市第二人民医院时，看见一辆救护车一路呼啸着向急诊科方向驶去。他感觉当时自己就像个牵线木偶般被那辆救护车牵着向医院走去。

患者是一个在工地干活不慎从高处坠落的中年男子，人送到急诊科时已经处于濒死状态。

抢救室本不让外人进，赵英焕谎称自己目前就在这家医院接受规范化培训，下周就会到急诊科轮转，今天是想提前来看看工作环境，护士便破例让他进去了。

抢救室里，所有参与抢救的医务人员面对这样一名危重患者，面不改色、从容镇定地进行抢救。伤者病情稍微稳定后，便被匆匆抬去 CT 室做检查。

伤者的血氧饱和度很低，偏偏科室最后一台转运呼吸机也被占用了，做检查时只能靠急诊科医生用手捏住简易球囊帮助患者通气。又好巧不巧的，CT 室原本用于防辐射的铅衣也被拿走。赵英焕就这样看着那位参与抢救的医生毫无防护地站在 CT 室里，一边帮患者捏球囊，一边和患者共同接受 CT 照射。

赵英焕知道，高坠伤患者极有可能多器官发生损伤，所以 CT 检查常规会包括头、脊柱、胸、腹部、骨盆等多处部位，而单次 CT 的辐射剂量是普通 X 光的数倍。这名伤者是由工友送到医院的，急诊医生或许可以将这个任务交给工友，只要一下下捏住球囊送气即可。可医生为了确保伤者安全，还是在检查开始前让工友离开 CT 室，选择自己同伤者一起承受这样高剂量的辐射。

就在那一刻，赵英焕的内心五味杂陈。"医生"的确是一个非常特殊的职业，纵然这个职业经常不被大众理解，甚至受人诟病，"救死扶伤"的高大形象只有在疫情、灾害等极端情况下才会被世人竭尽所能地歌颂。尽管这个职业本身也存在很多"灰色地带"，但不可否认的是，即使这些医生都是功名利禄藏心中的凡人，在关键时刻，他们到底牢记着"健康所系，性命相托"。

在离开医院的将近两年里，赵英焕还会时不时地怀念曾经在医院工作的情形，怀念自己作为一名医学生时的种种过往。或许，这真的是一份最能让人收获成就感的工作，没有之一。

他已经不记得自己那天是以什么样的心情参加完公司的年会。一向爱热闹的他，破天荒地在周围同事热络的笑闹中感到有些疏离。他怀念起在医院时和导师、同学相处的情景，每天被查房、手术、业务学习占得满满当当。那样的生活紧张、疲累，但事后想想，好像也充满了意义。

年会上他喝了很多酒，最后不知道是被谁送回了家，只感觉半夜醒来时头痛得厉害。半醉半醒间，他口干舌燥，习惯性地推了推旁边的枕头："帮我倒杯水。"

他说了几遍，都无人回应。他有些不满，孩子气地拍向旁边，却扑了个空。房间里空荡荡的，安静得只有钟表的嘀嗒声。

他终于意识到，其实自己从来都很在意她，他还一直生活在那个有她的世界里。

三年前，在陈灵毕业前夕，他们两个爆发了最后一场争吵。那天晚上，陈灵收拾好所有行李，头也不回地离开了。当时已是深夜，他本能地想拦下她，可盛怒中的他想到那些时日里两人逐渐加深到不可调和的矛盾，他的大脑也不再理智："是的，她就是比你漂亮，比你性感，我就是喜新厌旧，怎么了？我也从来没喜欢过你，因为你是唯一一个让我追了那么久的人，和你在一起就是满足一种征服欲罢了。你要走就走得干净，我也不想再看到你！"然后，在她出门后狠狠地关上了门。陈灵就此退出了他的世界。

醒来后的赵英焕，感觉胃里一阵翻涌，在卫生间一番呕吐后，才逐渐清醒了一些。他注视着镜中的自己,毕业两年了,尽管依旧年轻,但眉眼间已经少了些曾经的飞扬跳脱。他第一次觉得:自己是不是选错了?有些人和事,太早就放弃,在心里烙成了遗憾。

第二天不用上班,加上夜里没有睡好,赵英焕直睡到日上三竿,听到一阵敲门声才起来。

敲门的是个中年男子,看上去比赵英焕年长许多,可对方在见到明显比自己小的赵英焕时,还是毕恭毕敬地问道:"请问,您是西华大学附属医院神经外科的赵医生吗?"

赵英焕有些发蒙。他不当医生已经很长时间了,而且他对眼前的这个男子没什么印象。他诧异地看着对方:"我是赵英焕,以前在西华上学,不过研究生毕业后就没再当医生了,您是……?"

听到这句话后,对方的表情中既掺杂着终于找对人的欣喜,又带了些莫名的惋惜。

"是这样的,"男子不再啰唆,索性打开手里的包裹,将一只泥塑手递到赵英焕面前,"这只泥塑是我父亲遵照我母亲的遗愿,按照她手的样子做的。我母亲生前有一个遗憾,就是不能亲自来和您握手表示感谢和道别,所以她在弥留之际嘱咐我父亲做了这个泥塑,希望能以这种特殊的方式来和您再握一次手。"

见赵英焕满脸惊讶,完全没有反应过来,对方继续说道:"我妈妈几年前确诊脑胶质瘤,住在你们医院,当时您是她的管床医生。手术非常成功,可我妈妈四个月前又确诊为胰腺癌晚期,前些天去世了。她生前曾让我父亲推着她到你们科室,想当面感激你们让她又多活了四年。她挨个儿和当年为她做过手术的医生和打针输液的护士握手作别,可一直不见您。后来,我打听到了您的住址,今天特意来碰碰运气。"

男子捧着泥塑，笑容真诚。

其实，赵英焕已经完全想不起来那位脑胶质瘤患者。他那会儿毕竟只是个研究生，还在学习阶段，虽然科室让他管床，但定方案和做手术的都是上级医师和导师。管床的目的只是为了让他更了解这类疾病的诊治流程而已。他不过是个小角色，这么多年过去了，那名他早就不记得的病人却始终挂念着自己，为不能在弥留之际亲自向管床的年轻医生握手道别感到遗憾，竟然还"别出心裁"地以这种特别的方式让家属帮她完成心愿。

那一刻，赵英焕感到鼻子发酸。他颤抖着手接过男子手中的泥塑，极其郑重地握住它。那只"手"触感冰凉，可赵英焕的心底有一股热流在涌动。

他把泥塑收藏进他的"百宝箱"。从小到大，每每遇到值得纪念的东西，他便会放进这个箱子。这里面装的，全部是他最珍贵的记忆。

他还在箱子里找到了读研时的查房笔记。每次查房时，他都会把教授和导师讲述的知识点记录在上面。自从他决定不当医生，便没再保留和医学相关的书籍，唯独留下了这个笔记本。这是他学医八年唯一保存下来的和医学相关的物件，他放不下写在首页上的那首小词。

那是毕业前研三那年，导师为他写了一首《行香子》的小词，作为毕业赠言——

几度春光，几度秋凉，
杏林下八载寒窗。
师徒一场，今与流觞。

看孤帆远,云帆济,风帆扬。
天生潇洒,骨里痴狂,
终究是误入岐黄。
世间万象,医者沧桑,
但凭良心,交良友,处良方。

这些天的际遇,让此刻的他终于下定决心:他要在自己还来得及的时候,去追寻叫"初心"的东西,他不想让自己空留遗憾。

因为离开临床还不满两年,执业医师资格证尚未被注销,他得以顺利地再次回到医院成为一名医生。多年前他因为爱情而"误入岐黄",这一次是他自己主动"选就岐黄"。

再回医院,他对所谓的"好科室"已经没那么执着,只想和陈灵一样去重症监护室工作。中心医院的急诊科也有自己的急诊重症监护室,他便顺理成章地来了急诊。等到时机成熟,他会再向杨主任申请去 EICU。

在赵英焕主动去重症监护室见过陈灵之后,他便不再像先前那样故意端着了,横竖这段关系只有他自己主动才行。重症监护室和急诊科值班人数相近,都是五天一轮夜班,他索性找人换了班,这样就能和陈灵对着值班。两个科室不时会有合作,他自然有了各种"工作缘由"联络她,到时她想拒绝都不行。

"女性患者,十七岁,三个月前被诊断出系统性红斑狼疮,狼疮性肾炎,间断治疗后,回家口服甲强龙冲击治疗。五天前,患者出现乏力、纳差。患者平时和爷爷奶奶住一起,家属没太重视。一天前患者反复腹泻，家属给患者吃了治疗腹泻的药物，但没有缓解，家属仍未重视。直到两小时前患者出现意识障碍，孩子的爷爷呼叫了120。"

这一天，抢救室里送来了一个青春期少女，女孩唇部肿胀得很厉害，在做气管插管时，赵英焕发现她口腔里全是溃疡面。他摇了摇头，嘴烂成这样，难怪没法进食，家属竟然完全没有重视，任由她发展到了这一步。女孩心率已接近200次，血压却极低，周身布满花斑，一看就是极其严重的休克。狼疮性肾炎一向不易治疗，后期多死于感染和尿毒症。可这孩子才确诊了三个月，父母都在外地务工，只有爷爷奶奶和她一起住在城中村。两位老人对她这些天的症状也没太过重视，直到病成这样才匆匆送到医院来。

经过紧急插管、补液、升血压、机械通气等抢救措施，女孩的生命体征稍微平稳了一些，意识也逐渐恢复，最后可以自主睁眼了。

与她对视的那一刻，赵英焕心里一沉。女孩脸部浮肿，但难掩清秀，一双眼睛望着正在抢救她的医生、护士，眼神中既有对遭逢大难的惊惧，又有盼着医务人员能减轻自己痛苦的微弱祈求。抽血化验指标出来了，女孩的肝功、肾功、心肺功能、凝血等都有严重问题。看到这些数据后，赵英焕也有些心凉。女孩多器官功能衰竭，预后极差。

陈灵对今晚急诊值班医生是赵英焕毫不意外。自从那天他主动来科室找她，他的班次便和自己的重叠，今后她再去急诊科会诊时，总会不可避免地与他照面。

此刻，她已经了解了女孩的情况，病情危重，戴着呼吸机，还有严重的心衰，眼下只能就地抢救。

因为实施共同抢救，其间两人不可避免地彼此靠近。时隔近四年之后,这还是自己第一次离赵英焕如此之近。他做深静脉穿刺的动作格外娴熟。有那么一瞬间,陈灵心中恻然。

赵英焕忽然打断了满腹心事的陈灵:"陈医生,这个女孩病情太危重,需要入住监护室,可是现在 EICU 已经满了,只能送到你们重症监护室去。患者现在呼吸、血压都不好,转运过程中的风险很大,只能麻烦你和我一起送她到你们科室去。"

她忽然意识到自己有些失态。当医生这么久了,她第一次感觉到自己面对这样一名危重患者时竟然有些心不在焉。她为自己的失态感到羞愧,更惊讶于自己为何会这般反常,难道一切都是因为赵英焕的缘故?

她定了定神,再次看了看监护仪上的各项生命体征:"再查个血气分析吧,如果指标还好,准备转运呼吸机,送我们科室。不过患者休克很严重,转运风险很大,需要家属签个转运风险告知书。"

陈灵判断,女孩的病情如能就地抢救固然是最好,但急诊科病人流量大,大量非急诊患者占用了不少急诊资源,特别在夜间,大量患者涌入急诊科,原本分秒必争的地方却成了医院最无序的科室。EICU 已经满床,这样的危重病人的确不适合继续停留在急诊科占用有限的医疗资源。重症监护室距离急诊科还有一段距离,眼下,她和赵英焕,连同急诊科的两名护士临时组成了一个急救转运小组。

在去往重症监护室的途中,赵英焕和科室的一名护士推着床走在前边,陈灵和另一名护士推转运床的床尾。临近重症监护室所在的大楼时,转运床要上坡道,处于床尾的陈灵感觉推床时有些费力。就在这时,她正前方的那个人也察觉到了这一点,他迅速本能地侧过身,将右手覆在她的手上,帮她一起用力将转运床推上了坡道。

连同赵英焕手掌覆上来的,是他掌心的暖意,陈灵仿佛触电一般。从急诊科到重症监护室的这条通道上，伴随着转运病床的车轮碾轧过地面的闷响，陈灵感觉仿佛走进了时空隧道。

她蓦地想起了过去赵英焕拉着她的手，走过校园曲径通幽的林荫道、月光盈盈的操场和蛙声环绕的人工湖。当时心中的快乐太多太浓，即便只是简单地散散步，也是旖旎无限。很多次，直到宿舍大门快要关了，赵英焕才依依不舍地送她回去。在宿管阿姨不耐烦的"到点锁门了，赶快进屋"的反复催促下，赵英焕才肯放她上楼，每每这时，他必会涎着脸，让自己在他脸上亲一下，才肯作罢。

往日一幕幕，就像老电影般不断地闪回，他们毕竟曾有过甜蜜的过往。陈灵忽然希望，要能有一次反悔的机会就好了。

很快，一行人到达了重症监护室。把病人从转运床转到监护室病床后，陈灵仿佛霎时从往日温馨的回忆中抽出了身。她毕竟是一位训练有素的重症医生，知道接下来自己该做什么。

- 9 -
走向人生尽头

安顿好女孩后,正准备回科室的赵英焕接到院前急救人员打来的电话,说接到一名八十九岁的老年患者,肺癌合并喉癌,现在患者呼吸困难,需要气管插管,可插管时发现患者喉部有肿瘤,导管无法插入,想改善症状就只能做气管切开。

没一会儿工夫,老人已经被抬进了抢救室。只见他周身发绀,纵然面罩可供养高流量氧气,依旧处于严重缺氧的状态。赵英焕给患者做了喉镜检查,果然和急救人员说的一样,患者的喉部肿瘤导致管腔狭窄,导管无法通过。这样严重的呼吸衰竭下若不插管,人很快会被憋死的。

他查看了随行家属带来的病历。老人几年前就得了肺癌,手术后一直吃靶向药,今年复查发现还是有远处转移,几个月前又确诊喉癌。家属要求手术,医院考虑患者高龄,基础病多,心肺功能又差,所以建议保守治疗。

老人已经瘦成了皮包骨，脸颊可怕地凹陷，胸廓薄薄的皮肤下可见根根分明的肋骨。因为呼吸道阻塞，高流量面罩供养也不能有效缓解缺氧，加上巨大的恐惧，他圆睁着眼睛，就像一具活骷髅。高龄、多部位肿瘤，又到了这个境地，如果不做气管切开，患者的生命体征很快就会消失。

上天毕竟是智慧的。对绝大多数人来说，在"生"和"死"之间，到底是隔着"老"和"病"。因为有这样的过渡，最后的告别才不会来得太过突然。

急诊科会不时收到家属送来的终末期患者，虽然都知道是这个结果，但大多数人无法直视死亡，需要医院作为缓冲，所以抢救室时不时也成了临终关怀场所。赵英焕以为这位老人的家属来医院也是这个目的。

"不做气管切开的话，老人很快会走，过程不算太痛苦。气管切开也有相当的风险和并发症，老人衰竭得厉害，气管切开之后还需要有创呼吸机维持呼吸。因为喉部的肿瘤，他没法进食，后面也只能靠营养液维持，最后肯定还是会走到那一步。时间长短不敢确定，但这个过程会更痛苦。而且老人已经八十九岁了，如果走了，其实也算喜丧。"

赵英焕如实告知。老人的子女都来了，虽然已是午夜，可他们的着装和头发还是体面至极。和这样的人做医患沟通，不必担心因为家属文化程度低而出现鸡同鸭讲的局面。但让赵英焕意外的是，老人的子女居然异口同声地说："那就做气管切开吧。"

赵英焕尝试从手术费用出发劝退家属不理智的选择，他不想给老人做这样无谓的有创"抢救"。可老人的子女再次明确表示完全不用考虑费用问题，老人是离休干部，所有医药费都可以报销。

几番劝阻无效，赵英焕只得给老人做了气管切开。就在为老人打颈部麻药时，老人数度伸手抓扯，他的子女也在旁边抓着他的手，好让他不要打断医生的操作。

做了气管切开的老人被接上了有创呼吸机，呼吸衰竭的情况得到有效纠正，可他还是不停地抓扯安置在脖颈处的气管导管，护士连忙用约束带将老人的双手固定在床沿护栏上。老人的手不停地挣扎，想要努力挣脱束缚。老年人的皮肤大多单薄脆弱，在不断的挣扎中，双手皮肤甚至出现了剥脱。

赵英焕看得出来，如果说老人先前的抓扯是严重缺氧和神志不清状态下的无意识行为，那么经过积极治疗、意识好转很多后，他依然这般坚持着抓扯，完全是因为不想再受这样的"酷刑"了。

赵英焕再次向家属表明了自己的观点，但家属依然固执己见，完全没有商量的余地。于是，赵英焕只能将连接着呼吸机的老人送入重症监护室。这已经是他今晚第二次来这里。从抢救室到监护室的路上，赵英焕看到老人的嘴巴在不停地翕动，他没有学过唇语，但结合老人的口型，他知道对方想说的是：不治了，不治了……

刚到重症监护室，赵英焕又接到通知：抢救室马上要送来一名危重患者。根据120院前医生接到的电话，患者突发剧烈腹痛，既往有肝癌病史。出诊后，他们很快在患者居住的旅馆里发现了剧痛难当的患者，脸色苍白，血压也很低，急救人员在院外已经建立了双通道快速补液。

"赵医生，患者血压75/43mmHg，呼吸29次/分，心率123次/分。"刚回到抢救室，护士就立马汇报患者生命体征。

赵英焕一眼就认出了这位患者，他有多年的乙肝病史，不久前刚被确诊为肝癌，前些天因严重的上消化道出血来过急诊，当时就是自己给他做了中心静脉置管，后来被送到了重症监护室。

此刻患者已经处在严重的休克期，偏偏意识还算清醒。一到抢救室，虚弱不堪的患者便上气不接下气、直直地盯着参与抢救的医生、护士："你们救救我！"

赵英焕迅速给患者做了查体，患者腹部已出现腹膜炎的体征，肝区触痛格外明显。他迅速在患者腹腔两侧做了穿刺，均抽出了血性液体。

通过简单的查体，再结合过往病史，赵英焕明确了患者这次腹痛和休克的原因，应该是肝癌结节破裂导致严重的腹腔内出血，所以病人才会在这么短的时间内出现严重的休克。

在快速补液并使用止血药和升压药物后，患者的休克状态勉强有所纠正。可这些都治标不治本，眼下急需肝胆外科手术介入，才有止血的可能。不管后续采取哪种治疗措施，当务之急都是输血。护士已经完成了输血前的相关检查，在填写用血申请书时，赵英焕却犹豫了。

他走出抢救室，询问患者家属是否还要求为患者输血，是否还愿意请肝胆外科手术止血，以及如果此次手术成功只能暂时保命，家属是否愿意后期再次入住重症监护室。

"医生，我们今天早晨才从监护室出来，他这个病已经是终末期，很多地方都转移了。我们也知道，没什么指望了，所以治成什么样，我们都不怨你们。本来我们今晚约了车要回老家的，没想到连一晚上都挺不过去了。"说话的是患者的妻子，一个衣着朴实、面容憔悴的妇人。

"那你们还要求积极治疗吗？如果不处理，他可能过不了今晚，就算现在积极处理，其实也是在拖时间。终末期的肝癌病人，抢救意义确实不大，而且钱花得也多。先不说手术那些，单单是输血这一块，费用就不低。而且他肿瘤破裂出血，如果没有得到很好的处理，现在输血就像是在往一个破了大洞的水桶里注水。可现在不输血的话，人很快就会走。"说这些话时，赵英焕心里也很矛盾。都说医生会看人下菜碟，但这话也不是什么贬义。他知道这家人家境困窘，恶性肿瘤到了终末期，很多抢救和治疗其实没有多大意义，可越是这种病，治疗和抢救的开销越是巨大。

急诊科是危重患者到医院后的第一道门户。很多家属因病人起病急、病情重，往往非常焦躁，常会把负面情绪直接发泄到医务人员身上，所以急诊科历来都是高危科室。可这位肝癌患者的妻子非常温和，不同于其他很多危重患者家属那般咄咄逼人，她语气委婉和善："医生，我们都知道的，这个病没什么救了，他也接受了。可他刚才突然疼得不行，他也知道自己快不行了，所以特别害怕。"说到这里，妇人的眼里已经泛起盈盈的泪光，她轻轻握住赵英焕的手，"他现在非常痛苦，麻烦你们让他最后走得不要那么辛苦、那么害怕就行。"

"医生，求求你，救救我。"意识已经有些模糊的患者在察觉到有医生走近自己的床边时，回光返照般地睁开眼睛，原本瘦骨嶙峋的身体像忽然恢复了生机，他紧紧地抓住赵英焕的手。

手被这位肝癌患者抓得有些发痛，赵英焕第一次感受到垂死的生命居然也能迸发出这样强大的力量。"我求求你们，一定要救活我，我想活着，我不想死！"

意识到生命即将走向尽头的中年男子，本已不打算继续治疗，准备回乡终了，但此刻，病情的急变让他爆发出了强烈的求生欲。

理智上，赵英焕知道患者妻子的做法是正确的，他从来都不认为对于终末期的癌症患者，一意孤行地强上各类抢救设备和手段，要家属不惜一切代价甚至掏空家底去救治，只为了延长本就所剩不多的生命，是一件正确的事情。可眼下，他有些犯难了，家属已经表示不再上其他抢救措施，患者本人却想积极治疗，想挣扎着活下去。

赵英焕尝试着理解患者此时的心有不甘，可这个世界上没有任何人能对另一个人所经历的痛苦做到真正的感同身受。是的，死了，就什么都没有了。谁说癌症晚期的患者就该认命，在经历无数惨烈斗争和非人磨难后，从容地等着死神拿着镰刀挥向自己？他毕竟还年轻，差几天才满三十五岁。

事已至此，再做各种侵入性的操作和治疗，或许能让他的生命延长一些，但那一天，终究还是要来的。

在赵英焕和病人交流期间，抢救室的门再度打开，一个因车祸受伤的年轻人被送进了抢救室，伤者的心跳在救护车上已经停止，随行的120院前医生、护士立刻在车上进行了心肺复苏。伤者被推进抢救室后，由当晚的另一组值班医生对其进行抢救。

年轻伤者与肝癌患者一床之隔，他们中间被一道帘子隔开。肝癌患者并没有出现严重的肝性脑病，尽管有严重的休克，但无比虚弱的他清晰地知道周围发生的一切。

他可以听见抢救室里医生、护士急促的脚步声和各类仪器发出的警报声；可以闻到体外除颤仪的电流击打在伤者胸部时发出的肉体焦煳的微弱味道；尽管隔着抢救室那道厚重的铅门，他依然可以听到门外伤者家属爆发的撕心裂肺的哭喊声，甚至闻到了一帘之隔的那个年轻伤者身上散发的某种独特的气息,那是将死之人的气息;此刻他也隐隐地在自己身上闻到了。

自从得知自己患了这个病,他就知道会有这么一天。因为发现时就已经有远处转移,医生也委婉地告知他,就算家财万贯,可以做肝移植,实际意义也不大。在四处求医的过程中,他的身体和精神状况都急转直下,特别是最近几次频繁地大量呕血,更让他心生绝望。

上次因为消化道大出血并伴有严重的凝血功能障碍,他被收入这家医院的重症监护室。在监护室的那几日,他大多数时间里意识都很模糊。偶尔清醒时,他会看到那间不大的屋子里先后有这样或那样的病人离世,那个房间里时刻被死亡的氛围笼罩着。他意识到,如此这般清醒地等待死亡的到来原来比立刻死去还要恐怖百倍,于是在家人来探望时,他告诉妻子,他不想再治疗了,他要回家。

他和妻子来这座城市打工多年,两个上学的孩子还在家乡;而这场病,也耗尽了他们原本不多的积蓄。

他以为自己真的已经放下了,可以安心回到家乡等待死亡降临。可真到了这一刻,那种濒死的巨大恐惧袭来,让原本孱弱无比的他顷刻间爆发出强大的求生欲,用枯瘦的手指紧紧抓住赵英焕的手:"医生,我求求你们,我求求你们救救我,我不想死。我的两个孩子都还没长大,我求求你,不要让我死。"他有些吃力地说完这些话,仿佛耗尽了身上仅有的一点能量。

见赵英焕只是站在那里,充满同情地看着他,他吃力地腾出另外一只手,按着自己的贴身内裤。赵英焕注意到那条内裤上应该是缝了一个带拉链的口袋,鼓鼓囊囊的。

"医生……"他又开口央求道,只是越来越气若游丝,虽然氧气开得很足，但他说出每一个字时都异常费力，"我……这里还有钱……你们救我……活……下来，都……都给你们……"

他只是迫切地想活下去。除了活着，他什么都不想再和这个人世间计较。

而原本笃定的赵英焕，此刻也像众多不知该如何选择的家属般，陷入两难。

不知是因为病痛还是恐惧，患者的面部肌肉突然痉挛得厉害。

赵英焕在急诊科已经工作了半年多，这里几乎每天都在上演着生离死别。面对一个将死之人的挣扎和诉求，他虽已不似先前刚工作时那样动不动就心潮澎湃、感慨万千，但此刻，他还是心酸不已。

"赵医生，患者的血氧饱和度一直在往下掉，要不要做气管插管？"一旁的护士提醒道。

赵英焕沉默了一会儿，没有接受护士的意见。"先给他打支吗啡吧。"

他做不了什么，眼下只能让护士给患者打了一支吗啡。这种药物可以镇痛，也可以缓解患者的恐惧和烦躁，同时也会加重患者的呼吸抑制。眼下，他只得两害相较取其轻。他选择了接受患者妻子的诉求，为患者做一点力所能及的临终关怀，让他走得不要那么痛苦吧。

原则上，抢救室是不允许家属进入的，尤其是在为其他患者进行心肺复苏的情况下。可赵英焕心下一动，还是出门喊来了患者的妻子。

妇人进来后没有哭，只是握着丈夫枯瘦得像枝丫一般的手，把他的手贴在自己的面颊上，另一只手轻抚着他的面庞。

"你放心去吧，家里的两个孩子都懂事了，我会把他们都带好的……到了那边你也不要担心,我们都会念着你……"妻子的声音很轻,如梦呓一般,却像有某种魔力,让本来惊恐烦躁的丈夫慢慢地安静下来。

患者的意识开始逐渐模糊,双眼向上凝视,露出深黄色的巩膜。妇人表示不再插管了,也不做其他抢救,只等着落气后把他带走。

原本家属签署了放弃抢救同意书后,赵英焕可以不用守在这里,经历这个生命在眼前一点点消逝的过程;可他还是决定和患者妻子一起,陪患者走完最后一程。

别说活下去,患者最后连落叶归根的简单愿望都没有实现。

今晚,赵英焕将亲眼见证两名生命终末期的患者离世,他都没有舍下病人离去,而是坚持送患者最后一程。

有时去治愈,常常去帮助,总是去安慰。这是一位美国医生的墓志铭。十年前,赵英焕刚进大学时总能听到老师反复提起这句话。直到现在,他才真正有所领悟。在急诊科的这段时日,他开始深刻体会到生而为人的艰难。慢慢地,他变得不再那么棱角分明,容不得半点灰色地带。已近午夜十二点,急诊科暂时还没有新来的患者。赵英焕走到留观室,准备对这晚的留观病人进行夜查房。

他刚走到留观室的门口,就听到急诊科大门外传来嘈杂声,惊慌失措的嘶喊伴随着歇斯底里的哭叫,大有人挡杀人之势。

他心里一惊。还未见到人,他就判定被送来的必是危重患者。不过,在急诊科的磨炼让他自认还是能经历一些风雨的,所以面对这突如其来的变故,他已经可以从容淡定。

果不其然,几名情绪失控的家属把一个两岁的幼儿放在了抢救床上。孩子被送到急诊科时已经没有了自主呼吸和心跳。一到科室，赵英焕便立刻开始对孩子进行心肺复苏，同时追问家属病史。

"十一点多了，他还不肯睡觉，吵着要吃桂圆。我就给他剥了一颗，他一下就呛着了，抓着自己的喉咙，完全出不了气。我赶紧把手伸到他嘴里，使劲给他抠，可根本抠不出来。我们当时也急慌了，孩子他爸把宝宝倒提起来拍背，还是出不来。看着宝宝脸都憋紫了，我们吓坏了，赶紧把孩子往小区的卫生院送。可那里的医生看了一眼，说孩子气管被卡住了，让我们赶紧送到你们这儿来。我们想着自己有车，比救护车过来接快一点，就自己送来了。"孩子的母亲说道。

知道病因后，赵英焕立刻对患儿进行了海姆立克急救法（施救者抱住患者腰腹部，拳头对准其上腹，另一手重叠其上，运用上肢的力量反复用力挤压患者上腹部，压迫膈肌，挤压肺部，从而将堵住气管及喉部的异物排出，使人获救），可反复尝试后仍无法将异物排出。赵英焕立即对孩子进行了气管插管。在喉镜的探视下，他发现患儿气管深处有一枚果核，急忙用卵圆钳将果核夹了出来。

孩子的母亲在发现孩子被桂圆卡住气管后，由于不懂得在第一时间用海姆立克法急救，反而用手抠，使得果核在气管内被卡得更深；当她发觉情况变得严重后，又没能在第一时间拨打120，而是选择自行将孩子送到医院。这都在无形中错过了抢救的黄金时期。

抢救了半个小时后，孩子仍然没有恢复呼吸和心跳，心电图也是一条直线。赵英焕走出抢救室，艰难地告诉孩子的父母：宝宝没有了。

一瞬间，孩子的母亲彻底崩溃。她"扑通"一声跪下来，抓住赵英焕的衣角，撕心裂肺地哭喊道："医生，你们一定要救活他啊！

他才满两岁啊……"

赵英焕用力地拉起她,可她丝毫没有想站起来的意思,反而就势倒在地上,用力撕扯着自己的头发。"都怪我!都怪我!"她疯狂地扇自己巴掌,"喂他什么不好,偏偏喂他桂圆……"

比起母亲,孩子的父亲稍显镇定,他表情复杂地看着情绪崩溃的妻子,似乎想过去制止,可终究没有挪动脚步。他紧握着的拳头微微颤抖,眼神中充满了失去幼子的悲痛,也饱含着对妻子的怨恨和心疼。

孩子的外婆拉起伏倒在地的女儿,用力拽着她的手,想制止她失控的举动。许久,女儿才抱住头发花白的母亲,哭到整个身体都开始痉挛,含混不清地啜泣着:"老是想着给宝宝更好的条件,现在没那么多时间陪宝宝,总觉得反正以后还有很多时间,可现在宝宝没有了,我拼命挣钱给谁花啊……"

而刚才一直相对镇静的外公,此刻忽然摇晃了几下身子,直挺挺地倒了下去。还好眼尖的护士及时发现了异样,一把扶住了他,并将他送到一旁的留观室,通知另一组医生为他检查。

常规心肺复苏半个小时后,如果仍没有恢复呼吸、心跳,就可以宣布临床死亡,已经没有抢救的意义。当护士询问是否撤掉抢救设备时,赵英焕拒绝了,而是继续为孩子做徒劳的按压。因为连接了呼吸机,在机器通气下,孩子的胸廓还在起伏,就像安静地睡着了。

赵英焕知道接下来的操作都是徒劳,但看到孩子家人悲痛欲绝的样子,他破例将抢救时间延长了两个多小时。面对这样幼小且突然意外夭折的孩童,他此刻唯一能做的就是给家属一个心理缓冲的过程。

凌晨三点左右,孩子的家属终于接受了事实,主动联系了殡仪馆。在等待灵车的间歇,孩子的母亲用毯子小心地把孩子包好,抱在怀里,把下巴贴在孩子早已冰凉的额头上,一下下地轻拍着怀中早已没有生命体征的孩子。

看到这一幕,赵英焕的心里五味杂陈。

在急诊科工作的这段时间,他不是没接诊过诸如父母乘电梯时因粗心大意导致孩子坠亡,或是因父母玩手机让孩子离开视线导致孩子不慎淹溺的病例。生活中的确存在不少"马大哈"父母,因为安全意识匮乏而导致孩子夭折。

即使家长在方方面面都足够小心翼翼,一旦幼儿发生意外,由于父母缺乏急救常识,也往往会酿成不可挽回的悲剧。生命从来没有试错的机会。

这一晚还没有结束,赵英焕便已经送走两名患者。虽说急诊科几乎每天都会遭遇死亡,见惯了生死也就不会那么伤怀悲秋,可当死者是只有两岁的幼童时,那种强烈的无力感仿佛巨大的黑洞,足以将人吞噬,避无可避。

看到孩子父亲的眼神,赵英焕深觉这个家庭似乎也要散了。尽管这些年关于心肺复苏的急救常识在各类新媒体上得到了大力推广,力图为大众普及胸外按压的急救方法,可惜的是,窒息后的急救措施却未曾一同得到普及。很多老人和孩子一旦发生窒息,被送到医院时其实早已为时已晚。更让人震惊的是,就连某些受过专业训练的医务人员,居然也不熟悉这种救命的技能。如果眼前这个孩子被送到社区卫生院后能得到早期处理,也不至于最后会回天乏术。

距离晨交班还有几个小时,科室也安静了下来,不再像平日里赶集般的喧嚣,竟平白无故地多了几分肃穆感,像是在为两名不幸早逝的患者默哀。

赵英焕趁空当，在社交平台上转发了关于海姆立克法的详尽图解。早些年他还在西华读研时，就在这个平台上注册过一个账号，时不时做些医疗科普。冲着"西华"这块金字招牌，账号竟积累了不少活跃粉丝，他也算得上一个"小V"。毕业后他没有在临床工作，账号也几近荒废。这一晚，他决定把这个账号重新运营起来。也许，作为一个医生，除了做好在医院的日常工作，其实还可以做得更多。或许，只要多一个人看到急救科普，类似的人间惨剧就会少发生一起。

孩子母亲凄厉的哭声一直回响在他的耳边，总觉得今后还有时间多陪孩子的她，却要面对孩子早早就意外夭折的惨痛。没有人知道意外和明天到底哪个先到，却笃定地相信来日方长，不必急于一时，殊不知生命充满了变数和意外。有的人的一生，也许不过只有两岁。

在这个行业待久了，赵英焕也开始学着"修炼"，或许这会让自己今后的人生更豁达明亮。

总算是撑到了晨交班，科室没有再收治危重患者。听护士念完交班汇报后，郑良玉突然私下来找赵英焕。

"那个肝癌患者，有没有和他谈手术的事？"

"没有。患者已经是终末期，家里条件也不好，谈这些徒增家属的压力，没必要再过度医疗。"

"家属治不治是一回事情，我们不能主观臆断他们不做手术就提也不提，小心回头被人告。"

"郑老师，我觉得你有点小题大做……"

"等你哪天吃过亏，再看你还说不说这些！再遇到这样的情况，要把选择方案全部打印出来，不做手术的话就让家属签字，凡事都要留下书面或影音证据!"

对郑良玉的提点,赵英焕始终有些不以为然。他觉得郑良玉凡事都谨慎得过了头,简直有点被害妄想症。对郑良玉的劝诫,他完全没往心里去。

- 10 -

生命的重量

每到夜深人静的时候,林皙月都会拿出母亲的照片,细细端详。

这张照片是母亲二十四岁那年拍摄的,她的容颜就这样永恒定格在了那一刻。照片中的温柔女子,沉静地看着自己唯一的女儿,笑容如花般绽放。母女二人的容貌竟如此相似。

林皙月出生当天,她的生母死于羊水栓塞。这种疾病发病时太过凶险,绝大多数妇产科医生可能一生也不会碰到这类疾病。

她是懂事后才听外婆提起当年的事情。她出生后不久,她的母亲很快就出现严重的呼吸困难,睡意蒙眬的值班医生见此情景,只是让护士给母亲吸了点氧,便又回到值班室睡觉了。可母亲呼吸困难的症状越来越严重,下身出血也越来越多,护士输完液拔下针头后留下的针眼本来早已不出血,此刻却开始不断渗血,焦急的外婆再次催护士喊值班医生来看看。

值班医生反复给母亲按摩子宫,又加大了缩宫素的剂量,可母亲的下身还是不断地出血。这一次，值班医生也察觉到情况不妙，立即通知了主任来救场。经验丰富的主任一看患者的情况，便考虑是羊水栓塞。由于出血不止，主任当机立断表示要切除子宫。当时除了母亲的婆子妈，也就是林皙月的奶奶坚决反对外，其他家属都同意。但是在奶奶的坚决反对下，她的父亲也开始动摇了，术前签字进行得并不顺利。

多年后，自己成为妇产科医生的林皙月靠着长辈的零星讲述，试着还原那晚的情景：奶奶见到刚出生的小生命，完全开心不起来。老一辈人有着根深蒂固的传宗接代的执念，林皙月是个女孩，当然承担不了这个重担。林皙月的父母是公职人员，在计划生育的年代，母亲自然不可能生二胎。可奶奶还是心存幻想：万一日后政策松动了呢？

每每想到这里，林皙月忍不住感慨，二十多年前，命悬一线的母亲需要手术保命时，能做主签字的是家属而不是患者本人。二十多年过去了，这种中国特色的医疗模式至今还在延续，并且有愈演愈烈的趋势。

直到后来那位产科主任发了火、拍了桌子，她的奶奶才停止聒噪，父亲也在主任的强势态度下签了字，同意切除妻子的子宫。手术终于得以进行，可母亲并没有因此活下来。

由于羊水栓塞消耗了大量凝血因子，导致严重的凝血功能障碍，母亲不幸沦为一个"人形漏斗"。一袋袋血制品通过输液器灌入母亲体内，却有更多的血液从身体里向外渗出。最后，才二十六岁的母亲血液流尽，仿佛一个苍白的纸片人，再也没有醒来。

林皙月出生后连口母乳都没吃到，便永远地失去了妈妈。

该去怪谁呢？那个当值夜班的医生？怪她责任心欠缺、经验不足,导致母亲的病情被延误?还是怪她的奶奶把儿媳当成生子工具,在儿媳生命垂危时首先想到的不是积极抢救,而是担心子宫被切之后就再没有抱孙子的可能?就是这样或那样的巧合最终导致了母亲的悲剧,也间接改写了林皙月的人生。

直到自己后来成为妇产科医生,林皙月才稍许释怀。二十多年过去了,在医学技术高速发展的今天,羊水栓塞仍旧有着极高的死亡率,就连某互联网名人的亲妹妹也死于这种凶险的产科急症。名人的妹妹自然不缺钱,想必所住的医院无论在技术上还是设备上都是拔尖的,可是仍没有摆脱香消玉殒的命运。林皙月已经原谅了那位未曾谋面的产科医生,也不再对已经过世的奶奶耿耿于怀。每个人都有自己的宿命。

她之后分别在外婆和奶奶家生活,直至父亲再婚。早年像行李般被四处寄存的日子,让她明白了自己只有"乖巧懂事",才可以在这个家留下来。继母待自己虽然冷漠,但还不至于虐待。有了后妈,生父也慢慢变成了"后爸"。她因为过早离开妈妈,学会了压抑自己的所有需求和愿望,尽可能不去麻烦任何人,在"家里"是这样,在学校和工作中也是如此。

那次晕倒后,她也想过,为何自己第一次见到赵英焕便迷上了他。有的人,他们生命中最渴望却又不曾拥有的部分,当遇到的另一个人刚好能填补上那个黑洞时,便会无法自拔地沉溺其中。

那天,她因为食物中毒赶到急诊科,作为本院医务人员,她比起其他患者自然有更便利的就医条件。可她习惯了不麻烦别人,所以就一直等,直到意识到自己已经低血糖,才向周围求救。

她一直记得自己倒地前最后映入眼帘的那双眉眼,温暖明亮,她已经有些失焦的目光落在他胸前的工作牌上——赵英焕——她记住了这个名字。

在失去最后一缕意识前,她知道自己被那人用力抱在怀里。她无力睁开眼睛,可那一刻,自己多年的苦苦寻觅仿佛终于有了片刻的停靠,就像被苍茫世间里的一湾清泉温柔地环绕。也是从那一刻起,她喜欢上了这个"拯救"了自己的急诊科医生。虽然她在理智上清楚,那一天,换成任何一位在场的医生都会救她,可她依然无可救药地沉溺下去。

三个多月前,林皙月还没有去妇科轮转,依旧在产科工作。休年假前,她负责的一位产妇出了状况。原本预判可以顺产的孕妇,意外出现了第二产程停滞,不得不改为剖腹产。产妇在术后很快出现异常,虽然产后出血在产科很常见,但结合患者的血压和血氧饱和度,应该很符合"3D"——低血压、低血氧、DIC(弥漫性血管内凝血)。一个可怕的名词忽然像闪电般袭入她的大脑:羊水栓塞。

羊水栓塞这种病症没有明确的诊断标准,也缺乏确切的实验室检查,诊断起来十分困难,往往只能事后根据临床表现和诱发因素来反推,甚至要通过尸检结果才能认定。羊水栓塞的发生率极低,每十万名产妇中仅有几人会出现这种凶险且难以预料的急症。而且羊水栓塞的抢救非常困难,病死率极高。无论是产妇还是医生,一旦碰上,都要在鬼门关里走一遭。

林皙月虽是年轻医生,却临危不乱,立即开始抢救,并通知上级前来救场。为了保命,产妇被切除了子宫,并在重症监护室住了十天。产妇家属从一开始的崩溃到后期的绝望,甚至做好了人回不来的准备,可产妇在术后第八天居然好转,并顺利转回了普通病房。

这一切都太像她母亲当年生产的重现，只是二十多年后，她自己当了医生，可以重新改写另外一个人和一个家庭的命运。

在这场突如其来的灾难中，得到新生的不只是这名产妇，还有林晳月自己。她不再是那个一辈子没有母亲的孤女。

羊水栓塞的产妇术后转入重症监护室住院，陈灵是她的主管医生。林晳月虽然正值年假，但几乎寸步不离地守在监护室。慢慢地，林晳月和陈灵也熟络起来。

虽说两个人同龄，陈灵却是林晳月为数不多打心眼里佩服的人。重症监护室主任曾公开表示：陈灵虽然年轻，却绝对是科里最少不得的骨干力量。

和自己从小就立志当妇产科医生不一样，陈灵之所以会成为医生还有个插曲。两人成为好友后，陈灵也和林晳月分享了她的秘密。

陈灵出生时有严重的心包外露，是个"外心人"。接生的医生、护士都不敢用力抱她，仿佛稍微一用力，露在体外的心包膜就会破裂。如果不及时做修补术，很可能会引起严重的并发症，甚至可能夭折。她心急如焚的父亲打听到这种疾病极其罕见，整个西南地区，可能只有西华医科大学可以完成这样的手术。于是，父亲带着她连夜坐救护车赶到了西华。

做完手术后，她被转入新生儿重症监护室。接下来的一个多星期，医生接连几次向她的父亲下了病危通知书，这些都是她长大后父母才告诉她的。

她其实在高二下学期便因为在一个科技创新大赛获得头奖，而被保送到国内一所排名前三的大学。相比其他还在埋头复习的同学，作为保送生的她有比较充裕的时间。而在机缘巧合下，她在高考前夕的五一假期去了蓉城市玩，路过西华医科大学附属医院时，她情不自禁地走了进去，甚至向医院要来了存档的自己当年的病历，从字迹斑驳的诊断证明和早已发黄的病历中，了解了当年自己刚出生时的经历。

她特别留意到手术开始的时间：凌晨两点。整个手术一直持续到中午十一点多，小儿心脏外科主任、新生儿重症监护室主任、麻醉医生、器械护士、巡回护士……那么多人，为了一个奄奄一息的小婴儿，共同熬夜奋斗了九个多小时。

对于那些彻夜奋战的医生来说，这个刚出生就遭此厄运的婴儿只是他们从医生涯里千千万万个普通患者之一。可是陈灵知道，那一刻，他们都是她的救命恩人，也是等在手术室外心急如焚的父亲和刚刚分娩仍旧躺在病床上悲伤啜泣的母亲的唯一希望。想到这些，她放弃了保送机会，参加高考，并顺利考上了西华医科大学的本硕连读，专业选择是重症医学方向。

而林晳月在这名羊水栓塞的产妇康复后，便向主任申请去妇科轮转学习一年。妇科和产科虽然早已独立成科，但彼此仍有很多学科上的交叉。尽管科里人手紧张，主任还是同意了林晳月的申请。毕竟从长远来看，一位优秀的产科医生必须精通妇科。

赵英焕接诊了一个腹痛的女孩。郑良玉曾要求所有前来就诊的腹痛女性都要重点询问其月经史，育龄期患者的尿常规要和妊娠检查一块儿做。女孩只有十八岁，身穿一所职业学校的校服，虽已成年，但言行举止仍显天真。赵英焕在给女孩做腹部查体时发现其右下腹有轻微压痛，女孩的母亲急忙问是不是阑尾炎，她听人说阑尾炎就是右下腹疼痛。

"这倒不一定。对于女性来说，这个部位的腹痛还有可能是一些妇科类疾病，比如宫外孕、卵巢黄体破裂、卵巢肿瘤蒂扭转等。"

赵英焕并未理会脸色突变的女孩母亲。来急诊工作后，他接诊过不少腹痛的女孩，出于对疾病的鉴别，有时甚至需要追问患者是否有性生活史。很多女孩都是跟着家长来的，虽然他尽量婉转，但仍会让一些谈性色变的家长颇为不满。在这个女孩的腹部，赵英焕发现了两处几乎不可辨的微小疤痕，已经愈合了，"她以前做过腹腔镜的手术吗？"

女孩母亲犹豫片刻才表示女儿一年前做过阑尾炎手术，用腹腔镜做的微创。赵英焕顿感迷惑："既然已经切掉了阑尾，为什么一上来还怀疑是阑尾炎呢？"

母亲低下头，声音低到几乎听不见："听人说，如果医生手术没做好的话，阑尾没切干净，也会再发作的。"大概是因为当着医务人员的面质疑先前手术的漏洞，这位母亲有些心虚，表情也颇不自然。

赵英焕给女孩查完体后回到办公桌前开检查单，可女孩的腹痛症状忽然加重。她仿佛惧怕打针的幼童一般，抱住母亲，一头扎进母亲怀里哭了起来。母亲一边像哄婴儿般不住拍着女儿的后背，一边念着"幺儿不哭，幺儿不哭，妈妈在，不怕"，然后转过头催促赵英焕："你别一直问了，赶紧给她先止痛啊！"

刚才做腹部查体时，女孩的腹部很软，没有明显的腹膜刺激征，从症状来看也不像肾绞痛或肠痉挛之类会瞬间加剧疼痛的疾病。按理说，女孩不会痛得那么夸张。此情此景不禁让赵英焕皱起眉，感叹不管孩子是十八岁还是十八个月，在母亲眼里永远都是宝贝疙瘩，容不得半点闪失。

尽管郑良玉经常强调在腹痛不明的情况下慎用镇痛药，以免掩盖病情，但女孩母亲不断地催促让人心烦，于是他索性开了医嘱，让护士给女孩打了镇痛针。疼痛症状减轻后，赵英焕便将化验单和彩超申请单一并给了女孩母亲，简单交代了检查室位置后，便走出了诊室。

从清创室出来后，这对母女已经不见了，临近中午下班时，也没见她们回来。赵英焕在电脑上刷新了一下检查结果：空白。他想起女孩母亲曾质疑阑尾炎手术没做好，大概是信不过医生，打了镇痛针之后就带着孩子回去了。

由于急诊科夜班强度高、压力大，所以每逢夜班当天，医生下午是不上班的。赵英焕也习惯了夜班这天吃过午饭后一口气睡到下午五点，再吃顿晚饭后，差不多又要开始接夜班了。

临近午夜十二点，院前120用平车推来了一个小姑娘，被抬到抢救室后，赵英焕一看，正是他上午接诊的那个女孩。在抢救室日光灯的照射下，女孩脸色惨白，眉头紧皱，脸上布满泪痕。她的血压虽然正常，但心率已经代偿性增快，处于休克代偿期。

女孩母亲在一旁哭个不停，一见赵英焕就抱怨早晨才来看过病，也用了药，没想到还严重了。女孩父亲一听，先是有些疑惑，看来他还不知道女儿早晨来这里看过病的事，随即对妻子吼道："你脑子被门夹了吗？早晨来这家医院才被坑，怎么又让送到这儿来了？！"

妻子忙解释是救护车派送到这里的，说这家医院最近，她也不愿把孩子送过来。

赵英焕听后不禁火冒三丈："什么叫来这儿被坑了？！早晨给你们开过检查单，是你们一声不吭就走了，人也找不着，这会儿加重了来找医院闹了！"

那句"信不过这里就换家医院"终究还是没说出口，因为监护仪显示女孩的血压开始下降了。

女孩已经休克，贫血貌严重，体内肯定有部位在出血。结合先前的腹痛，赵英焕不可避免地开始考虑宫外孕或卵巢黄体破裂："赶紧抽血，急查尿妊娠，把床旁超声推过来！"

在护士执行医嘱的空当，赵英焕用床旁彩超进行探查，发现女孩腹腔内存在积蓄液体，肠管可见漂浮，腹腔内肯定有大量出血。他立刻拿起注射器在女孩下腹部做了两次穿刺，均抽到了不凝血。

在积极补液抗休克的同时，女孩的尿妊娠检查也出来了：阳性。结合所有这些检查结果，赵英焕确定女孩是宫外孕导致的腹腔大出血。他立刻通知妇科医生急会诊，并同步和女孩父母进行沟通。

"现在可以确定是宫外孕，胚胎异位在右边输卵管，胚胎生长撑破输卵管导致腹腔内出血。现在出血量多，需做急诊手术，切除患侧输卵管……"

话还没说完，女孩母亲就大哭起来："这孩子早上说肚子痛，我就怀疑是这个病。她去年也是这样，当时是左边输卵管，已经切掉了，她后来向我保证说再没和男同学交往，我就以为不可能是宫外孕，才和你们说是阑尾炎……"

赵英焕听后也有些发蒙，他虽然不是妇产科专业，也知道这种情况只能紧急手术切除患侧输卵管。这样一来，两侧输卵管都切除了，女孩日后就不可能自然受孕。到时如果她打算结婚生子，就只能考虑做试管婴儿。现在，他只能对家属坦诚相告。

听他这么一说，女孩母亲哭得更厉害了，念叨着都是自己对女儿关心不够。女孩父亲粗暴地打断了她："还要怎么关心才够？！

就是你什么都依着她，才搞出那么多伤风败俗的事来！上次已经出过一次事了，还是狗改不了吃屎！"他又气急败坏地责骂起虚弱不堪的女儿："小小年纪就这么放荡，为了外面的小瘪三把自己搞成这样，我看以后谁还敢要你！我真是倒了八辈子血霉才生了你这么个浪荡货！你怎么还不去死？！"

赵英焕听后直皱眉，开始同情起小姑娘。女孩一直在哭，惨白的小圆脸上五官挤成一团，像极了皱巴巴的抹布。母亲俯身在床头，脸贴着女儿，一边抹泪一边安慰，一旁的父亲见状忍不住又吼道："真是慈母多败儿！就是你把她宠坏了！"

这晚值班的妇科医生是林皙月，接到急会诊电话后她便匆匆赶往急诊科。几乎所有医生都怕夜间急会诊，因为多半都是棘手的急重症，但这个电话是赵英焕打来的。轮转到妇科后，林皙月的工作地点从原来外科住院部的三层换到了十七层。她默默地数着电梯楼层，在从外科住院部赶往急诊科的路上，她甚至能感觉到心里那簇小火苗在跳跃。

距离初见他已经过去了156天，其间她也参与过几次急会诊，私下里也与赵英焕和李贺渐渐相熟。这些天她偶尔也会想，即使没有那个慌乱的清晨，自己也会喜欢上赵英焕这个阳光率直的大男孩吧。她喜欢听他讲急诊科工作的点滴，更喜欢看他开怀大笑的样子，会让人联想到云雾散开、阳光普照的愉悦景象。

女孩很快被收入了妇科，得益于一路的绿色通道，手术得以顺利进行。凌晨三点，林皙月给赵英焕发了个消息，说女孩情况不错，后续转入普通病房观察就可以。

急诊科的夜班从来都不轻松，这会儿赵英焕自然也没有睡。如果这女孩首次就诊就明确了问题所在，也不至于拖到这样严重，出现性命之虞；严格说来他也有责任。眼下知道女孩已经转危为安，他也松了口气。

"女孩的父亲脾气很暴躁，说话非常难听。那小姑娘也挺可怜的，母亲宠得没边儿，父亲又各种羞辱谩骂，我要是她，估计早就精神分裂了。"赵英焕在电话里简单提了下女孩的家庭情况，末了，他像是忽然想到了什么，"对了，我们科室刚才来了个下腹痛的患者，有腹膜炎体征，不确定是不是急性盆腔炎，如果住院病房不忙，还想请你帮忙过来看一下。"

当林皙月再次赶到急诊科时，她并没有看到腹痛患者。这会儿急诊科难得闲暇，赵英焕正和科里的护士坐在值班室吃消夜。赵英焕笑嘻嘻地把一份高汤小馄饨递到她面前，说忙了大半宿了，先吃点东西吧。

这不是林皙月第一次接到"狼来了"急会诊。之前在产科工作时，有个阑尾炎病发的孕妇在胃肠外科做急诊手术，当时的主管医生在她值班时忽然打电话让她去普外科急会诊，说孕妇下身有出血。林皙月急忙赶到普外科，不料那位发出邀约的"会诊"医生竟当着全科室人员的面捧出一束鲜花向她告白，让她骑虎难下。在确定孕妇并没有下身出血后，她头也不回地离开了普外科，留下一脸尴尬、求爱未果的男医生。

面对这次乌龙，林皙月的心中没有半分恼意，反而萌发了一丝喜悦，这丝喜悦很小、很小，却在慢慢生长。

这几天倒春寒，外面是连绵的夜雨，这一刻的值班室却是一片难得的温馨。周围都是其他科室的同事，但有赵英焕活络气氛，林皙月也没觉得尴尬。赵英焕早前便知道李贺暗恋林皙月的事，此刻他吃完消夜站起身，准备出去继续忙工作，和她打了个招呼便准备离开值班室。两人四目相交时，赵英焕意外察觉到对方眼里难掩的失落。

从小到大，他的异性缘一直极好，所以多少能读出异性目光中或喜欢或倾慕的情愫，而且很长一段时间以来，他也乐于享受这种被众星捧月的感觉。

他和陈灵分手的原因之一便是对方认定他用情不专。所以和陈灵分开后的这几年，每次再面对示好的异性，他也开始学着保持适当的距离。更何况林皙月本是李贺喜欢之人，自己先前与她的数度接触也纯属是为了给李贺撮合。此时刚好有护士叫他去查看患者，便借故回了抢救室。

次日查房，女孩的精神状况好了很多，脸色已不像刚入院时惨白。女孩一直小声吵嚷着想吃东西，但术后时间还短，暂时不能喝水和进食，母亲只好反复劝慰。可女孩不听，说只喝一小口水，母亲没有满足，她便哭闹起来。

林皙月见状，走过去用棉签蘸了水，一遍遍地为女孩轻轻润唇。母亲也跟着轻抚劝慰，女孩便渐渐安静下来，像只小猫般把头埋在母亲怀里。

几日后的一次夜查房，病床上的女孩突然拉住了林皙月。她住的是单人病房，私密性很好，女孩一直甜甜地唤林皙月"美女姐姐"，希望对方能陪自己说说话。林皙月本不想应承，但看了看女孩单纯无辜又带着几分渴求的眼神，终究没忍心拒绝。

原来，女孩的母亲是全职家庭主妇，家里一切事都是父亲说了算。父亲脾气格外暴躁，自她有记忆开始，只有她偶尔考出好成绩时父亲才稍有悦色。母亲则对她非常宠溺，永远都无条件地满足她。上中学后她成绩变差，最后只得去了技校，父亲更是对她没有好脸色，无论多么难听恶毒的话都是随口就来。

她说自己其实并不喜欢那个男孩，只不过那男孩对她极好，总夸她温顺漂亮。其实她也不想和那男孩发生关系，因为每次都会很痛，可男孩说她不这样就离开她。他是唯一一个会欣赏她并给她温暖的异性，所以就接受了……

听到这里，林皙月叹了口气。果然，不幸的家庭各有各的不幸，最后的恶果都落在了孩子身上。

女孩康复得很快，术后没几天就出院了。出院那天上午恰逢林皙月下夜班，她们几乎同时朝医院大门的方向走去。林皙月特意走在了这对母女身后，避免在院外和她们打照面。之前每次在病房见到她们时，这位母亲身上那种难以掩饰的"教女无方"的羞愧感，总让她觉得有些莫名的压力。

女孩父亲没有来，母亲搀着女孩来到停车场。等出租车时，女孩把头依偎在母亲的肩头。连着一周的阴雨连绵，那天恰好放晴。阳光明媚却不炽热，母女俩就这样沐浴在暮春将近的阳光下，无比温情的画面让自幼没了母亲的林皙月好生羡慕。

在林皙月的帮助下，赵英焕好歹算是善了后，妥善解决了潜在的医疗纠纷。作为答谢，他以东道主的名义，邀请林皙月到家中吃个便饭。

那次消夜之后，赵英焕越发感到撮合李贺与林皙月的紧迫性。李贺性格腼腆，虽然喜欢对方，却不知如何接近，更不知道如何展开攻势。他知道李贺做得一手好菜，在烹饪方面有极高的天赋，他索性撺掇了一个饭局，还不住地向李贺吹风："抓住一个女人的胃也能抓住这个女人的心，我妈当年就是这样被我爸追到手的。"

赵英焕家就在医院对面，平常也是他们几个人的聚集地。欣然赴约的林皙月看到桌上的蟹粉狮子头、松鼠鳜鱼和老鸭汤，便知主人为这次宴请着实用了不少心思。

品尝过那道蟹粉狮子头后，林皙月赞不绝口，偏过头问李贺："完全是我家乡的味道，你也是江浙人吗？感觉今天的菜都是我们那里的口味。"

李贺笑着摇摇头，有些腼腆地回答："不是的，我老家在云南。"李贺知道林皙月是扬州人，口味偏甜，所以这一桌菜都以淮扬菜为主。

"那你之前在江浙生活过吧？今天的菜味道太正宗了，就像进了一家淮扬菜馆。我很小的时候，外婆也喜欢做蟹粉狮子头，今天好像回到童年了！"外婆过世后，林皙月便再没有了会照顾她喜好的亲人。工作之余，她偶尔会去淮扬菜系的饭馆打打牙祭，可始终没有找回记忆中的味道。

赵英焕接过话茬儿吹捧道："看过《中华小当家》吧？人家能把最普通的蛋炒饭做出凤凰涅槃的味道。我们李贺就有这个本事，川、粤、湘、浙、鲁，只要在菜谱软件上看一遍教程，他便能让这道菜和原产地一个味道。"

两人都对李贺的厨艺赞不绝口，林皙月还半开玩笑地说了一句："嫁给李贺的人可幸福啦，足不出户就可以吃遍天下美食。"

李贺笑了笑：如果能一直这样给林暂月做饭，该有多好。他还记得救治集体食物中毒那次，她血糖低到晕厥都没去"麻烦"其他医生、护士。就是看到这点，他认定了她一定是个缺乏关爱的姑娘。从小未被善待过的人，多半都会这样"懂事"。

在急诊科工作，就决计绕不开各类农药中毒的患者。就在十多天后一次临近中午的下班时分，当班护士突然惊叫起来："赵医生，快来洗胃室！有个喝了百草枯的小姑娘。"

作为一种剧毒无比的农药，百草枯目前没有任何特效的治疗药物，而且市面上也早已禁售这种农药。

"我女儿喝了百草枯，你们快帮她洗胃！"女孩的母亲焦急地催促。

"喝了多少？"

"一整瓶都没了！"女孩的母亲已经带着哭腔。

女孩大约只有十四五岁的光景，穿着树袋熊款式的连体睡衣，脚上一双史努比的毛绒拖鞋，穿着打扮倒不失这个年龄段的可爱乖巧。只是睡衣的胸前有一片蓝绿色的水渍，散发出异常刺鼻的气味，有些布料甚至已经被液体腐蚀。

"小姑娘，你到底喝了多少？几点钟的事？"简单查体之后，赵英焕追问道。对于这种药物中毒的患者，接诊医生必须问清楚服用剂量和服用时间，以判断预后。

躺在洗胃室病床上的女孩一动不动，像是完全没有听见赵英焕的话。

赵英焕急忙转向女孩的母亲："你们发现的时候是几点？还有，

那个农药瓶带来了没有？我需要确定一下是不是百草枯！"

"带来了，带来了。"女孩母亲边说边从随身的提包里拿出一个装在塑料袋里的瓶子，递到赵英焕面前。

狭小的洗胃室里充斥着刺鼻的气味，母亲拿着空瓶的手不停地发抖："这药是孩子在网上买的，一瓶都快被她喝完了。"

急诊科面对的病种多且杂，各类药物中毒更是急诊科的特色病种之一。绝大部分药物中毒都有相对应的特效解毒药，唯独百草枯让所有急诊医生都闻之色变——超过10毫升就足以致命。当女孩母亲亮出空瓶时，赵英焕就知道女孩凶多吉少了，他叹了口气："张护士，先准备洗胃吧。"

在护士安置胃管时，女孩拼命挣扎，把护士原先已从鼻子插入的胃管猛地拔了出来。赵英焕见状连忙和护士一齐按住女孩的双手："患者家属，你们帮忙控制一下她的腿。"

尽管被人按着，女孩却异常执拗，每次插进鼻腔内的导管都会被她迅速拔下。赵英焕注意到女孩的双手：皮肤白皙细腻，一看就是在经济尚可的家庭中长大的孩子；然而手腕部那几道触目惊心的陈旧伤疤像几条丑陋的蜈蚣，极不协调地蜿蜒在那里。

看样子，女孩已经有过多次自杀自残的经历，只是这一次，她多半要成功了。

赵英焕突然为这个女孩感到惋惜：如此美好的年纪，父母健在，身体健全，到底有什么想不通的，非要一而再、再而三地求死呢？

女孩挣扎得太厉害，赵英焕只得继续配合护士按住她的双手，好让护士继续插入导管："别动了，救你命呢！"

女孩终于开口说话了，由于口腔内壁已经被百草枯腐蚀，她说话十分吃力，可赵英焕依然听得很清楚："我在网上查过了……百草枯根本没的治……所以我把一瓶都喝了……"

和她对视的一刹那,赵英焕不由得倒吸一口凉气。那完全不像一双活人的眼睛,丝毫没有少女的活泼灵动,取而代之的是跌入深渊一样的绝望。

赵英焕正犹豫着该如何告知女孩的母亲:她看起来精神还算不错的女儿,即使积极救治,也活不了太久。而就在这时,他看见那位看着修养不错的母亲突然像头发怒的母狮,一只手强行扳住女孩的头,另一只手抵住女孩的下巴,大声对护士说:"你们赶紧给她洗吧!"然后又带着哭腔责骂道:"这么多年了,你要折磨死全家人才肯罢休吗?!"

"抱歉,我能问一下原因吗?"赵英焕问女孩的母亲。进入急诊科工作后,他也接诊过一些药物中毒患者——有喝洁厕剂的,有从区县转来喝了有机磷农药的,也有故意服用过量安眠药的。但究其原因,这些服药自杀的人大多只是一时之气,纯粹为了吓唬家属。好在大多数药物中毒只要处理及时,都还有救,也给了那些意气用事者反悔的时间和活命的机会。但这个小姑娘,可以说是他见过的求死意志最为强烈的患者。

曾经很长一段时间内,服用百草枯就等于被宣判了死刑。随着治疗技术的提高,如果早期干预,也不乏救治成功的案例,只是非常少。而且,百草枯主要作用的靶器官在肺脏,即使患者幸存,后期也会面临严重的肺纤维化,极其影响生存质量,最后只有肺部移植才有可能改善症状。因此,只要喝下百草枯,且剂量足够,人很难活命。

"我和她爸真是一点办法都没有啊,"女孩的母亲说着哭了起来,"这孩子从小就不爱说话,我们一开始也没太在意,只是感觉孩子有点内向罢了。后来，我们发现她越来越不对劲，经常一整天也不和人说一句话，就带她去看了心理医生，医生说她有抑郁症。我们带着她去了很多地方求医，症状始终不见缓解。尤其是上了初中以后，病情更加严重，甚至已经没有办法正常生活，学校里一点小事就能让她歇斯底里地哭闹，只得给她办了休学……

"就在去年，我们发现这孩子开始自残自杀。只要家里一没人，她就拿刀子割腕……"女孩母亲边说边抹眼泪，"这一年，我们把家里的所有刀具都锁了起来，家里一天都不敢再离人，我和她爸被搞得心力交瘁，完全不知道该怎么办。"

由于喝下去的剂量很大，再加上女孩始终不配合，洗胃着实花了不少时间。当一桶桶清洁水通过电动洗胃机打进女孩胃部再冲出时，水已经变成了淡淡的蓝绿色。

洗胃结束后，赵英焕对女孩的母亲说道："现在虽然洗了胃，我还是建议她入住EICU，好继续后面的治疗。"

"还要去监护室？胃不是都洗完了吗？"女孩母亲一脸疑惑。

"一般来说，百草枯中毒不会立即致人死亡，你女儿目前看上去各项生命体征都还不错，但百草枯进入人体后会分布到全身各个组织和器官，最后导致多系统损害。而且百草枯严重损伤肺脏，后期会引起严重的肺纤维化，导致患者呼吸衰竭而死。还有，先不说后面的事情，就说说眼前。"

赵英焕顿了顿，直视着女孩母亲的眼睛："我很抱歉地告诉你，你女儿喝下去的农药剂量非常大。一般来说，口服百草枯的剂量超过30毫升就会引起暴发型中毒，这类病人会在72小时内出现多器官功能衰竭，导致迅速死亡。"

女孩的母亲怔怔地愣在那里，没有表态是否接受后续治疗。

赵英焕继续解释:"百草枯损伤的主要器官是肺脏,会使人逐渐丧失呼吸功能。说白了,就是一个加长版的活埋。它同样有很强的腐蚀性,对消化、泌尿、神经系统的损伤也很重,入住 EICU,好歹能让她最后不那么痛苦。"

"真的没治了吗?"女孩母亲追问道。

"也有救治成功的病例,但是非常少,"赵英焕如实回答,"以前业内基本达成了共识,只要服用的百草枯剂量超过致死量,就可以认定为无法救治。哪怕救治成功,患者也会存在不可逆的肺纤维化,后期唯一的救治方法就是双肺移植。因为费用极高,且肺源稀缺,所以'喝百草枯必死'的说法并不是空穴来风。"

虽然嘴上这么说,可赵英焕心里明白:如此珍稀的肺源,又怎会移植给一个执意求死的人?那是对器官捐献者及其家属的亵渎。

不同于既往那些心急如焚、不惜一切代价也要治疗孩子的父母,女孩的母亲听到入住 EICU 的建议后,突然沉默得异常可怕,始终不愿表态。

在略显尴尬的气氛中,病床上女孩的嘲讽打破了僵局:"我活了十四年……这次总算可以自己做一回主了……我不会去监护室再拖累你们的……"因为农药的影响,女孩的口腔和咽喉黏膜已经出现溃烂,再加上刚刚插过胃管,她说话变得非常费力。谁都看得出来,她此刻的态度无比坚决。

照顾病人自然是件痛苦的事情,要不怎么历来就有"久病床前无孝子"的说法呢?女孩原本躯体健全,却因心理疾患导致她的父母在日复一日的痛苦中渐渐丧失了耐心。赵英焕看得出来,女孩母亲得知农药远超致死剂量,在经历了短暂的愕然和悲恸之后,眼里竟然闪过了一丝不易察觉的释怀。

在签署放弃治疗同意书后，赵英焕目送母女俩离开了急诊室。在国内，面对某些治疗决策时，尤其对于危重患者和未成年人，他们基本没有自己选择的权利。赵英焕不知道女孩到底有着怎样的过去，但他知道，这一次，面对两难的母亲，她无比坚决地做了自己的选择。

他颇为女孩感到惋惜，可再一细想，又觉得心下了然。也许当事人真的得到了解脱，既然生亦何欢，那么死亦何苦。他想起自己初值夜班时看到原本可以救治的病人却被家属放弃，当时的他感到无比痛心和愤懑。现在，他能心平气和地接受这个选择。

这天是赵英焕值夜班，所以下午惯例还是休息。一想到那个女孩，下午休息时的他久久无法入睡，索性一直在网上查找百草枯救治成功的案例。可找了一圈，他失望了，只要剂量足够，基本都是死亡病例。为数不多"救治成功"的情况是，要么喝的压根就是假药，要么只是当时没死在医院，但远期随访后发现中毒者的生存质量非常糟糕，严重的肺纤维化会让他们在苟延残喘中度过所剩无几的人生。除非有足够费用做肺移植，可肺源极其稀缺，多少罹患严重肺疾的人到死都等不来合适的肺脏，怎么可能优先给自杀者做双肺移植呢？

下午没休息，赵英焕感觉这个夜班比平日更累。刚处理完一名多发伤的车祸伤者，预检分诊台的护士又通知他到抢救室来，说送来了一个百草枯中毒的女孩，情况十分严重。

赵英焕顿时愣住了：又是百草枯？！这一轮班还没完，就来了两名喝百草枯的患者，还都是小姑娘。他突然想起之前接诊的那个肝癌末期的男子，有人如此乞盼活下去却求而不得，也有人这样视自己的生命如同草芥。

他匆匆走进抢救室：依然是树袋熊款式的连体睡衣，病床边是史努比的毛绒拖鞋，还没看清患者的脸，他已经认出就是今天上午那个喝百草枯的女孩。

这次陪她一起来的，还有女孩的父亲。

见医生走进来，女孩父亲开门见山道："医生，我们也不抢救了，就是想让她走得不那么痛苦。

"上午孩子在你们这里洗了胃回去，可我还是不想就这么算了，毕竟我们就这么一个孩子……"男子的声音越来越低沉，"孩子她妈说不治了，可是我看着不忍心，毕竟小时候也是我们捧在手心里长大的……"

女孩父亲说着开始哽咽起来："我们又去了好几家医院，儿童医院也去了，他们的说法和你们差不多。

"可这孩子是我的心头肉，这些年我也知道她活得太不容易。能想的办法我们都想了，她却一直和我说她活得很痛苦。"再抬起头时，男子已是泪流满面。

末了，他神情恍惚地看着赵英焕："医生，你们这里可以做安乐死吗？如果可以的话，你们就当行行好，成全她吧。"

这是赵英焕第一次听到家属主动提出为患者安乐死。是的，与其眼睁睁看着女孩呼吸衰竭、受尽痛苦后离去，或许安乐死是她最好的归宿。

可是国内没有"安乐死"这一说，他当然不可能满足家属的要求。

女孩的口腔溃烂显然比上午更糟糕了，不断有血水从她的嘴里渗出。此刻，她已经出现严重的呼吸困难，出气比进气更费力，身体也已无法平躺。出于本能，女孩勉强半坐起身，身子靠在床头上，可这样的举动并没有让她舒服一点。看得出，她想说话，可她已经完全发不出声音。因为严重缺氧，她的脸憋得发紫，可意识还算清醒。她强忍着无法呼吸的巨大煎熬，开始用后脑勺撞墙，以减少痛楚。

女孩的父亲早已泣不成声，毕竟是自己的亲骨肉，女儿生命最后的每一分钟都像在接受凌迟。

赵英焕实在看不下去了，脱口问道："你同意给她做气管插管吗？插了管，会比现在好一些。"

女孩的父亲已经哭到浑身颤抖，始终没有表态，直到稍微平复一些，他才哆嗦着问："之后……还是会到那一步吗？"

赵英焕没有立刻回答。半晌，他才点点头，不置可否。

"那我们不插了……"父亲将痛苦无比的女儿揽在怀里。

"你后悔吗？"看着痛苦难当的女孩，赵英焕心生怜悯。女孩张了张嘴，像是要说什么，可已经没人能听懂了。她的目光在赵英焕的脸上停留了片刻，那双上午时还如同深井般空洞绝望的眼睛里，此刻多了新的东西：迷惘、哀求，还有终得解脱的释然。

因为严重缺氧，女孩的意识逐渐模糊。或许这对现在的她来说是件好事。家属签字放弃了一切有创性抢救操作，只是等着女儿的生命自然终结。赵英焕已经可以离开了，急诊科很难闲下来，还有很多事情等着他去处理。

值班护士示意赵英焕尽快出去处理一名新来的患者，离开抢救室前，他轻轻拍了拍女孩父亲的肩膀，小声说了句"请节哀"，然后让护士找来一张椅凳，让这位守在女儿床边泣不成声的父亲坐下来，尽可能平静地送女儿最后一程。

- 11 -
见义勇为反成重伤

虽说只是五月初,但天成市已经进入火炉模式。在这个季节,各种刑事案件的发生似乎也随着气温一同升高了。对于一向熙熙攘攘、人满为患的急诊科而言,永远不存在淡季一说。

已过了晚饭时间,今晚轮到李贺值夜班。假日往往是急诊科最为忙碌的时候,越是逢年过节,就越是打架、斗殴、车祸、醉酒聚集的高峰。转眼又一年的五一小长假,此刻已经接近晚上十点,急诊科出奇地安静。除了各类头痛脑热腹痛的患者,今晚还没有收治因斗殴或车祸导致的危重伤患。

不知不觉中,赵英焕和李贺在急诊科已经干了近一年。在这行久了,深知节假日的夜班越是一派安宁祥和的表象,越是山雨欲来风满楼的先兆。十点刚过,医生值班室的电话开始疯狂地响起来。李贺看了一眼来电号码:120调度中心。他还记得自己去年刚来急诊科时,一看到这个号码心里就发怵。能让调度中心直接打给医生办公室的电话，要送过来的不是极其危重的患者，就是成批伤员或集体中毒者。

果不其然，李贺在电话里得知：文化路发生一起恶性伤人事件，目前在现场发现三名危重伤员，其中一名勉强能和人对答，另外两名已经深度昏迷，呼吸、脉搏都极其微弱，需要拉回医院立刻抢救。

事发地距离中心医院很近，如果不堵车的话，救护车返回的时间不会超过二十分钟。急诊科毕竟也有得空的时候，某个时间段里可能没有患者来就诊，医生、护士就有难得的空闲，甚至能时不时开开玩笑。更多的时候，短暂的闲暇后会爆发性地出现同时接诊多名危重患者的情况，足以让整个科室跟着人仰马翻。

此刻就是这种情形，科室的医务人员明显无法再应付即将到达的三名重伤患者。这晚，另一组值班医生也已经忙到飞起，李贺组的二线值班医生是赵英焕，他只得立即通知赵英焕来医院加班。

第一名危重伤者已经被送到医院。院前急救人员急促地交接："报案人只看到大厅地上躺着一个浑身是血的人，所以先前拨打120时只说有一名伤者，我们只出了一辆救护车。到现场后发现卷帘门是半放下来的，里面的灯全部被破坏了，我们进去后打开手电筒才发现，除了大厅里的这名女性伤者外，里面的卫生间里还有另外两名伤者。出诊医生只得守在原地，另一辆救护车已经出发，我先把伤势最重的接回来抢救。"

最先接到电话通知是群体伤员时，李贺本能地推测可能是一群社会闲散人员斗殴所致。但眼前的这名危重伤者是个五十岁左右的中年妇女，穿着打扮极为朴素。虽说急诊科的历练让他早已对各种血腥场面见怪不怪，但眼前这位伤者仍让他唏嘘不已：散乱的头发上满是血污，额部高度肿胀，头顶两侧颅骨重度凹陷，整个颅骨外观仿佛一座畸形的金字塔。

院前急救医生已用加厚的棉垫压迫住伤者头部,可鲜血还在源源不断地渗出。伤者后枕部有一道长长的伤口,鲜血更是像喷泉一样不停外涌,被血液浸湿的外套已经辨不出本色。

伤者已临近濒死期,双侧瞳孔散大固定,呼吸极其微弱,脉搏触摸不清,并出现了严重的休克。

"患者失血性休克非常严重,头上的伤口出血过多,患者可能已经发生 DIC,必须输入大量血制品,赶紧去把术前常规检查项目都做了。"李贺边进行抢救操作,边对护士下达口头抢救医嘱。

他立刻对患者进行了气管插管及快速开放通道补液,以最快的速度对伤者进行深静脉穿刺,建立新的生命通路,使得大量液体快速输入患者体内,以纠正患者严重的失血性休克。在进行气管插管并连接呼吸机后,患者的血氧饱和度迅速回升,此刻李贺和抢救小组的护士立即带伤者前往 CT 室做检查。

女伤者的颅骨发生严重凹陷,仿佛一颗被压扁的鸡蛋,部分颅骨碎渣直接刺穿硬脑膜,插入大脑组织中,整个大脑组织高度肿胀。

雷霆接到李贺的电话后得知伤者已被送往 CT 室检查,便急匆匆地赶了过来。此时,伤者的 CT 扫描刚好完成。看过 CT 结果后,雷霆不住地摇头,叹了口气道:"伤者病情过重,属于濒死伤者,先送到重症监护室做生命支持吧。"

与此同时,另外两名伤者也被送到了急诊抢救室。男性伤者已陷入浅昏迷,同样满头满脸都是血,伤情和第一名濒死伤者相似,整个头部像是被钝刀子胡乱砍砸过的西瓜。好在两人的生命体征还算平稳,李贺对伤者进行了初步体格检查,发现除了头上密集的刀砍伤外,伤者的躯体四肢并没有其他伤口。头部 CT 检查显示,这名伤者和先前那名濒死伤者一样，都是颅骨粉碎性骨折，部分碎片插入大脑。

第三名伤者也是女性，她是三人中唯一清醒的，同样是头部被利器砍伤并被钝性物体击打。尽管这名女伤者意识还算清醒，与人交流对答并无大碍，生命体征还算平稳，可在场的医生看到她的CT检查结果后还是倒吸了一口凉气。与前面两名患者相似，坚硬无比的颅骨局部被砍得粉碎，凹陷的碎骨块同样嵌入脑组织，并压迫到了功能区。

CT室里的李贺和雷霆同时意识到：这些头部钝性击打伤和刀砍伤至少有两种以上的凶器才能造成。这压根就不是一般的斗殴事件，凶手的打击目标全部集中在头部，似乎从一开始就蓄意置对方于死地。

由于伤者的所有击打伤均集中在头部，理应由神经外科的雷霆主要负责。李贺面色凝重地看着雷霆，看来对方今晚又要通宵手术了。

"要不我们先在清创室把伤者头上的伤口缝合好。"李贺对刚刚匆匆赶来的赵英焕建议道。

"没必要吧，她今晚就要做急诊手术，反正都要开颅的。现在缝合好的伤口待会儿可能还要打开。她的生命体征还算平稳，一会儿就送到神经外科做手术。"

"可手术也不是立刻就能做的，术前谈话、手术准备，这些总得花点时间。今晚神经外科恐怕也要被那个凶手搞得人仰马翻了。这名伤者头上有好几道伤口，出血过多，还是先缝上止血吧。现在少出点血，后面的并发症也会少一些。"

"行吧，少给霆哥他们添点堵。今晚光是这三个病人都够他们科忙一整晚了。"赵英焕最后听从了李贺的建议，准备先为这名清醒的女伤者做清创缝合术。

两人将女伤者推进清创室，赵英焕拿出剃刀，一边麻利地将患者头发全部剃掉，一边不无自嘲地说道："以前我读神外研究生时，科室里择期手术患者的剃头工作都由护工来做，遇到急诊手术时上级医生就会交给我。上了三年研究生，我这剃头的手艺倒是练得炉火纯青。没想到今天又派上用场了。"

就在赵英焕给伤者剃头的空当，李贺通过伤者手机联系到了她的女儿。他在电话里简明扼要地说了患者的情况，建议家属尽早到中心医院来。可对方一听到消息便在电话那头大声哭诉："我爸妈那么老实本分，五十多岁了还在外面打工，一辈子连和人大声说话都不敢，那个疯子怎么这么没人性……"

唯一清醒的女伤者断断续续地讲述了自己受伤的经历。她和丈夫，也就是三名伤者中的那名男性，都是文化中心夜场售票处的员工，和另一名濒死女伤者算是同事，平常见面也会打招呼，只知道她好像姓谢，离异多年，一个人在天成市打工，好像还有两个儿女在外地上学。今晚他们卖完夜场票后就在单位吃员工餐，他们三个去得最晚，其他人后来都走了。饭还没吃完，一个男的突然闯进来，半拉下卷帘门，嘴里嚷嚷着："一辈子都找野男人！"

那男的气得浑身发抖，眼珠都要瞪出来了，说完话便拿出榔头，对着那名女同事的头上就是一锤。她躲了一下，就打在了她的肩膀上，她就大喊"救命"。他们两夫妻一开始没搞清楚情况，直到看到那个凶手用榔头打中了女人的头部，鲜血四溅，他们才意识到事情的严重性，她丈夫急忙冲上去把那个男的拉开。

见有人过来帮忙，凶手更加疯狂。他直接拿出一把菜刀，对着她丈夫的头就砍。"让你找野男人！让你找野男人！"凶手像复读机般不断地吼着这句话。她看到的最后一个画面就是重伤的丈夫拼死护在自己面前，承受着凶手一刀刀的疯狂杀戮，而她自己也一度受伤后昏迷。

这名女伤者接受了最初的伤口清创缝合后，头部出血不止的情况很快得到缓解。在伤口缝合完毕之后，她也被送入了神经外科，在那里等候做急诊手术，取出嵌在她脑组织中的颅骨碎片。

直到最后一名伤者也被抬离急诊科，面对血迹斑驳的抢救室和清创室，赵英焕和李贺对视了一眼：今晚的事还没有结束，凶手依然在逃。如此惨烈的打斗，他或许也受了伤……

凌晨两点，李贺接到护士站的电话后，急忙前往外科清创室，在门口处看到一个坐在椅凳上的男人，被几名荷枪实弹的警察团团围住。李贺心中已经有数：凶手被抓到了，而且确实受了伤。

他一眼就在这些警察中认出了安然和陶翰文。这两位过去常和李贺打交道，尤其是陶翰文，两人年龄相差不大，私交也不错。安然是陶翰文的上级，也是分局最年轻的支队长。

安然简短地做了介绍：眼前这名男子就是凶案嫌疑人，案发后自杀未遂，最后在一个工地上被他们找到了。案发前，嫌疑人一直在广东务工，打听到受害人（即其前妻）的地址后，特意从广东坐火车来到天成市，并事先准备好榔头和菜刀等作案工具后，径直来到受害人工作的地方。在用榔头击杀前妻的过程中，另有一对男女也在案发地点，其中的男子还试图保护他的前妻。在打斗过程中，该男子曾抢下嫌疑人的榔头，被嫌疑人偏激地认定这名前来救援的男子就是前妻的"姘头",杀红了眼的嫌疑人便改用之前准备好的菜刀疯狂砍向那对见义勇为的夫妻,直到三名受害者再发不出半点声响,他才放下手中的凶器。

离开案发现场前,嫌疑人还特意用榔头在前妻头上补了几下,在确认对方"必死无疑"后破坏了店内所有电灯,半拉下卷帘门后匆匆逃逸。好在另一名女性受害者没多久便清醒过来,不停地呼喊救命。一个刚好路过的女学生借着路灯的光发现半拉下的卷帘门外血迹斑斑,走近后听见了门内微弱的呼救声,便迅速报警,并拨打了120急救电话。

刚才看到三名受害者的惨状后,李贺曾想象过这个冷血屠夫的样子:目光凶恶,满脸横肉,暴躁粗鲁……没想到凶手这么快就落网了,还是他负责接诊。

出于医生的职业本能,李贺最先关注的依然是对方的伤情:凶手右颈部有一条长约16厘米的伤口,伤口没有活动性出血,只是表浅的皮肤裂伤;左腕有一条8厘米的伤口,要深一些,几根肌腱断裂,左手因此也有几根手指无法自如活动,但桡动脉、尺动脉都还完好,伤口只是少许渗血;腹部也有一处刀刺伤,但是伤口不深,应该没有进入腹腔。

李贺简单地向一同前来的法医和刑警说明了伤者情况。在确定凶手短时内不会有生命危险的情况下,法医和刑警开始对凶手进行体表采证。

借着凄冷惨白的日光灯,李贺生平第一次如此近距离地直面一个杀人凶手。忽略掉身上的血污,对方整个人看上去倒也整洁。如果不是神色过于憔悴,他看上去更像是一个正享天伦之乐的长者,木然的表情中看不出任何悲喜,眼神里更是空洞的平静。

如果不是一开始就知道他是凶手,至少是嫌疑人,有那么一瞬间,李贺甚至有一种错觉:他只是其中一名受害者的家属,在经历过最初的震惊和悲痛后,已经慢慢接受了这个无可挽回的事实。

支队长安然在他身上找到一个钱包,里面除了几张钞票外,只有两张身份证和一张火车票。安然看了看火车票,发车地是广州,到站时间就是凶案发生前的几个小时。两张身份证上的名字相同,出生年份却相差了八年。安然开口问道:"为什么会有两张身份证?"

"1965年那张是真的,1973年那张是我在广东打工时用的。年纪大了,工厂就不要人了。"凶手的声音有气无力,回答问话时,他稍微抬了下头,五十出头的脸上纹路深邃,刻着常年生活在底层的人特有的早衰和疲惫。

采证的同时,负责录像的陶翰文问道:"受害人和你是什么关系?"

"有个是我婆娘,那个帮她的男人是她新找的野男人,另外那个女的我也认不到。我当时只想把我婆娘杀了,她那个野男人刚好也来帮忙,我就把他们两个一块儿杀了。一起来的那个女的在喊救命,我怕她把其他人招来,就连她一块儿了。"他轻描淡写地说着那血腥残酷的一幕。

"我们查了你的户籍,你和受害人已经离婚十年了,她只能算你的前妻。她几经辗转来到这里工作,而你一直在广东打工。离婚十年了,又彼此相隔几千里,应该不会有什么交集。你为什么还要千里迢迢专程过来杀人?"安然问道。

"我娃儿生下来刚几个月,她就在外面胡搞,不停勾搭野男人。打了她无数次,往死里打,可她还是要去找野男人,还有好多个。

这么多年来，我一直忍啊忍。都离了婚，她还在外面勾搭野男人，不停地勾搭。我好不容易从老家的亲戚、熟人那里打听到她打工的地方。我也是倒霉，最后捅了自己那么多刀，居然还没死。"

李贺终于看到了他表情的些许变化，原本死灰般平静的脸上逐渐变得生动起来，因为满含怨怼，面容越发扭曲——这才是真实的他吧。即使彼此离异十年，天各一方，那怨怼的种子却一直在生长，日积月累，直到破土发芽。今晚，他终于手刃了他嘴里"水性杨花"的前妻，多年的屈辱、隐忍和不甘得到了发泄。

警方的采证工作已经进入尾声，沾满血的外套也被放入物证袋里。突然，陶翰文像是想起了什么，问嫌疑人道："你的子女都在哪里？或者这里有其他亲戚朋友吗？看能不能让他们给你带点换洗衣服过来？你现在穿的衣服都要拿去做物证。"

"子女……"说到这里，自杀未遂的嫌疑人停顿了一下，脸上有瞬间的恍惚，随即凄苦地叹了口气，"十年了……有和没有一样……"

"这样啊，"陶翰文有些为难，"你的衣服和鞋子都必须拿去做物证，医院冷气开得大，不穿衣服可能会冷。"他顿了顿，转头问李贺："你们这里有拖鞋之类的吗？他这样光着脚来回做检查也挺不方便。"

这名年轻警察的话为这个血腥的屠戮之夜带来了些许暖意，他惦记着即使去CT室没多远，没有衣服和鞋子也会有诸多不便。面对一个连伤三人的凶手，这名年轻警察尚能心存善意。

"我们会用平车推他去检查。检查完毕后，如果确定腹部伤口没有进入腹腔，我会为他做清创缝合术，这期间不用他走路。医院也有病员服，可以给他穿。"李贺解释道。

另一栋外科住院部里，手术室依然灯火通明，雷霆正和神经外科的其他医生忙着给那对重伤的夫妻做手术。手术需要用电钻锯开颅骨，将插入脑花的碎骨片一一取出，以防止碎骨片进一步损害脑组织，再清除颅内血肿，以缓解对脑组织的压迫。

这对不幸的夫妻来这座城市打工，他们唯一的女儿还在外地上大学，一时赶不回来。雷霆通知了医院行政总值班，医院领导将出面给两名需要急诊手术的患者做术前签字。

除了主刀医生，这台手术还需要第一助手、第二助手、麻醉医生、器械护士、巡回护士一起同台。这天晚上，雷霆这组的医生能加班的都来了，就连还在临近城市度假的主任也匆匆驾车返回医院。这么多医务人员的彻夜忙碌，只因一个暴徒的丧心病狂。

凶手的 CT 检查结果很快出来了：腹腔脏器未见损伤。果然，对其他人都能痛下狠手的他，对自己终究是手下留情了，哪怕表面上再决意求死。

待检查完毕，凶手又被推回了清创室。李贺发现对方的左腕伤口处有几根肌腱断裂，不及时吻合的话，可能会造成手指日后无法正常活动。

赵英焕被喊来加班后，便没再回家。节假日里被加班是常态，他索性就睡在了医院的值班室里。凌晨三点，他起来上厕所，看见李贺还在忙碌，清创室外站着几名警察，就猜到凶手被抓了。

他穿上白大褂，走进清创室，看到凶手的伤情后对李贺说道："都凌晨三点了，你还准备把这个病人留在急诊科做清创啊？直接送到手足外科吧，让他们科去处理。多根肌腱断裂，估计有些肌腱已经回缩，还得把伤口延长，再一根根找，找到后再一根根接起来，没准要接到天亮去了。"

赵英焕不解李贺为何要把这种苦差事接下来，这个工作量可不小，估计后半夜都要耗在清创室了。

"唉，"李贺无奈地叹了口气，"他的脖子和肚子上全是刀口，都不严重，又是犯罪嫌疑人。这大半夜的，哪个科室愿意给他处理啊！"

赵英焕一听，大有他李贺不入地狱谁入地狱的感觉。关键是这么费心费力地帮一个杀人凶手接好肌腱又如何？如果他以后能接受劳动改造，这只手还能派上用场，那今晚这么多医生、护士的忙碌辛苦，也不算毫无意义。

可是看凶手前妻的情况多半已经无力回天，那就是一死两重伤，凶手估计难逃死刑。如此耗费人力财力地救治一个杀人犯究竟有什么意义？可医生历来没有选择病人的权力，只要医院还开放，只要是以患者身份走进医院的大门，医院就必须讲究"众生平等"。

凶手颈部、腹部的伤口都不深，并没有伤到深部的器官组织，缝合起来倒也不费什么力气。关键是他的左手，这一刀刀不深不浅的，虽没有伤到桡动脉，但是断了四根肌腱。

由于肌腱弹力很大，其中两根肌腱的断端已经出现回缩，和赵英焕先前说的一样。李贺不得不把伤口延长，费了很大力气才找到已经回缩的那一端肌腱，将其成功吻合起来。

与李贺和凶手同在清创室的还有几名警察。陶翰文负责全程录像。

这场清创缝合进行了三个多小时，整个过程陶翰文全部看在了眼里。从他凌晨带凶手到这里开始，便一直守着凶手，从开始进行清创治疗，他在这里一站就是三个多小时，此刻已觉得双脚酸软、疲惫不堪，毕竟这是正常人睡得最沉的时候。而他注意到李贺从头到尾一直弯着腰，聚精会神地在无影灯下操作。想到这里，陶翰文不由自主地转了转脖子。因为要摄像，他一直保持直立的姿势，脖子又酸又僵；可李贺呢，他不累吗？他一直保持着一个姿势，不觉得难受吗？

在腕部伤口也缝合完毕后，李贺给伤者的手腕打上了石膏固定。然后，他转过身，对着身后的几名警察说道："伤者刀口比较多，还是建议留院观察两天，用点抗生素。"

"医生，谢谢你，给你添麻烦了。"李贺有些诧异地回过头，对他说这句话的居然是那个凶手。

他再次打量，发现对方脸上竟有着异乎寻常的温和谦逊。此时，他只是一名再普通不过的患者，在由衷地感谢医生治好了他的伤口。

凶手的前妻名叫谢桂英，此刻已被送入重症监护室。看到濒死状态的伤者，陈灵又看了看头部 CT 检查的结果，便知道伤者生存的机会非常渺茫。

谢桂英的手机还在身上，陈灵联系到了她的女儿，在电话里大致说明了伤者的情况。得知母亲生还的可能性极小后，伤者的女儿崩溃大哭："请你们一定要救救我妈妈！我妈吃了很多苦，如果她真的不行了，也求求你们一定帮她支撑到能让我和弟弟见她最后一面！"

陈灵心下恻然。重症创伤患者极易出现死亡三联征：体温不升、凝血机制紊乱、代谢性酸中毒。这三者往往互为因果、恶性循环。谢桂英很快出现了严重的 DIC，被送到监护室后不到六小时就输入各类血制品超过 4000 毫升，这几乎相当于把她周身的血换了一遍。

陈灵又看了看这名受害者：头部被厚重的敷料层层包裹，依然有血液不断渗出，已经浸透敷料，就连鼻腔、嘴角都在源源不断向外流血。更严重的是，目前她已经完全没有自主呼吸，只能靠着呼吸机打气维持生命。虽然一直持续泵入大剂量升压药物，但伤者的休克仍然没得到纠正。眼下的情形，陈灵已经无法保证能够让她的女儿再见母亲最后一面。

那对见义勇为却不幸重伤的夫妻的手术还算顺利。术后，两人都被转到了重症监护室开始后续治疗。

上午十点，谢桂英的心跳停止了。虽然医护人员立刻开始了心肺复苏，但在连续按压了一个多小时后，她的心跳一直未见恢复。最后，医生只得宣布临床死亡。

"陈医生，现在把呼吸机和输液泵全都撤掉吗？刚才公安局那边来电话，说这名死者是刑事案件受害者，他们要把尸体带走做尸检。"参与抢救的护士问道。

陈灵仍然记得死者女儿在电话里的请求，于是她回答道："等她女儿到之后再撤下抢救设备吧。"

中午时分，接到噩耗的谢桂英的女儿终于匆匆从外地赶到。虽然还未到探视时间，陈灵还是让她进了病房。这位心急如焚的女儿总算见到了母亲最后一面。换上隔离衣的她在妈妈床边哭得撕心裂肺，她跪倒在地，任凭护士怎样拉扶都不愿站起身来，这一幕让几乎每天都要见证死亡的陈灵也觉得揪心。

呼吸机还没有撤下,不断有气体打进谢桂英的胸腔,她的胸部仍在起伏,整个人像沉沉地睡着了一般。家属总希望见到亲人最后一面,那熟悉的面孔眼下仿佛真的只是睡着了,还没有成为躺在殡仪馆里一具冰冷的尸体。但死亡无可逃避,生者唯有将它一点一点承受下来。

女儿恸哭之后,用力擤了擤鼻涕,说道:"医生,还是谢谢你们让我见到我妈最后一面。"说完她抬头看了看周身被插着各种管子的母亲,原本已经擦干的眼泪又掉了下来。

"我妈是个苦命人,我从小看着她总挨那个人打。哪怕是向别人问个路,那个人也认定我妈有人,不由分说便打。除了这些,那人平常对我妈倒还不错。我和弟弟看到她被打,也都怨恨那个人,劝过妈妈离婚,可她是为了我俩一直苦熬的。后来我妈终于离婚了,为了摆脱那个人,孤身来这个举目无亲的地方打工,供我和弟弟读书。现在我毕业了,开始工作了,眼看着就能让操劳一生的她过上好日子了,可那个人居然阴魂不散,都过去十年了还不放过我妈!"

陈灵注意到,谢桂英的女儿对父亲的称呼始终是"那个人",她大概早就在心理上和生父断绝关系了吧。

陈灵忽然无比同情起死者,甚至没来由地想到了自己。虽然像谢桂英这样遭遇如此不堪的婚姻,最后甚至命丧前夫毒手的人毕竟是极少数,但这些年来她见证的不幸的婚姻着实不少。比起赵英焕,温厚稳重的袁靖宇或许更适合做丈夫,但自己即将开始的婚姻一定会幸福吗?她有些困惑。

受伤夫妻的手术还算成功，不过时间还早，眼下夫妻二人的生命体征虽都平稳，但后期还有漫长的路要走，比如接下来可能发生的感染和脑水肿都是不好跨过的坎儿。

接受完清创手术的凶手被转到了急诊科的一间单人病房，由警察日夜看管。

在处理完凶手的外伤后，李贺并没有就此闲下来，从清创室出来后，又像陀螺一样开始接诊各类其他患者。今晚，他没有过片刻闲暇。

这一切，陶翰文都看在眼里。

临近交班，陶翰文叫住了从病房前匆忙走过的李贺："李医生，辛苦了！"李贺回望了一眼同样彻夜未眠的陶翰文，笑了笑："你们也一样。"无须更多的言语，两个满脸倦容的人在这一刹那都体会到对方职业的艰辛和各自夜以继日的坚守。

交班时，郑良玉走了过来，他提醒李贺道："凶手的病历写好了，记得让他女儿签字。我刚才听警察说，他女儿赶过来了。现在医院对病历查得越来越严，一旦查出问题，哪怕是很小的问题，也要被罚很多钱。"

李贺有些犯难。他刚才给重症监护室打电话时得知了谢桂英的死讯。亲生父亲用这种残暴的手段杀死了自己的母亲，没有哪个人能接受得了如此残酷的事实。眼下如何向死者女儿开口，让她来急诊科给这个名义上的父亲签字，成了首要难题。

好在有警察出面联系了凶手的女儿，他们也有一些文件需要家属签字。

李贺终于见到了谢桂英的女儿——一个身份极其特殊的家

属——受害者兼凶手的女儿,而等待她签字的文书也变成了双份。在病历上签字时,她拿着笔的手一直抖个不停,在警方文件上签字的过程中更是多次停笔;李贺几度不忍直视。在陶翰文和郑良玉的劝解下,女儿最后不得不重新拿起笔签字确认,同时也被迫了解了昨晚凶案发生的具体细节。

被收治到急诊科一间单人病房的凶手,由警察昼夜看护。每次李贺去查房或换药时,凶手都异常礼貌,李贺很难相信这个人曾犯下残忍暴行。

这些天,单人病房外一直都是陶翰文和另一名年轻警员轮流看守。中午休息时,陶翰文和同事交接班后,李贺便招呼他一起去食堂吃饭。

陶翰文比李贺还要小两岁,之前常和李贺、赵英焕一起打球,这些天又经常在医院出入,慢慢地就和两个人成了好友。

李贺和赵英焕平日里对医院的人事和制度有诸多抱怨,唯独对这个食堂相当满意。菜品丰盛,卖相也还算精美,就连赵英焕这种对饮食颇为讲究的人也挑不出太大的毛病来。

陶翰文好奇地问道:"那几名伤者伤得那么重,得花不少钱吧?据我所知,目前凶手加上三名被害人,都没交过一分钱。"他又看向李贺,"凶手现在是你负责,住院费这样一直欠着,医院会扣你的奖金吗?"

李贺摇摇头:"这类特殊事件,全程都走绿色通道,医院一般不会问管床医生追费用的问题。"

赵英焕则意味深长地笑笑:"还能谁交?还不是政府和医院各承担一部分,最后分摊到广大纳税人的头上。"一想到两名伤者和他们的女儿,赵英焕不无担忧地继续说道:"那对夫妻和他们的女儿也真是惨,平白无故摊上这种事情。那个女的还好有丈夫拼死保护,听雷霆说她恢复得不错,已经准备转到普通病房了。可她丈夫严重得多,现在还在重症监护室,而且出现了严重的创伤后应激障碍综合征,精神状态很差,一到晚上经常无故大吼大叫。而且后面大概率会留下一大堆后遗症,别说正常工作了,估计连基本生活都难以应付。医药费这块是不用他们家出了,不过出院之后,谁又去保障他们一家人的生活呢?还有死者的女儿,想到亲妈被亲爸这样虐杀,心理阴影估计是一辈子都好不了了。"

说到这里,三个人的心情都颇为沉重。

李贺一边吃,一边说出了自己这些天的疑虑:"那个凶手看着挺老实,甚至挺和善的,真不敢想象他能做出这样的事情来。"

赵英焕笑着打岔:"你见过哪个杀人犯脑门子上刻着'凶手'二字啊!"

没有穿制服的陶翰文看上去就像个在校大学生,谈起这件事,他有板有眼:"我在警院上学的时候,老师给我们讲过'天生犯罪人'理论,当时听着觉得很有道理,可真的进入公安一线工作后,发现理论和实践还是有很大差别的。先不说其他,就拿前几年被抓获的白银杀人案凶犯高承勇来说,他在没被发现以前,不也怎么看都只是个常人而已?"

赵英焕接过话茬儿:"你们这工作也不容易啊,加班熬夜也是常态。"

陶翰文不以为意:"这工作只要是自己喜欢的,管它再折腾再磨人,那都是甜蜜的负担。借用我们警院校歌的一句歌词——童年的偶像是除暴安良的好汉,少年的迷恋是英雄虎胆的神探。"

他咽下一口红烧鳝段,笑着继续说道:"当警察始终是我的理想，我觉得没哪份工作比干警察更带劲！公安军警这样的专业都是零批次志愿，当年高考时我只填了零批次志愿，其他的一个没报！"

点菜时，三人各点了一瓶红牛。此刻，聊到尽兴之处，大家都觉得相逢恨晚，于是举起红牛，以饮料代酒碰了杯。

- 12 -

医闹面前，谁是"鱼肉"？

上周入院的凶手在急诊科住了一个多星期后便出院了，可被他伤害的那对夫妻，距离康复还遥遥无期。

然而，在这一周里，赵英焕接连被投诉了两次。

周一时，他接诊了一个左桡骨小头半脱位的幼童。孩子的关节是被母亲不小心拉脱的，这在五岁以下的小孩里很常见，他给孩子做好复位后就让孩子妈妈去缴费。可对方觉得她已经付过挂号费了，刚才医生就只那么轻轻一扭，前后还不到两秒，怎么就敢收一百多块的"手法整复费"。赵英焕起初还耐着性子解释这是医保局的定价，桡骨小头复位就是按这个标准收费，可听到对方骂自己"想钱想疯了吧"，他也冲口说道："有本事你自己复位，别上我们这儿来啊！"

女子气不过，与赵英焕据理力争，由于情绪过于激动突发呼吸性碱中毒（出现呼吸困难、手脚发麻、痉挛等症状），赵英焕只好给她吸氧、镇静，自然又产生了更多费用。等到症状好转后，女子气急败坏地跑到医患和谐办，投诉赵英焕乱收费，而且态度差。

杨振这周在外出差，科室里的事务暂时由郑良玉主管。赵英焕刚来科室那会儿，糟糕的理论基础曾让郑良玉头痛不已，也让他着实花了不少精力去栽培。现在这小子在处理各类疾病上早已得心应手，临床业务上也不需要他再过多提点。奈何这小子脾气太倔，与人相处又自有一套准则。

但凡对得上眼的患者和家属，他就掏心掏肺，当真是医者父母心。可对那些脾气不对付、言行都让他看不惯的患者，他便立刻针尖对麦芒，从来不懂得避让。原本可以小事化了的口角冲突，他硬是要彻底把矛盾激化了才肯罢休。

这小子三天两头遭人投诉，追其原因，从来都不是医疗上的错误，几乎无一例外都说他态度差、没耐心。尽管科室也象征性地扣了他一些奖金，但这家伙上班也就挣个零花钱，这点小钱他自然看不上眼，依旧我行我素。

果然，这一周还没翻篇，赵英焕又被接诊的一名患者投诉了。

患者是个中年男子，骑车时不慎被一辆正在倒车的轿车撞倒，膝盖有些轻微的皮肤擦伤。男子到了医院后，要求把并没有受伤的头、胸、腹及脊柱等部位都做个CT检查。

赵英焕告诉他没这个必要，虽然钱是保险公司出，但辐射不还得他自己受。对方立马翻了脸，吵嚷着凭什么不让他做这些大检查，并叫嚣不做这些检查可以，除非赵英焕给他签下保证书，保证他这辈子不会有任何后遗症，同时质疑赵英焕收了车主什么好处，图省钱才不给他做这些检查。

李贺听闻后来解围，并应伤者要求把检查全部开了，可伤者还是和赵英焕杠上了。

检查结果自然是一点问题没有。可伤者又强烈要求住院观察，并叫嚷着如果非让他现在就回家，要是今后有个脑震荡什么的，哪个医生负得了责？赵英焕自然不肯收治，两人口角再起，最后以赵英焕一句"哪儿来哪儿去，别挡着别人看病"被伤者投诉到医患和谐办而收场。

这天晨交班后，郑良玉再次将赵英焕叫进了自己的办公室，还是为了投诉的事情。

"这林子大了，什么样的鸟都有。你在急诊科也有些时日了，什么样的人都会见到，犯得着这样处处较真吗？但凡车祸、工伤这种有第三方出钱的，绝大多数人都会要求'检查得越全面越好'，这不也是人之常情吗？你何必说得那么难听呢。"

赵英焕还是气不过："他检查完了屁事没有，要求住院压根就不是为了治疗。我亲眼看到他让车主给他一万块钱私了，对方不肯，他才硬要住院不走的，就是想让车主妥协！"

"他硬要住院，你让他住不就得了？车主也可以走车险，还省得他无理纠缠。再说了，把他收住院给科室创收不也是件好事吗？妥妥的三赢，何乐而不为？"郑良玉耐着性子说教道。

"道理我都懂，可我就是看不惯他那副小人得志的样子！"

过去郑良玉也没少教育赵英焕，但多是对他临床业务上的教学指点，授之以术，却很少以道驭之。当医生当然不只是单纯看病，医生要面对不同疾病，更要面对各类患者。赵英焕在看病方面自然早就可以独当一面，但他仍然没有学会和不同的患者打交道，对待患者的态度全凭其个人好恶，行事过于任性。

"小赵，我知道你们年轻人，是非观比较重，可作为医生，这样带着情绪和偏见与患者打交道是大忌。你看李贺，他和你一起来科室的,他不仅没什么投诉,锦旗都收好几面了。经他诊治的患者,还有不少专程回来探望感谢的。你再看那个三天两头就来科室看他的邢阿姨,一碰上李贺不忙,就赶紧找他拉家常,明里暗里透露家里有几套拆迁房,又只有一个独生爱女,模样、工作也都过得去。那个热情劲儿,简直就是丈母娘在看女婿。

"你想想原因,还不是因为他向来既有仁心又有耐心,愿意站在对方立场考虑问题,遇事也不硬钻牛角尖。"

以前,赵英焕若是听到郑良玉拿李贺和自己做比较,总会表露出不满。现如今,他早已和李贺成了至交好友,也打心底里认同李贺在许多方面确实比他做得好。虽然谁都反感"别人家孩子",可他和李贺的关系已经今时不同往日,郑良玉这话已经"刺激"不到他了。

"小赵,你可能也觉得我老调重弹,耳根生厌。但都说性格决定命运,你这样一直由着性子来,迟早有一天会出大麻烦的。"看到赵英焕始终这般不以为然,郑良玉无奈地摇了摇头。

然而,郑良玉一语成谶。之后没多久,赵英焕就出事了。

这天是夜班,倒也没遇到什么棘手的患者要特别处理,简单的床旁交接之后,赵英焕就可以回家休息了。难得夜班下得顺利,赵英焕心情舒畅,便学着郑良玉只要准点下班必会得意地哼个小曲。他边哼边在洗手池旁认真洗手,毕竟医院这地方细菌病毒种类多,耐药性也强。

正当他准备脱下白大褂时,看见三名男子走进了他的办公室。他觉得走在中间的男子有些面熟,却一时想不起来是谁,毕竟来往急诊科的患者实在太多了。当他看到该男子颈部做过气管切开术的痕迹时,他认出了这人是王闯。

那是一个多月前,医院保安上气不接下气地跑进抢救室,说有人驾车撞断了升降杆直冲向急诊部,车子最后在花台前撞停,车里的男性司机已经不省人事。赵英焕和科里的护士急忙赶到事发地,一辆路虎车歪停在一旁,里面果然坐着个一动不动的男人。

现场有一段很长的急刹车痕迹,车辆本身没有明显损伤,结合现场情况来看,这名司机的确不像因重伤而失去意识,很可能本身就是突发急症到这里看病的。

赵英焕当机立断报警,请警察来医院帮助调查男子身份,又立刻从救护车司机那里借来了安全锤,毫不犹豫地就向路虎车锃亮的车窗砸去。

"赵医生,"抢救组护士拦住他,"还是先等一等吧,等警察来了再说。这车很贵,砸下去的话,虽然是为了救人,但谁知道后面会不会有人索赔。上次抢救的那个大面积肺栓塞的患者,当时也是没办法才剪了他的衣服,后面家属竟然要我们赔衣服的钱……"

经护士一阻拦,这一锤终究没有砸下去。赵英焕也不是没考虑过这一层,可眼下他顾不上太多了。这名车主被反锁在车里,无从得知具体情况。这年头,猝死的青壮年还少吗?真要是心跳骤停,再这么耽搁下去可就救不回来了。管不了这么多了,他再度举起安全锤,全力砸向车窗角。最后也不知道敲了多少下,他感觉虎口处传来阵阵疼痛,玻璃终于应声而裂。

路虎车司机已经处于濒死状态,胸廓并没见到明显起伏,颈动脉搏动得也非常微弱,当真就是比死人勉强多了口气——必须马上心肺复苏。赵英焕跳上平车，立即为患者做胸外按压，护士和保安一齐推着平车向抢救室跑去。这里距离抢救室非常近，但要上一个斜坡，平车的移动速度很快，重心也不稳，上坡时赵英焕差点从转运平车上掉下来。

当护士解开患者衣服时，赵英焕发现其躯干及四肢部位有大量红色丘疹，而且外衣口袋里有一包开过封的氯雷他定。

赵英焕当即判断，这人应该是出现了严重的过敏性休克，患者本人应该就是因为这病前来就诊的，只是没挺到抢救室。他立即让护士推入肾上腺素，这是心肺复苏的必用药，同时也是过敏性休克的抢救药。

眼下要想救治这位患者，需要建立有效气道使其呼吸功能得到恢复。赵英焕发现患者喉头高度水肿，气管导管根本塞不进去，要想建立有效气道，只能改做气管切开。

气管切开属于创伤性操作，因为气管毗邻甲状腺、迷走神经、喉返神经、大血管等，再加上患者脖子短粗，还存在神经血管变异等可能，这都会让气管插管成为相对危险的操作。

在国内，正常情况下的任何有创操作都必须经家属同意并签字后才能实施，原因是这类手术很可能会造成致命性大出血，并且可能伴随神经损伤，患者被救活后也有可能出现语言表达障碍、饮水呛咳等现象。以往做这类操作之前，赵英焕都会向家属告知风险，提前打好预防针；可眼下他一瞬间犹豫了，这名患者叫什么名字他都不知道，更别说联系家属了。

由于是严重的过敏性休克引发的呼吸、心跳停止，在使用肾上腺素并进行短暂的胸外按压之后，患者很快便恢复了正常心跳，眼下只要解决气道梗阻就好了。赵英焕迅速给患者颈部消毒，准备做气管切开。

就在这时，参与抢救的护士长叫住了他："赵医生，要不再等等，我们先用简易呼吸器给他通气，继续用面罩给氧就行。我已经联系了警察，他们会根据我们提供的车牌号尽快联系患者家属，同时附近的警察也快赶到了。就算家属没有及时赶到，一会儿也有警察在场作证，有警察授权可能要好一些。"

赵英焕知道护士长的好意。这位老护士在急诊科多年，见多识广又人情练达。连抢救时剪开患者衣物这种事都必须征得家属同意，更何况这种在抢救同时也会造成身体损伤的操作。

护士长的提点也是来自其多年经历各种风浪之后的小心谨慎，可赵英焕不确定警察什么时候才能来，来了之后又是否敢给这位患者做授权。而机体缺氧时间过长的话，人体就会出现某些不可逆的损伤，尤其是大脑。

患者看上去也就三十出头的样子。绝大多数这个年纪的人都是上有老下有小，也是家中的顶梁柱。如果因为一个过敏性休克就死了，对任何一个家庭来说都是晴天霹雳。

他没有停下手中的操作，而是对护士长说："杨主任还在卫健委开会，麻烦你直接给医院总值班打个电话，就说现在有个无名患者正在急诊科抢救，需要紧急做气管切开！"

气管切开的过程还算顺利。切开、暴露、剥离、安装气管导管的步骤都没遇到什么问题，伤口也没有出现活动性出血。这之后，患者的血氧饱和度迅速回升。看到监护仪上显示已经恢复到正常心率、血压和血氧饱和度，赵英焕感到由衷的欣慰。还好自己没有犹豫，如果等警察来了再砸窗和切气管，稍一延误，这个人肯定就救不回来了。

患者的多项实验室检查结果也出来了。各项指标都还好，没有出现严重的内环境紊乱。应该没什么大问题了，只是还没有联系到家属，同时患者还在上呼吸机，于是赵英焕便把患者留在了抢救室继续观察。

警察很快查明了患者的身份：王闯，一家小型进出口公司的老板，离异，父母均在外地。警察立刻通知他的同居女友赶来医院。

王闯的女友赶到医院后，找到赵英焕咨询男友的病情。在得知他砸坏了车窗时，她立即一脸震怒。尽管赵英焕再三解释当时如果不及时砸碎车窗，将患者从车里拖出来，她和王闯现在恐怕就阴阳两隔了。

对方冷冷地哼了一声："别以为我不知道你们医院的套路。病人一来，你们就把病情往严重了说，到后面即使花了很多钱，也都是你们有理。反正我们都不懂医，你们一上来就把病情往死里谈，万一人没救过来，也给家属打了预防针，都是病人命不好，总之和你们医生没有关系。"

赵英焕倒也不需要她感激涕零，因为他不过是在履行自己的本职工作，可他仍然觉得王闯的这位女友还没有资格对他的行为如此不满和质疑。

砸他的路虎车怎么了？修玻璃能花多少钱？哪怕那辆路虎整个都毁了，难道自己男友的性命没一辆路虎车值钱？

他原本打算和对方据理力争，好好教训一下这个不知好歹的家属。他从小伶牙俐齿惯了，反应快，气场又足，即便和人争吵从不带脏字，也没在口舌之争上败下阵来过。可郑良玉前阵子才苦口婆心地教育过他，李贺也经常劝他没必要太意气用事，毕竟一有投诉，医院都是不问青红皂白先将医生"打二十大板"再说。

总对一点小事太过较真，只能是白白浪费自己的时间和精力。隔三岔五地总受到这般谆谆教导，赵英焕觉得自己这回还是应该收敛一些。

王闯的女友嘴巴还在一张一合地说着什么。此时，赵英焕实在不想再听她啰唆，于是催她赶紧去补缴抢救费，然后转头就走了。

到底是年纪尚轻、发现得较早又抢救及时，王闯的病情很快得到了缓解，但仍需留院观察一段时间。虽然抢救当天赵英焕和王闯的女友发生了一些不快，但没有得到患者家属理解的赵英焕看着这个被自己从鬼门关抢回来的人，还是感到很欣慰。

留院观察期间，赵英焕每次去查房时总感觉王闯对自己带有敌意。他的金属气管还没有被封上，一时说不了话，赵英焕自然不能和他有言语上的交流。即使这样，赵英焕依然能感觉到对方的态度极不友好，跟他的女友一样。

赵英焕到底还是有些脾气的，既然对方是这个态度，他再去查房或沟通病情时自然也不带什么好脸色了，最后干脆把这个病人转给了李贺：眼不见为净。之后，他就再没和王闯接触过。

此时此刻，赵英焕看对方气势汹汹地走进急诊室，绝不是来向自己表达谢意的。

果不其然，对方一开口便说道："赵医生，好久不见。"王闯被切开的气管已经封上，但此刻他的说话声多少还是有些像跑调的笛子。

看对方的架势，赵英焕估摸是冲着自己当初未经家属同意便将其气管切开一事来找碴儿的，但他明明在王闯出院前就已经说明了当时做气管切开的紧急性和必要性。

对方此刻完全不提这茬儿,只是撂了张单据在办公桌上:"反正医疗上的东西我也不懂,什么都是你们说了有理。可你当时不由分说就把车窗砸了,那车是我朋友的,你自己看着办吧。"

赵英焕看了一眼单据:4S店的维修单。他又扫了一眼费用栏,冷笑道:"一块玻璃一万八?您那辆车还真是金贵。报销车险应该去找保险公司啊,这里是医院,您来错地方了。"

王闯本就自知理亏,加上现在发声还不够顺利,所以今天特意花了几百块钱雇了俩人,想在气势上压倒对方。见赵英焕出言不逊,他倒没有立刻动怒:"我当时身上还带着一个钱包,里面有四千多现金,都不见了。"

王闯虽然经营一家公司,但近期业务出了大问题。进医院那天中午,他为了洽谈一个重要项目设宴,偏偏甲方选择了一家海鲜酒楼。为了拉拢客户、谈下业务,对海鲜过敏的他也只能硬着头皮上了。

发现自己不对劲后,他不得不提前离场,迅速开车赶往医院,以为还能像以前一样,如果抗过敏口服药效果不好,就到医院去输液。他不是没经历过这种情况,到医院后用点激素,半个小时就完事了,这样他还能及时回去陪好那帮金主。

可后面的事态彻底失控了。他的车窗被砸坏,人也被拖到急诊科抢救,甚至在完全不知情的状态下被切开了气管,还安了一个导管,导致他现在说话还受影响。

那天中午他从酒楼离开得很急,以为自己很快就能回去,也没向人交代太多。陪他一起赴宴的两名下属也没多少接待经验,老板忽然离场后就完全乱了阵脚,甚至最后买单时还因为钱不够闹了笑话,让原本有意合作的甲方彻底没了意向。

资金链彻底断裂,王闯的公司干脆关门大吉,女友也在此时离开了他。这一切,居然就在一个月的时间里发生了。

更让人气愤的是,眼前这个医生居然还报了警。当时警察看到撞向医院花台的路虎车后,顺带通知了交警,之后例行公事的抽血也坐实了他的酒驾之嫌。

那块玻璃的维修费其实远不到一万八。他醉酒驾车,又是第三方砸坏的玻璃,保险公司自然不赔。所有这些都让他觉得不是眼前这位态度傲慢的年轻医生救了自己,他那天只是"晕过去了",而这位医生小题大做,让他花了好几千抢救费不说,还给他的身体带来了创伤,甚至最后招来了交警,简直让他祸不单行。

俗话说否极泰来,眼下的王闯只感觉"否极",没有"泰来"。他认为这一切的导火索都是这个姓赵的医生。他记得自己清醒后,这位医生不仅态度冷漠,甚至颇不耐烦。他多次想找这位医生询问病情,虽然发不了声,但他能通过写字和医生交流啊。可这个姓赵的医生不仅避而不见,还将自己像二手货一样转手给了另外一位医生。

比起赵英焕,那个姓李的医生态度好了许多。对于那位医生的耐心沟通和解释,他是颇为受用的。可出院之后,他的生活每况愈下。公司破产加上女友再现实不过的背弃,让他觉得暗无天日,也让他事后每每想到赵英焕当时冷漠的态度,就觉得仿佛有毒虫在啃噬自己的身体。

王闯不是没想过通过法律途径维权,可律师告诉他,这个医生在处理他的疾病上并没有犯下明显错误。总得找点什么事情,能让这个医生恶心一下也好,王闯愤愤地想。看到他不好过,或许自己才能好过点。

"你是医生,病情都是你说了算。但车子被你们砸坏的事情,还有我的钱包被你们弄丢这档事,你是需要负责的,你自己看着办吧。"王闯和另外两个男子有意无意地堵在办公室门口,斜睨着赵英焕,大有不给钱就不让他出门的架势。

至于另外两个男子,赵英焕也认出了他们:职业医闹人。之前科室的另外一名医生出了一起事故,家属带了好些人到科室哭闹,让医院给个说法,当时他们就出现过。虽然没有直接在医院打砸,但也对后面的索赔起了推波助澜的作用。

"怎么着?不给钱还不让出去了是吧?"赵英焕尽量压低音量,但三个人都听得很清楚。

"你们穿这身衣服的,每天看那么多病人,开那么多检查,用那么多药,多的是提成。见不得光的钱要比见光的钱多得多,赔这么点钱对你们来说都是小意思。"其中一个小个子男人嘲讽道,他和另外两人站在一起的样子,怎么看都像一只狼狈为奸的"狈"。

这个早晨九点的急诊科已是"热闹非凡"。七月的天成市就像个火炉,早晨的气温也有三十几摄氏度,一些住在医院附近、舍不得在家开空调的大爷大妈索性把这里当成了乘凉的好去处。一见到医生办公室有了起冲突的苗头,一个个就像抻脖的鸭子般围在急诊科门口看热闹。

眼见围观的人多了起来,其中一个"职业医闹"开始大声吆喝:"大家快来看看这些医生,简直就是人面兽心,小病大治,大病豪治。为了创收,硬生生把一个皮肤过敏患者的气管给切开了。你们说说,这些医生,为挣点昧心钱,真是什么事情都干得出来。"

另一个"医闹"见越来越多的人被吆喝声吸引,甚至有部分围观者做出了响应,便也大声说道:"你们可能不知道,这个医生上班开的都是捷豹车。他才多大年纪啊,工作能有几年,就能开得起这么好的车?还不都是从病人身上硬刮下来的血汗钱!"

王闯却不再开口,这几百块钱花得果然值。让专业的人去做专业的事,果然事半功倍。王闯自然没指望能在赵英焕这里得到赔偿,他本意就是想恶心一下对方,发泄自己心中的怒气。显然,目的已经达到了,这位年轻医生脸色铁青,像是处在随时都会爆发的边缘。

"现在这些医生啊,一心就是向钱看,真是太没道德了……"

"就是就是,"另一个围观者鸡啄米般的点头,"前阵子我公公就只是拉肚子,真的就是拉肚子,一到医院,医生硬是要让他住到监护室,说普通病房治不了这种拉肚子的病,最后我公公在 EICU 住了十来天。一个拉肚子的病硬是花了将近十万块钱,现在的医院真是太黑了!"

又有围观者附和道:"这年头,哪里的生意都没有医院好做啊,要不这个医生怎么年纪轻轻的就能开捷豹上班?还不都是从病人身上薅的羊毛。"

深陷舆论风暴中心的赵英焕竟开始有些恍然。几年前,他还在西华读研时遇到的那一幕又在重演。如果说那一次,没有穿白大褂的他被包围在人群中听着人们对医生的攻击,多少有点隔岸观火的感觉,那么眼下穿着白大褂的自己,竟然成了被一群不明所以的"吃瓜"群众恶意攻击的主要对象。

在赵英焕二十几年的人生经历里,还从未有过让他觉得如此激愤难当的时刻。他不能对那些围观者解释为何他们口中的一个"拉肚子"会被送到监护室治疗那么久,他前阵子才遇到一个吃了变质肉食腹泻两天的壮小伙,后者在 EICU 住了好几天,能上的抢救设备都上了。眼见病情在向好的方向发展,谁知道患者又出现了严重的应激性溃疡,最后死于消化道大出血。家属花了不少钱,还是没留住小伙子的命。

普通大众不懂医,医生和患者之间隔着厚重的专业壁垒,医生的工作又确实过于忙碌,他们不可能将这些专业上的东西在短时间内让完全不懂医的患者及家属尽数接受。

几年过去了,赵英焕发现医生的处境并没有任何好转,大众对这个职业依然有着极深的敌意。在他们眼里,这个治病救命的工作归根到底是一门生意,而作为生意人的医生,所做的一切不过是为了逐利。自古就有"医之好治不病以为功"的说法,为此医生可以见钱眼开到没有任何底线,甚至为了创收就能生生地把一个"皮肤过敏"患者的气管给切开。

眼下的赵英焕还不能深刻理解这究竟是为什么,很多时候,穿上这身白大褂,他和患者一样也是弱势群体。他无法对眼前的围观群众解释明白,哪怕这些人让他和王闯的冲突更有烈火浇油之势。

他的一腔怒火也只好发给了王闯:"那天要不是我当机立断,立刻砸窗把你抬出来抢救,你他妈早就见阎王爷了,哪里还轮得到你今天在这里人五人六地吆喝!"

赵英焕猛地提高音量,周围的气压瞬间变低,众人忽然安静下来。他从没想过在王闯跟前邀功,那不过是他的工作职责而已,就像农民要种地、老师要教书一样,不过都是职业需求,没什么值得歌功颂德的。可眼下,愤怒难当的赵英焕还是想以这样的口气教训一下这个有恃无恐的王闯。

不由分说，他便向门外走去，完全无视堵在门口的三个人。这三人原本想拦住他，可对方人高马大、颇具气势，他们也不敢造次了，任由赵英焕走出了值班室。没想到的是，这位医生又迅速折返回来。

王闯的修车费、两个职业医闹人的好处费，围观群众如此诋毁医生不就是嫌平日看病贵？翻来覆去不都是因为钱吗？都说钱是王八蛋，可是人人都爱它。

"不就是一点修理费吗？这点钱都给你！全部送给你买棺材！"赵英焕说完，便将数张百元钞票用力甩在王闯和两个医闹人的脸上，一张张钞票随即散开，落得到处都是。

本来过几天就是赵英焕在天成市的一个表姐的婚礼，昨天午休时，他特意去银行取了些崭新的钞票以备贺礼。取了钱之后，他一直没来得及回家，于是就把这些钱锁在了值班室的柜子里。毕竟在这个移动支付如此便捷的时代，能用到现金的机会也不多，而很少用现金的他此刻忽然体会到了现金的妙处。

从冲突开始，狭小的诊室便被好事者围了个水泄不通，有人甚至拿出手机录起了视频。生活中有趣的事情本就不多，他们更要记录下刚好发生在眼皮子底下的这出好戏。

原本年轻的医生一直被三人堵在诊室里，围在最外面的人根本看不清究竟。医生从包围圈里冲出来后竟再度折返，更让人始料未及的是，这个火气十足的年轻人居然戏剧性地把钱甩在了患者脸上，甚至恶语相向。

赵英焕用力甩出钞票的那一刻，感觉到右手的虎口处隐隐作痛，那道伤口正是自己一个月前为了救出被困在车中的王闯，用尽全力击打玻璃时造成的。此刻，这道已经愈合的伤口仿佛一张大开的嘴巴，嘲笑着自己当时的一腔孤勇。

两个职业医闹人也蒙了。根据他们不算多的"职业经验"，医院里一旦发生纠纷，院方往往都是采取息事宁人的态度。毕竟公立医院的医生都是体制内人员，有太多事情要顾忌。所以在很多纠纷上，即使医务人员占理，他们往往也不敢有丝毫造次，最后都是由各自领导出面，态度委婉诚恳到几近讨好，直到让患者和家属满意为止。所以长期以来，医闹人一直有恃无恐。毕竟只要不打不抢，就算警察来了也不能把他们怎么样，总要给悲痛的家属一个发泄途径吧。

这两人万万没想到，眼前的医生居然如此嚣张，脾气火爆到完全不计后果。不同于往日那些将领导的话奉为圣旨的医生，眼前这个年轻的医生气势十足，一瞬间，他们居然心生畏惧，虽然眼下吃了瘪，却不敢反驳。

其中一个反应快的医闹人连忙蹲下身，将四散的钞票捡起来。另一人见状也好汉不吃眼前亏地蹲下去，与同伴一起捡地上的钞票。只剩下一脸错愕的王闯，怔怔地看着这个狂怒却凛然的年轻人。

果然，这极具戏剧性的一幕让好事者拍了下来，并上传到了网上，甚至妙笔生花地配上了各路标题。在这个信息高速传播的年代，赵英焕不费吹灰之力就变成了"网红"。

附加各种标题的新闻报道铺天盖地般随之而来，其中比较夸张的是《医生不满红包数额，怒砸答谢患者》《收受医药代表回扣被举报，医生怒砸举报患者》。虽然各篇文章各执一词，断章取义的视频截图使这起冲突成了一场彻头彻尾的罗生门,但这些文章描述得有鼻子有眼,再配上穿着白大褂怒气冲天的医生、与之对峙的做过气管切开术的患者,以及空中飞舞的钞票的相关图片,真可谓是"有图有真相",让人一时难辨真伪。

《八毛钱治好巨结肠,医生却要十万块手术费》《因未给医生红包,医生恶意缝合产妇肛门》《疑涉走私器官交易,医生术中盗取患者右肾》……这些年,太多在媒体的推波助澜下颠倒是非、博人眼球的失实报道,导致许多人对诸如"红包""回扣"等医疗关键词尤为敏感和痛恨。视频里的这位医生倒好,不但无耻地收受红包和回扣,竟然还如此气焰嚣张,着实让人痛恨,必须把他"人肉"出来。

就在赵英焕得知自己以这种方式成了"网红"后,卫健委也勒令医院在最短时间内开除赵英焕,好给大众一个满意的答复。

> 天成市中心医院急诊科赵英焕医生,对患者态度极其恶劣,不仅恶语咒骂患者,甚至采用非常方式羞辱患者,造成极其恶劣的社会影响,严重影响医务人员的形象。现医院拟定对赵英焕做出开除处理,并对其直接领导、急诊科主任杨振予以诫勉谈话,扣除当月绩效两千元。

当这份拟好的通报文件被送到天成市中心医院院长办公室时,杨振刚好正坐在钟院长对面。

"凭什么要处理我的医生!赵英焕虽然态度有问题,解决冲突的方式也有些过激，但你作为院长，但凡听到一点风声，也不调查任何前因后果，一上来就利落果决地处罚医生，向各路媒体和医疗监管部门表忠心，以堵住悠悠众口，这就是你钟毅一贯的作风和原则吗？"

钟毅和杨振是老同学，当年一起来到天成市中心医院。都说性格决定命运，比起耿直刚正又经常让人下不了台的杨振，喜欢揣摩他人心思的钟毅在仕途上比他顺利得多。

眼下杨振激愤难当，唾沫星子都要溅到钟毅脸上了。钟毅倒也没动怒，只是摆摆手，示意杨振先不要激动。

"那我的医生做错了什么？他当初要不是救人心切，冒险把那辆车砸了，把人救出来，他今天也不会受到这些网络攻击！"杨振放低了音量，依然不能接受医院为此开除赵英焕的决定。

"医务人员出了事情，遭到网络暴力攻击和'人肉'，作为医院领导，你们不但不维护自己的医生，反而继续把他往风口浪尖上推。我承认赵英焕是有些年轻气盛，有些地方不懂得收敛，但医院这样处置赵英焕，我绝对不依！"杨振着实愤怒于医院领导对这件事情的处理方式。一年多以前，医院对刘慧宇的处理就让他颇有微词，但刘慧宇的确在医疗上犯了致命错误，他也不好过度维护。

可赵英焕毕竟是他科室的一员，虽然这家伙平日里经常因为性格和脾气被患者家属投诉，他也时不时地批评他，但除了这些，赵英焕现在的业务能力还是很让他满意的。

"老杨，你先不要这么生气。这个决定也不是我做的。赵英焕的事确实闹得很大，不信你自己翻翻朋友圈，这几天但凡和他这件事沾边的文章，哪篇不是过十万的阅读量？我也知道那三个人不是什么好东西,我们医生自己心里也委屈。可这年头就是这样,狗咬人很正常,人咬狗那就稀奇了。为了他这件事,这些天我的电话要被打爆了,赵英焕现在的热度简直比刘慧宇闯祸那次还要大。不这样处理他,你让我怎么向卫健委的那些人交代?又怎么能让各路媒体偃旗息鼓?"钟毅的这番话讲得很是苦口婆心。

"你可以指责我对科室人员管束不善,要扣奖金你们随便扣,要发通报你们随便发,但是今天你要是让赵英焕离开这家医院,那我就和他一起离开。科室里还有愿意一起走的,我带着他们一起走。急诊科医生哪里都缺!"见钟毅始终打官腔,杨振也直截了当地亮明了自己的底线。

钟毅和杨振相识多年,他清楚杨振的小钢炮性格,也清楚他说一不二的做事风格。杨振离开办公室时,重重地关上了门。

"院长,这份通报现在还发下去吗?"秘书小声地询问。

"先放在这儿吧,等几个分管副院长讨论一下,再做决定。"虽然刚才被杨振一顿抢白,钟毅心里也很不痛快,但在这个位置待得久了,他什么风浪没见过,不迁怒于人的修养他还是有的。

- 13 -
老子不干了！

处于风暴中心的赵英焕自然也在网上看到了媒体对自己铺天盖地的报道。更让他烦闷的是，竟然有好事者"人肉"出了他的个人信息。一时间，他不断接到匿名辱骂的电话，于是干脆关了机。

早在刚出事那天，就有一堆好事者堵在办公室门口围观，如今连各路媒体也来围追堵截。新闻嘛，自然讲究一个"新"字，势必要趁热打铁。如果不跟进报道，新闻成了旧闻，也就没什么价值了。

考虑到赵英焕的处境和情绪，杨振索性安排他休了假。赵英焕也知道这次事情闹大了，可他一点也不后悔。他私下里找人事科的同事打听情况，得知了医院对他拟定的处罚。本来他也打算辞职了，用不着医院下文赶他走。让他意外的是，在关键时刻，杨主任居然如此护犊子。他刚到急诊科时，和杨主任交情颇深的郑良玉经常不给他好脸色，还不时在主任那里吐槽他，所以他一直以为杨主任对他颇有微词。没想到的是，杨主任居然向院长"威胁"如果医院真要辞退自己,他就果断带着科室骨干医生一起走人,光凭这一点,就着实让赵英焕感动。

这件事在网上被报道得沸沸扬扬,赵英焕的父母自然也知道了。母亲在第一时间就给赵英焕打了电话,完全不问缘由,开口便是:"儿子,我和你爸都想你了,回家玩几天吧。那份工作别再干了,别委屈了自己。"

知子莫若母,她知道自己的儿子绝不可能像网上传的那样。多年前,赵英焕在填报高考志愿的时候,她就反对儿子报考医科类大学。当时,赵英焕的外公外婆因年迈而长期出入医院,她知道医生、护士有多忙碌,生活也不规律,还在一些报道中看到当下医患关系的糟糕。她不想让自己捧在手心里长大的儿子去做这样一份艰苦的工作,更不想让心地纯良的孩子置身于人情繁复的工作环境中。

赵英焕研究生毕业后并没有去医院工作,其实她和丈夫暗自高兴了很久。对于这个宝贝儿子,当父母的唯一期望就是他一生能够开心顺遂。谁知一年前,儿子告诉他们又要做回医生,而且居然是去干急诊。她和丈夫明里暗里劝了很多回,但儿子还是去了天成市。

直到打听到儿子的前女友也在这家医院工作时,她才明白这孩子为何如此一意孤行。她见过陈灵,知道那女孩来自单亲家庭。倒不是对单亲家庭抱有成见,只是她总感觉女孩多少受了些家庭环境的影响,虽然看着沉静聪慧,但眼里藏事,总给人一种郁郁寡欢、心事重重的感觉。这样的女孩,或许并不适合性格单纯直率的儿子。

她知道儿子选择医科专业就是为了那个女孩,但后来两人都分了手,这会儿他居然又跑到了那个女孩所在的城市工作。看着儿子这么委曲求全,她这个当妈的自然心疼不过。可是这孩子打小就固执,不撞南墙不回头;这次又在工作中吃了这样的亏,不知道他会不会后悔这次的选择。她想让孩子知道，不管他受了什么样的委屈，家永远是他可以依靠的港湾。

这次通话结束后，她便和丈夫暂停了所有的工作和应酬，驱车来到了天成市。见到儿子后，夫妻俩没多说什么，直接拉着赵英焕去了市里口碑最好的餐厅。

席间，夫妻二人刻意避开了谈论赵英焕的感情和工作。在提到自家公司最近的发展时，父亲迟疑着开口道："现在公司的业务面更广了，你如果在外面做得不开心，就回家帮忙吧。"

赵英焕历来对经营管理不感兴趣。之前父亲也提过让他回家工作，每次开口都会被他打断；可这次，他没有立刻表示反对。

当初之所以来这家医院，赵英焕的初衷就是为了追回爱情。可无论他的初心有多么赤诚，陈灵的心意终究还是很难把握。这个世界上不如意的事情太多了，就像他做了急诊科医生才深刻地体会到，很多时候无论医生、护士多么努力，救不回的人终究救不回来。无论医改进行了多少次，大众对医疗行业根深蒂固的偏见也还是得不到纠正。

三年前，读研三的赵英焕就是因为接受不了医疗行业的灰色地带，以及外界对医生的诸多质疑，才选择了离开。可再回来后，他发现很多东西依然没有丝毫改变。

平生第一次，他有种深深的无力感。中心医院已经对自己做出了这样的处理，之所以迟迟未通报，也是因为杨主任向院领导的施压，倒不如自己先提出离职，这样还能保留体面。杨主任这样护着自己，自己也不该再给他添麻烦。

虽然在"休假",但他还是像往常一样去医院请科室的同事们聚餐,表面上谈笑如常。他历来大方,一时间没人意识到他有了离职的打算,反而都劝慰他不要为了那件事耿耿于怀,为了那样的人不值得。

看到赵英焕这些天的遭遇,李贺心里也不好过。认识这么久了,赵英焕一直是个阳光男孩,可此刻他看得出对方笑容背后的心灰意冷。

当初,李贺刚来急诊科工作不久,父亲就突发严重的脑梗,他为数不多的积蓄也全部拿去给父亲治了病,连下季度的房租都交不出,最后不得已去兼职做了代驾。自从那次意外碰面后,赵英焕便不动声色地帮他联系了做医考培训的兼职,甚至以自己一个人住太无聊为由,硬拉着李贺去他那里同住。他知道赵英焕是在帮助拮据的自己,又想尽最大可能顾全他的自尊心。赵英焕在知道自己喜欢林皙月后,便常常制造各种聚餐、出游的机会,好让自己能够接近心仪的姑娘。

虽说两人在家庭和性格方面存在差异,平日相处也并非全无矛盾,可他一直记得赵英焕对自己的好,并把他当成自己最好的兄弟,着实不想看到对方蒙受不白之冤。他知道,大众很快就会遗忘赵英焕把钱甩到患者脸上的事。这个世界每天都有新鲜事发生,总有新热点让人追捧。但一次误解足以毁掉一位医生的职业前途,这个代价未免太大了。李贺打算趁热打铁,趁风波还有余热,说出真相,还赵英焕一个公道。

这几天,李贺几乎一刻不停闲。他在网上搜到那段视频截图,反复观看,终于在画面里找到一个外卖小哥的身影,当时也在用手机拍摄。他认出了那个外卖小哥,前些天曾因突发肾绞痛到中心医院看过急诊，就是自己接的诊。之所以对他有点印象，是因为对方当时没带钱，也没带任何证件，手机还没电了。虽说肾绞痛的疼痛程度堪比女人生孩子，但这种病不属于危重急症，还没到开通绿色通道、先救治后付费的级别。

通常情况下，这类肾绞痛患者需要医生开具处方单并缴费后才能到护士站用药。可见他痛得厉害，又没有同来的家属和朋友，也无法用手机支付，李贺便自己帮他挂了号，垫付了费用，让他在最短时间内用上了药。

李贺立刻打电话向陶翰文求助，希望他能帮忙找到这个小哥的个人信息。虽然有些不符合规定，但得知是为了赵英焕的事，陶翰文当即同意帮忙找人。

联系上外卖小哥后，小哥见到李贺感觉分外亲切，他后来又往急诊科送过几次外卖，本想特意去表示感谢，可每次隔老远就看到医生、护士们忙得分身乏术，甚至连他送到的外卖也没时间吃，他自然也没再去打扰。

他那天来送餐时刚好赶上赵英焕事件那一幕，当时见周围人都拿出手机在拍照，他也跟着掏出手机录了个视频。他并不清楚事情的原委，只听到了后半部分的几句对话，明摆着是那几个人在要挟医生。后来，他看到网络上的报道，媒体舆论一边倒，那位医生竟被千夫所指。他还在评论区里留了言，表示当时的情况并不是这样，可他的留言很快就被雪崩般的负面评论覆盖。

眼下见曾帮助过自己的医生开了口，而且还是为了那件事，外卖小哥十分痛快地将自己手机里那段没删的视频发给了李贺。

李贺的妹妹大学时读的就是新闻传媒专业，不如让专业的人去做专业的事，他把所有细节尽数告诉了妹妹，于是一篇名为《农夫与蛇——天成市中心医院急诊科医生情绪失控为哪般》的文章以迅雷不及掩耳之势迅速在网上发酵,在极短时间内成了篇爆款文。文章准确还原了事情原委,尤其是末尾还插入了一段小视频,让大众看清了所谓眼见为实的真相到底是哪般。

视频中,一个瘦小男子用半商量半威胁的口气对医生说道:"你是救了他没错,可你砸坏了别人的车也不在理不是?前些天武汉一家医院的急诊科医生抢救一个年轻人时剪坏了对方的衣服,被曝光后不也赔了一千多的衣服钱吗?今天你把修玻璃的这一万八赔了,我们就不再找你,要不然我们可不敢保证你的车会不会今天坏玻璃、明天修轮胎。"

事件迅速发生反转,人们似乎也乐于看到这样的反转,这篇爆款文章得到了比之前那些新闻更为广泛的关注。有了这样的巨大反差,那位原本"品行恶劣"的医生也变得有点"伟光正"起来。

之前那对重伤的夫妻,丈夫虽然还在监护室住着,但各种机能和指标也在向好的方向恢复。这一天,雷霆来重症监护室会诊,准备把受伤的丈夫转入普通病房。签好相关文件后,雷霆一直坐在椅子上没动,陈灵发现这个惜时如金的大忙人好几次望向自己,一副欲言又止的样子。

"还有其他问题吗?"陈灵问道。

"赵英焕的事……你知道了吗?"见对方已经开口,雷霆也不再拐弯抹角。

陈灵没有做声,只是点点头。赵英焕的冲动和任性终究还是原封不动地保留了下来。可公立医院的医生不仅仅是医生,还是体制内人员，根本由不得他这样棱角分明的性格。她知道这些天他一定不好过，可自己又能以什么样的身份去安慰他呢？她索性就当不知情。

"你知道赵英焕为什么来中心医院吗？"雷霆坐在电脑桌前，手里握着一支签字笔。

陈灵没有正面回答，只是平静地问道："你觉得段誉爱王语嫣吗？"

雷霆一时没反应过来，脱口答道："当然。"虽然没读过《天龙八部》的原著，但他知道不管哪个版本的电视剧，段誉初见这位神仙姐姐时就为之神魂颠倒，付出一切都在所不惜。

陈灵的语气低沉了下去。"人随着年纪渐长，阅历丰富之后，看事情往往更加通透，所以金庸最近几年改写了自己多部作品的结尾。他在《天龙八部》里让段誉认识到，王语嫣不过是琅嬛福地里神仙姐姐玉像的完美复活，并不是王语嫣本身有什么魔力，他迷恋的不过是自己的心魔罢了。很多人爱另外一个人，并不是爱那个人本身，而是爱自己大脑中的那个意象。我想，他忘不了的不过就是初恋本身，而不是我这个人。"

雷霆一时语塞。他本想劝陈灵在感情上再深思熟虑一些，毕竟在这个浮躁的社会，能遇到一个多年来在感情上始终如一的人实属不易。可是对方好像已看得极为透彻，况且她似乎也好事将近。也罢，她一直是这样冷静理智的人，既然如此，多说无益。

完善好转科的相关病历后，雷霆起身准备离开。临别时，他仍觉有些话不吐不快。此刻监护室的护士们要么忙着上治疗，要么给病人翻身，其他几位医生正在门外和家属谈话，屋里只有陈灵。

"前几天他曾向我透露有离开医院的打算。过去你们在一起时，他也许还不成熟。那段感情失败了，他一直很懊恼。他决定当回医生并不是因为你，但选择来中心医院，又去了急诊，是因为你。急诊也有EICU，当时他领到工号就立即申请了去EICU工作，就是为了试着更深刻地理解你。过去他喜欢你，却没有找到对的方式和你相处，所以现在他想知道你到底在想什么、在意什么，这样你们就不会再出现之前的矛盾。他一直是个倔脾气，不肯先低头，不肯亲自对你承认他这么多年一直喜欢你，他等着有一天你可以主动往他的方向走一步。之前我也是告诉他你要结婚的消息时，才知道他本来是准备向你告白的。他在急诊科干久了，事情经历得多了，也想通了既然喜欢又何必要去纠结，能和自己喜欢的人在一起才是头等重要的事情……"

风波前，雷霆和赵英焕、李贺、陶翰文几个人吃饭，席间说到感情问题时，大家都劝赵英焕看开点，毕竟天涯何处无芳草，犯不着吊死在一棵树上，中华儿女千千万，实在不行咱就换！感情是可以培养出来的。

可当时喝多了的赵英焕哪里听得进朋友的劝慰，他口齿不清地大声说道："人世间多的是情种，既然有为了黛西逆天改命的盖茨比，就可以有为了初恋误入岐黄的赵英焕！乔峰也说过'四海列国，千秋万载，就只一个阿朱'。好女孩是有千千万万，可这世上只有一个陈灵！"酒精麻痹了赵英焕的部分意识，没人知道这到底是他的酒后真言还是妄语。

雷霆听完立即调侃了他一把："拉倒吧，你就是得不到的永远在骚动，被偏爱的都有恃无恐。等到风景都看透，又还想再回味一下最初。到头来，还是改不了大多数男人喜新厌旧的恶习！"

时光倒回到几年前,赵英焕和陈灵恋爱那会儿,两人经常会为些小事发生口角,随后便是长时间的冷战,谁都不愿主动给对方台阶下。赵英焕那会儿开始觉得陈灵从来没有认真对待过他们的感情,当初接受自己纯属是因为感动。

这样的矛盾多了,两人嫌隙渐生,甚至有一阵子,赵英焕公然和音乐学院的一个姑娘高调地出双入对。那姑娘生得漂亮,性格也大方热情,和陈灵完全不是一个类型,甚至外人看着都觉得这俩人更登对。

那一年,七年学制的陈灵毕业在即,就此退出了这场校园爱情。所有人都觉得是赵英焕的"陈世美"行径导致了两人分手;可让人跌破眼镜的是,陈灵离开后,赵英焕也没和那个搞艺术的美女在一起,单身至今。

当年赵英焕本来只是想气气陈灵,让她有点危机感,也让她多在乎一点他们的感情。没想到适得其反,陈灵竟一句也没有过问,干脆离开了。

赵英焕二进宫做回医生,还特意来这座城市、这家医院,明眼人都知道他为的是什么,只有陈灵不肯相信他此番举动是为了自己,她不相信他会这般长情。

在陈灵收到大学录取通知书那天,她的父母去民政局办理了离婚手续。很快,她的父亲便和另一个比母亲年轻、漂亮的女子结了婚。也就是那个时候,她才知道父亲早就在外面有了家庭,她甚至有个三岁的同父异母的妹妹。

其实在这之前,她已经察觉到父母的异样。父亲总以工作忙为名,长期在外应酬、出差。陈灵当时住校,母亲绝大多数时间都是一个人独守空房。有次她回家，发现母亲呆呆地望着结婚照片饮泣，察觉到她进屋后立刻擦干眼泪，换上笑脸，急忙去厨房给她做饭。

从她记事起，父母就一直在为身体羸弱的她四处奔波求医，那时的他们就像两个意志坚决的盟友。后来，她的身体一年比一年好，这个家却渐渐地不再有往日的欢声笑语。对于父母的离婚，她并没有多么意外，甚至不恨父亲，他的心早就不在母亲身上，再勉强留在这个家里，其实对谁来说都是煎熬。

毕业后，她来到天成市工作，此时父亲的生意虽不像早些年那般顺利，但还是执意全款为她在医院附近买了一套小户型的房子，尽管她再三推托，表明自己以后会存钱买房，但父亲还是宠溺地摸着她的头说："虽然爸爸和你妈妈离婚了，但你是我女儿，这是永远不变的事实，女儿花父亲的钱，天经地义。这几年行情不好，不然可以给你买更大的房子！"

父亲懂得陈灵的要强，却对母亲这些年的眼泪视而不见。她知道，血缘是不会改变的，但是时间会稀释爱情。对待感情，她打心底里是消极的。她见过母亲半夜里的啜泣，她相信很多个夜晚，母亲都在为早已变心的丈夫悲伤到不能自已。太爱一个人是一件非常恐怖的事，她更不相信一个男人会对一个不甚美貌的女子始终倾心。所以，当年在察觉到和赵英焕的感情有变数时，她便决然选择了离开。

其实她也知道，一直以来都是赵英焕毫无保留地靠向自己，为自己改变，为自己妥协。可她呢？当这样一个人捧着一颗心出现在自己面前时，她却只是观察、犹疑，始终不敢伸出手去接。

她的清醒和冷静不过是一层厚重的外壳，她的敏感、不自信、缺乏安全感，让她每每遇到矛盾，都只是用冷漠和回避去应对，时间久了，赵英焕觉得心灰意冷，一个自作聪明的第三者计划则直接导致这段本就岌岌可危的感情走到了尽头。

事到如今，终于知道真相的陈灵依然有些震惊，这么多年，她终究是错了。

人都是健忘的。不出一个月，赵英焕事件以及后面的反转都变成了旧闻。杨振坐在自己的办公桌前，拉开抽屉，看了一眼那封他始终没有上交的辞职信。赵英焕虽然个性冲动，常和患者及家属发生口角，自己也没少为其善后；但是作为一个医生最需要的两项素质——技术和仁心——赵英焕一个都不缺。

诚然，全国所有公立医院的急诊科都非常缺人，各大医院都面临着后继乏人的尴尬处境。他干急诊这么久，听到患者最多的抱怨就是："急诊，急诊！可挂号、就诊、缴费、检查、治疗样样都排队，医生、护士总是这么少，为什么不多安排点人上急诊？！"一位历经磨练的年轻医生好不容易成了独当一面的"急诊人"，更愿意全心全力救治伤患，如果只是因为这种医闹事件就让这个社会少了一位合格的急诊科大夫，真的是非常可惜。

杨振特意又等了两天，才主动约赵英焕到江边的一家泰国餐厅吃饭。

这家餐厅位置极好，位于一个会展中心的顶楼，窗外就是两江交汇处最美的景色。由于地段好、装修奢华，这里的菜品价格很高，味道却谈不上上乘。对无辣不欢的天成市饕客来说，这家店算不上首选；但居高临下、临江眺望的视野能让食客的心情跟着轻松愉悦起来,所以人气一向不低。

席间,杨振对先前的事只字不谈,只找些赵英焕可能感兴趣的话题说。因为平日工作时不苟言笑,他很少和科室成员有这般推心置腹的时刻。交谈中,他发现赵英焕这个"90后"小伙和自己这个"60后"老人居然还有共同的爱好——金庸的小说。这个话题一打开,两人的距离自然就随之拉进了。

赵英焕是个金庸迷,提到小说中的各个桥段,简直如数家珍。

"杨主任,你也读了那么多金庸的小说,印象最深的是哪个情节?"

杨振知道赵英焕经历这次事件后有了不再从医的打算,自然想苦心规劝;可发生了这么多事,按这小子的脾气秉性,单纯说教只会徒增他的反感,不如先请君入瓮。

于是他故作沉吟状,摸了摸下巴,轻轻推了推眼镜:"我印象最深的应该是杨过知道郭靖是杀父仇人、准备回襄阳刺杀郭靖那段,就是'侠之大者''襄阳鏖兵'那两章。"

见赵英焕饶有兴致地看着自己,他知道这小子上道了,便继续说道:"杨过问郭靖襄阳城守不守得住。郭靖不正面回答,只是说'中国文士人人都会作诗,但千古只推杜甫第一,自是因他忧国爱民之故。''经书文章,我是一点也不懂,但想人生在世,便是做个贩夫走卒,只要有为国为民之心,那就是真好汉、真豪杰'。"

"没想到主任还有这样经世济民的情怀,"赵英焕边说边和杨振碰杯,"那你最佩服的主人公是谁?"

杨振放下杯子,笑了笑。"年轻的时候最佩服的自然是乔峰、郭靖这样的大侠,不过……"杨振话锋一转,"金庸的小说是成人童话,到了我这种知天命的年纪,自然不会再去看童话故事了。"

见赵英焕略有失望,他继续说道:"今天呢,咱们在医谈医。小说毕竟是虚构,现实中我最敬佩的英雄是无锡市人民医院的陈静瑜教授。"

赵英焕也听说过这位医生——中国肺移植第一人,但他了解得并不多。杨振佩服这个人必定有其原因,他也很想听主任详细说说。

"其实国内器官移植技术已经相当成熟,器官移植领域也更容易出'大牛'。相对肝脏、肾脏甚至心脏等器官来说,肺移植是所有脏器移植中难度最高的。因为肺脏通过气管与外界直接相通,这大大增加了移植后的易感性。肺移植手术难度高,术后风险大,肺源稀缺,且花费高昂,极易落得人财两空的结果。很多专家教授十分爱惜自己的羽毛,不愿冒此风险,即使在国内很多'巨无霸'医院里,肺移植项目开展得也不尽如人意。而国内肺移植技术最好的医院就是无锡市人民医院。按理说,肺移植这种手术,以及围手术期的管理,能做到全国第一的应该是北上广这种一线城市的超一流医院。无锡地处江苏,只是地级市,连省会都不算,陈静瑜教授却将无锡市人民医院打造成了国内第一、世界前三的肺移植中心。"

赵英焕自小就爱看武侠小说。虽然小学、初中那会儿老师都明令禁止看课外书,但他的父母一直开明,认为大多数武侠小说传递的都是"侠为国、民为本"的家国情怀,就由着他的性子买了《金庸全集》。现在听到杨主任说起这位陈静瑜教授,颇有些孤胆英雄的意味,他这会儿已经把那人想象成了一位不世出的绝顶高人。

"不得不说,陈静瑜教授是一个传奇。与一路名校名院的医生不同,他毕业于苏州医学院,最先在无锡市一家很小的职业病医院工作,我去过那里。长江、黄河的发源地挺不起眼,可这样的小水沟是奔腾壮阔的大江大河的源头。职业病医院收治最多的就是尘肺患者,所以他非常清楚这类患者的困境。尘肺病是一种非常典型的穷病,患者大多是为改善生计而选择了收入相对较高但工作环境异常恶劣的工作,比如在采石场、玉器厂、石棉厂这类地方长期务工的工人。这种疾病当时并没有什么特殊治疗方法,很多患者到后期连普通呼吸都成了极为奢侈的事情,陈医生见证了很多尘肺患者最后无法呼吸,只能跪坐在床上等死的惨剧。"

听到这里,赵英焕的心情异常沉重。去年初到急诊科时,他不也见证了很多因为穷困而引发的悲剧吗?

"那些年,陈教授亲见了太多这样的惨剧,终末期尘肺患者只有接受肺移植才是唯一出路。为了给这些只能等死的终末期尘肺患者带去希望,他争取到了去美国肺移植中心学习的机会。学成回国后,他便在动物身上开展肺移植试验,待技能成熟,就开始在医院为一些终末期尘肺患者实施肺移植手术。

"肺移植的术后管理也是关键,肺移植病人容易死于术后感染,他和他的团队在围手术期间的先进管理也大大降低了肺移植患者的死亡率。作为一名医生,他带领一个市医院的小科室成为全国第一。都说达则兼济天下,他和他的团队现在还在全国范围内的大型教学医院开展讲座、学习,与北京中日友好医院联合研发肺移植技术,打造出了国内第二大肺移植中心。可以说,他凭借一己之力将国内肺移植技术推向了世界领先水平。"

平日里杨振说话一向简洁,可能和急诊科的气氛有关,赵英焕很少见他谈笑。今天，当提到自己平生最为敬重的人时，他打开了话匣子。

"如果单凭这些，我们这些同行还只是对他感到钦佩而已，那么他做过的其他事足以让所有人肃然起敬。手术台上，他是救死扶伤的医者；手术台下，他还是一名为民请命的人大代表。通过他的不懈努力，卫生部联合六部委发文建立了人体捐献器官转运绿色通道，有效避免了因航班、高铁等延误而导致珍贵器官被白白浪费的情况。与此同时，他也为推动'脑死亡'立法做出了巨大贡献，从而减少了脑死亡患者被过度治疗的情况，也使得用于捐献的器官得到了更好的利用。其实，这也是让捐献者的生命以另一种形式延续下去的方式。

"他还一直为争取尘肺患者的利益而奔走。这些患者原本为养家糊口不得已在条件恶劣的场所工作，最后落了个足以拖垮全家的病。尘肺患者通常都是打散工，没有签订过劳动合同，自然拿不到赔偿。因为涉及多重利益，即使有些尘肺患者最后与劳动方确定了合法的劳动关系，也会因尘肺病诊断的弊病而得不到职业病认定，从而拿不到合理的工伤赔偿。陈静瑜教授一直在两会上提议，将尘肺诊断和职业病鉴定进行分割，以便让尘肺患者得到及时的诊治。相信不久之后，尘肺患者的维权之路就不会困难重重了。"

这一点赵英焕早有耳闻。尘肺病当然不是什么疑难杂症，很容易诊断。可国内只有专业的职业病机构才能出具证明。正如杨振所说，这其中涉及企业利益、社保支出、政府多部门利益和博弈，条条利益链交织成了一张巨网，使得这种原本简单的疾病诊断起来难比登天。

想到这些,赵英焕对这位从未谋面的教授肃然起敬。

"我们一直说在当下的大环境里,当医生很难。而同样作为大时代下的医生,很容易就能体会到陈静瑜医生这一路走来的艰辛。他真正做到了'医之大者,为国为民','虽千万人,吾往矣'。小赵,我知道你就算不干急诊了,也还有很多人生选择。今天你也听我一句话,医生是最能造就英雄的行业。"

听到这里,赵英焕忽然意识到杨振刚刚提起郭靖带杨过巡城襄阳这一桥段的用意。他是在用自己可以接受的方式给自己上了一课。

"后来我也和王闯接触过,他并不是真想让你赔玻璃维修费,他只是一直咽不下这口气。住院期间,他始终不满你作为主管医生总是一副冷漠傲慢的态度。"

"我冷漠傲慢?"正喝饮料的赵英焕差点被呛到。

杨振没有接茬儿,只是兀自说下去:"其实这些年,很多医患矛盾最后演化成纠纷,其中不少和医生的沟通方式有关。医生的态度、语气、眼神,有时甚至比治疗效果对患者和家属的影响还要大。王闯这个事情,我知道你受了很多委屈,但是这起风波其实是完全可以避免的。如果你早期沟通到位,能多点耐心去解释,照顾到患者的情绪,而不是一遇到患者言语不善就立即翻脸撂挑子,后面再多给他些关心,这件事也不至于发展到这一步。就像陈教授,如果一遇到让他灰心委屈的患者就撂挑子走人,那这个世界上就少了一位治病救人、为民请命的好医生了。"杨振知道喜欢武侠小说的人多少都有些侠客情结,所以这一晚,他聊天的内容多半是冲着"侠义"二字展开。而从赵英焕的反应看,显然他听进去了。

"先不说病人,就回到医患关系这个老大难的问题上。我们总是站在自己的立场上埋怨患者有问题,话说回来,在这个行业里,我们自己就做得很好吗?唯利是图的医生确实有,也难怪大众对这个行业有看法。"

杨振语重心长地继续说道:"我们大多数人都是普通人,自然达不到陈教授那样的高度。但是我在想,医生在日常工作中不断完善自我、精进业务水平,同时也要尽力完善性格上的不足。凡事不要太情绪化,不要过于黑白分明,容不得灰色地带,更不能永远受不得半点委屈,不分地点场合一点就爆。这样的性格,不管对工作、爱情还是家庭来说,都存在很多不良隐患。"

赵英焕已经许久没有这样被人语重心长地教导了。经历了这次舆论风波,又听了杨振这一番肺腑之言后,他也开始反思自己的性格缺陷。

从小到大,但凡心性相投者,他便赤诚以待;言行不合者便立刻划清界限。哪怕是小冲突,他也要争赢了才肯罢休。对待患者也是这样。来急诊科已经一年,他对某些患者和家属能够做到共情,理解他们的处境,总想着尽可能多给他们一些帮助,哪怕只有言语和情绪上的安慰。可急诊科就像万花筒,形形色色的人都会接触到。作为医生,他并没有学会收敛心性。

两个人正吃着,赵英焕的手机响了——竟然是陈灵!他接起电话,对方显然也犹豫了一阵才开口:"你现在在哪里?"

"在和主任吃饭,"他回答得倒也干脆。电话那头一直没有回应,赵英焕感觉得到对方正在努力地寻找措辞,好让这场对话显得不那么尴尬。

"对了,之前一直没和你说,祝你新婚快乐。"赵英焕故作轻松地说道。这一刻,他是真的希望陈灵获得幸福。可能对方也没料到会听到他突如其来的祝福,一时间不知道该说些什么,便匆匆收了线。

这一晚,赵英焕回到家时已经快十一点了。刚进小区大门,一个熟悉的身影出现在保安亭旁边,居然是陈灵。

- 14 -
被痛苦凌迟的失独者

内心五味杂陈的赵英焕下了车,主动走上前去打招呼,可对方只是看着他,没有说话。彼时两人安静的对峙让赵英焕忘记了自己先前在电话里轻松随意的祝福。当她就这样出现在眼前时,他发现自己远没有想象中那么大度:他才不希望她和另一个人新婚快乐!

突然,他脱口说道:"这么迫不及待啊,大晚上的赶着送请帖?"

和过去一样,他想激怒她。这么多年过去了,她的冷静克制很少给他这样的机会。可是这一次,他居然看见她在微微发抖,眼里有水光盈动。她几次张了张嘴,似乎想要说些什么,但仿佛被体积巨大的物体堵住了喉头。她始终没有发出声音。

事已至此,还能说些什么呢。赵英焕有些气恼,都这会儿了,自己在她面前还是这么失态。他不想再陷在这样的僵局里,打算抬脚便走,可右手忽然被她牵住。赵英焕本想甩开,他印象中的这手的主人一直瘦弱,没想到此刻居然迸发出连他都无法挣脱的力量。

上一次握住这手，已经是多久之前？这些年来，这是她离自己最近的时刻，可不知为什么，他忽然有些悲从中来。自己这段日子如坐过山车般的经历，她居然全程都没有问过。她果真是要和过去彻底告别，全心全意地和另外的人开启新的故事！想到这里，他忽然失声痛哭起来。

那个熟悉的身躯忽然贴了上来，当那温热柔软的双唇触上自己的嘴唇时，他本能般地迅速做出回应，某种刻骨铭心的情感迅速将他的胸腔占满。他至今都记得陈灵第一次亲吻自己的场景：十一年前，两人即将升入大学，他去机场送行，快过安检的陈灵忽然回过头，在他脸上轻轻一吻，彼时的赵英焕心中似有烟花绽放。

其实这天白天，陈灵和袁靖宇去了早前预约的影楼。

就在两人并肩走进影楼时，迎面走来一对男女，不偏不倚，四个人就这样在影楼门口狭路相逢。对面的女孩一脸幸福地挽着男伴的胳膊，当她看到袁靖宇时，脸上的笑容瞬间僵住了。随即，她莞尔一笑，向男伴介绍对面这位是自己的学长；而看到袁靖宇身边的陈灵时，她笑着祝福道："看来你们也好事将近啊。"

那两人走出影楼后，袁靖宇还呆愣在原地。他看到那女孩后瞬间石化，半晌都没回过神来。

陈灵立刻回想起最初约会那会儿，一次袁靖宇从钱包里掏信用卡时，她无意间看到里面夹着一张女孩的照片，她认出了刚才让袁靖宇失态的人就是照片里的女孩。

回过神后，袁靖宇还是若无其事地和陈灵一起挑选拍照的服装。

他看中了一款象牙色缎面的婚纱礼服，转头对陈灵笑着："不如试试这款吧,你肤色白,这款很衬你的皮肤。"

穿好礼服后,陈灵安静地坐在化妆镜前看着自己:小吊带设计,领口略低,虽然领边镶着一圈别致的花朵,可她胸前的那道旧疤痕,终究是遮掩不住的。

在陈灵看来,袁靖宇选的这款礼服更适合刚才在影楼门口碰见的那个姑娘。那姑娘个子娇小,长着一张洋娃娃般娇美的小脸,这种礼服穿在她身上会更衬得她甜美灵动。

由于出生时心包外露,陈灵做过一次很大的手术,加上她是疤痕体质,胸前一直留着一道像蜈蚣一样的疤。从小她就讨厌参加舞蹈课和游泳课,生怕被人看到胸前这道丑陋的疤痕。

上大学后,她和赵英焕确定了恋爱关系,两人自然也有过亲密的过往,可每到关键时刻,她便拒绝更亲密的举动。直至后来,赵英焕才知道了原因。那一晚,他亲吻着她胸前的那道疤痕,告诉她,这道疤痕是她的勋章,在他心中,她永远都是最完美的。

身后有人轻轻抱住了自己,她没有回头,从镜子中看过去,袁靖宇看着她的眼神有些恍惚。她知道,他正试图在自己身上寻找另一个人的影子,想象着如果是那个她穿上这套婚纱会是什么模样。最后,袁靖宇的目光落在了她胸前那道触目惊心的疤痕上,他最后的那点期待也落空了。

也就是这一天,两人和平分手。各怀心事的他们心中都另有所爱,即使彼此再适合,在一起真的会幸福吗?

也是在这一天,她选择听从自己心底的声音,趁一切都还来得及。

杨振在那次的饭桌上把辞职信还给了赵英焕，赵英焕也答应一销假便立刻回科室工作。他早已习惯了急诊科紧张刺激的工作模式。

"医生，你们快救救我老公！"救护车还没停稳，一个穿着睡衣的中年妇人便从车上跳了下来，跟跟跄跄、满脸泪痕地冲进急诊科病区。一看到前来接诊的赵英焕，她便死死抓住他的手。中年妇人身材单薄得似乎一阵风就能把她吹走，体内却有一股惊人的力量，仿佛一个溺水的人抓住了最后一根救命稻草，拼尽全力地抓着赵英焕的手。

"先别着急，已经到医院了，你爱人怎么了？"

"他几天前受凉感冒，就是有点发热干咳，我就给他吃了感冒药和退烧药。可今天上午突然严重了，我以为他只是困了想睡觉，可是后来我再怎么喊，他都不应我了。"

赵英焕快速为病人做了初步的查体：患者意识不清，双侧瞳孔对光反射也有些迟钝，虽然刚刚在救护车上一直进行高浓度吸氧，但患者缺氧情况依然严重，面色青灰，嘴唇紫绀，由于气管中布满痰液，所以听诊时双肺都传来像稀粥沸腾翻滚时的声音。患者心率非常快，血压却很低，赵英焕首先考虑的是患者是否存在急性左心衰。

他继续给患者做了血气分析、脑钠肽和床旁心脏彩超，患者心脏射血分数尚可，脑钠肽数值也不高，不符合急性左心衰的推测。他急忙调整了诊断思路。患者目前体温正常，但他记得随行家属说先前患者曾有发热的症状，此刻没有发烧该是退烧药的作用，而且查体存在明显的肺部感染，他立马想到患者应该存在严重的感染性休克。

急性左心衰患者需要强心、利尿，严格限制液体入量，而且需要抬高床头，让患者处于端坐位抢救；而感染性休克恰好与之相反，需要调整床头和床尾高度，让患者处于头高脚高的两头翘体位，同时需要大量补液并使用血管活性药物。这两类疾病的处理原则完全不同，但很多时候二者的临床症状极为相似。如何在最短时间内成功鉴别病因，极其考验医生的临床经验。杨振早前也在科室说过，一位优秀的急诊医生应该拥有敏锐的观察力和良好的决策力。

赵英焕立刻让护士给患者开放双侧静脉通道，并用上了去甲肾上腺素，他同时给患者做气管插管。患者体形相当肥胖，脖子短粗，属于典型的困难性气管插管。他费力地托起患者的下颌，探入喉镜，准备把气管插管的导管探入患者的气道，但由于会厌部位暴露较差，几次插管都没有成功。

看着监护仪上的血氧饱和度数值在不断下降，赵英焕的额头和鼻尖都渗出了细密的汗珠，留给他的时间不多了。他让护士再为患者吸了一次痰，自己也屏住呼吸，在吸痰器撤离的一瞬间，迅速将喉镜和导管置入患者咽喉中。由于感受到强烈刺激，患者随即喷出一股腥臭的浓痰，恰好全喷在了赵英焕的头上和脸上。他此刻没有时间去擦拭，甚至连恶心的时间都没有。

"看到喉镜光源的位置了吗？帮我压一下患者喉结的位置。"护士照做。终于，导管顺利插进了患者的气道，一旁的护士也麻利地连接好了呼吸机。

一番紧张的抢救后，患者的生命体征趋于平稳，赵英焕终于松了口气。这时，他才想起还没来得及处理头面部的痰液，急忙开了两包无菌纱布，就着酒精用力擦拭。

患者的呼吸衰竭和休克得到了有效纠正，但依旧意识不清，不能排除存在脑血管部位的意外。于是，赵英焕决定给患者做个CT

检查。

再度评估病情之后，赵英焕决定和护士将患者连同抢救设备一同推到 CT 室。患者的妻子一直站在抢救室门口，一见医生出来，连忙拉着赵英焕的手问道："我爱人怎么样了？"

赵英焕没有太多时间解释病情，只说了句"很严重"，女人瞬间流露出焦急无措的神情。赵英焕突然想起杨主任之前的嘱咐，于是回头又补了一句："我们会尽全力抢救的。"患者病情危重，其实赵英焕不确定最后会是什么结果，此刻他还是想给这个孤立无援的妻子稍许安慰。

因为开放了急诊绿色通道，患者得以快速做完了 CT 检查。从头部 CT 的结果来看，患者既往因脑出血做过手术，但针对这次的发病，目前没有发现新的出血灶以及梗死灶，只是肺部的情况非常糟糕。

将患者平安转回抢救室后，赵英焕出来与他的妻子做沟通。

见丈夫已经得到了有效救治，这名罗姓女子已不似刚到医院那般惊慌，因此和她的沟通还算顺利。交谈中，赵英焕得知患者名叫曹建民，几年前曾因脑出血做过手术，但后遗症非常严重，导致生活完全无法自理，这些年全靠妻子照顾。

他向罗姐说明了其丈夫的情况，之后需要入住 EICU，并让她补签了病危通知书。

她哆嗦着写下自己的名字。拿到家属签完的相关文书后，赵英焕返回抢救室。二楼的 EICU 已经没有床位，他们只能冒险将患者转送到另一栋楼的重症监护室。

就在赵英焕准备再回抢救室时，她拉住了他的手，神情哀怨地望着他。赵英焕以为她会像其他家属一样，反复叮嘱"你们一定要尽力抢救"云云。可这一次，他听到的是："医生，我们是失独家庭……"

赵英焕的心瞬间一沉，可她再没了下文。

医院对失独家庭开辟了绿色就医通道，当就诊者是失独家庭时，医务人员必须优先诊治，并可享受先诊治后付费的待遇。可赵英焕能够感觉得出，她说出"失独家庭"这四个字并非是为了得到某些照顾或便利，她神情中透露出的那种孤注一掷的祈盼让赵英焕心里一紧。

赵英焕提前给重症监护室打了电话，接电话的是陈灵。他简洁地说明了患者的病情，陈灵在接电话的同时就让值班护士准备好了抢救床位和呼吸机。末了，赵英焕在电话里又加了一句，"对了，这个患者比较特殊。"

"怎么特殊了？又是哪个领导的亲戚需要 VIP 服务？"陈灵打趣道。

"患者和他的妻子是失独家庭……"

一瞬间，电话那头也没了声音。

重症监护室规定，每天只有半小时的探视时间，每当那道铅门打开时，罗姐总是第一个进入监护室。患者一直处于药物镇静镇痛的状态，对外界的刺激并没有什么反应，但这并不影响罗姐和丈夫的积极"交流"。罗姐跟他说着家里的最新情况，有时看到的热点新闻，罗姐也会说给丈夫听，生怕他在病中错过。

由于患者无法自主进食，日常都由监护室里的护工通过鼻饲管向其注入流质饮食。可每天探视的这段时间，罗姐便会亲力亲为，丈夫卧床不能自理的这些年，就是她一个人照顾他的吃喝拉撒。她动作娴熟地边注射流食，边和丈夫"聊天"，虽然整个过程里都是她一个人在自言自语。喂完食物后，她又用自带的毛巾麻利地为丈夫擦拭身体，之后又帮丈夫按摩几无活动的四肢。这短短的半个小时总被她安排得满满当当，不肯浪费哪怕一分钟。

从得知患者是失独家庭的那一刻起，陈灵便对其多了些留心和照顾。罗姐不在时，陈灵也会帮着护士一起给她的丈夫翻身。患者体形肥胖，每次翻身都需要几个人帮忙。所有住在监护室里的患者基本都没有自主活动的能力，每隔几个小时就需要为患者翻身，因为稍不注意就会出现褥疮，而对于长期卧床的病人来说，出现褥疮基本不可避免。同时，因为长期无法活动，卧床患者基本都会出现四肢肌肉废用性萎缩。然而，罗姐的丈夫虽已卧床多年，却几乎不见半点褥疮的痕迹，四肢的外观也与正常人无异。一看到身形单薄的罗姐，陈灵便不住感慨，不知她这些年到底是怎么坚持下来的。其中的艰难，可想而知。

曹建民的病情始终不见好转，治疗的结果亦不如人意，于是陈灵在与罗姐沟通病情进展时，提出了新的治疗建议："患者肺部的感染情况非常严重，并且出现了多重耐药菌感染，目前仅对一种刚上市的抗生素敏感，但这种抗生素价格昂贵且没有纳入医保……"

罗姐毫不犹豫地说道："没关系，该用最好的药就用，花多少钱都无所谓，只要人能回来。"

看着她的殷切希望，陈灵还是忍不住告诉她要做好心理准备："很多此类病情的家属一开始也是要求全力救治，可是医疗上有太多的不确定因素，最后很有可能出现人财两空的结局。"

罗姐叹了口气，有些自嘲地说道："没事，这些年我都习惯了。

先是我儿子,现在是我丈夫,我这些年往返医院太多次了,病危通知书也接了太多次。不管面对多少次,每次听到医生说病情有变化,我还是害怕。钱没了,就再想办法,人没了,就是真的没了……"

重症监护室里的患者和家属,哪个背后没有一段段复杂辛酸的故事。罗姐是陈灵接触的第一个失独家庭成员,她无意去窥探隐私,揭人伤痛,可这一刻,她还是生出一种强烈的悲悯,渴望走进对方的生活。

外面烈日当头,而监护室里的冷气开得很足,甚至冷得让人有些哆嗦。就是在这样一个午后,陈灵坐在罗姐身旁,听对方聊起了往事。

在计划生育的年代,罗姐和丈夫只生了一个孩子。"我儿子出生的时候有九斤多,产科医生都说我家孩子是婴儿中的'巨无霸'。而且,我儿子一生下来头发就长得老好,在一堆小光头里,一眼就能认出来,绝对不怕护士抱错娃。儿子越大也越聪明,学习上从来没让我们操过心,从小学到初中一直都是班干部。"说到这里时,她的脸上是遮掩不住的骄傲,还有任何一位妈妈提到自己孩子时那种发自内心的慰藉和喜悦。

可陈灵知道孩子早夭的结局,往事越美好,结局就越残酷。

临近中考时,他们的儿子忽然高热不断,身上莫名地青一块紫一块。到了医院一查,发现是急性淋巴细胞白血病,夫妻俩就像遇到晴天霹雳,痛哭一场后,决定不惜一切代价给孩子治病。两人四处筹钱,孩子父亲下班后就去兼职打工挣外快,就这样东拼西凑,总算凑够骨髓移植的费用。当年使用的依然是全相合配型,很多需要骨髓移植的孩子都找不到合适的配型，幸好他们的孩子与父亲的配型成功。

手术前，医生向夫妻俩详细说明了骨髓移植的相应风险和并发症，可两人一心想着只要闯过这关，儿子就得救了，就算风险再可怕，眼下先救命要紧。之后，手术虽然成功了，但术后出现了非常严重的移植物抗宿主病。最开始的症状是皮肤排异，看着孩子身上的皮肤像春天的蛇一般不停地脱落，夫妻俩心如刀绞，医生便推荐了一些抗排异的进口药，自然价格昂贵。然而，之前进行骨髓移植手术的借债还没有还清，如今治疗的费用又是天价，夫妻俩的难处可想而知。更严重的是，虽然用了很多进口药，钱花得似无底洞，孩子又出现了肠道排异的症状。

孩子一直住在无菌层流病房，不允许夫妻俩进入，所以两人每天只能隔着玻璃窗看看孩子。刚开始时，孩子的求生欲很强，不管自己有多难受，都还在比画着手势给父母打气，示意自己一定会好起来。可随着长久看不到希望的治疗和被疾病无休止的折磨，孩子求生的意志也被一点一点地磨灭，最后还是离开了这个世界。他们夫妻俩亲历了从充满希望到彻底绝望的整个过程，眼看着孩子在受尽疾病的折磨后，咽下了最后一口气。

陈灵不知道此时该说些什么，又能说些什么。经历过太多艰难和磨难后的罗姐看起来异常冷静和克制，却让陈灵强烈地感受到人生的荒凉和命运的悲壮。

"孩子走的时候，我和他爸都不想活了……"

一个曾鲜活无比的生命就这样在自己的父母面前永远消失了。虽然医生常年面对生老病死，但每每遇到年轻生命的消逝，仍难免心有戚戚，更何况是孩子的父母。可是这个世界上没有哪个人可以对他人的痛苦完全感同身受，她不知该如何安慰这位失独的母亲，话语太苍白，也太轻盈，陈灵说不出口。

"一开始，我们都不敢回家，到处都是儿子的影子。一走进儿子的卧室，孩子他爸就一直号哭，那声音听得人心肝发颤。很多亲戚朋友在这之后也疏远了我们两口子，就算接触也是小心翼翼的，就怕我俩触景生情。

"孩子走了，我们也人财两空，可是欠的钱还得还。又努力了几年，所有的欠债才算是还得七七八八。我俩的父母还都健在，也劝我们再生一个孩子，这样以后的日子也有个盼头。可我和丈夫私下里就想，为什么别人家的孩子都健健康康的，就我们的孩子得了绝症，是不是我们的基因不好……"罗姐抹了一把泪，叹了口气，原本已经干涸的眼眶里又渗出了泪水。

"当爹妈的，看着自己的亲骨肉被折磨得不成人形，最后彻底没了人样，那种感觉真的就像是在被千刀万剐。一想到当时经历的一切，我们就没敢再要孩子。而且，我俩年龄也大了，再去生一个孩子，养育一个孩子多难啊……"

他们的儿子已经过世了快十年，可陈灵注意到，她对丈夫的称呼仍然是"孩子他爸"。那个已经离开了很久的孩子，仿佛仍和这个家庭生活在一起。

听着罗姐的叙述时，陈灵想起了西西弗斯的寓言。这个绑架过死神，一度让世间没有死亡的国王，因触犯众神而接受惩罚。他要把一块块巨石推上山顶，就在每次即将到达山顶时，这些巨石便滚落下来，一切都前功尽弃，而西西弗斯又要开始不断重复这一推巨石上山的酷刑。

或许对当时的他们来说，再生育一个孩子可以被看作选择了一种新生。可从某种角度来说,这种选择和西西弗斯有些相似,在儿子因病夭折后,之前所有的艰辛付出全部付诸东流,痛定思痛后,在这样的年龄再养育一个孩子,意味着所有的感情、精力、经济上的付出和投入又将重新进入一个轮回。

人人祈求幸福,渴望平安和健康。可芸芸众生,任谁都躲不开命运的翻云覆雨,灾难和病痛偏偏要选中一些人,无休止地与其作对。

曹建民的"邻居"是个患有晚期肝硬化的中年男子,他长期酗酒,即使确诊肝硬化多年依然没有戒酒,如今已经处于肝衰竭。由于严重的肝性脑病,患者对外界的刺激没有反应,而患者父母已是耄耋老人,二老日复一日地看着每天治疗的费用清单,脸上的沟壑一日深过一日。即便如此,罗姐投向那对老人的目光里仍带着羡慕的成分。在她看来,虽然他们的亲人都遭际着磨难,但不同之处在于,这对白发苍苍、步履蹒跚的老夫妻尚可相互搀扶,而罗姐只能自己独自扛下生活的所有厄运。

虽然使用了不在医保报销范畴内的高价进口抗生素,呼吸机也一直在高位运行,可曹建民肺部的情况仍然很糟。严重的低氧血症和二氧化碳潴留,使患者的其他脏器也出现了序贯损伤。

入住监护室的患者大多需要进行药物镇静,以防止其在烦躁不安的状况下自行拔除气管导管,危及生命。但曹建民属于例外,他因此次肺部感染进一步损伤了大脑,并导致脑水肿,所以一直处于昏迷状态,也没有再注射镇静药物的必要。

同时,他的消化系统也受到了影响。入院没几天,护士便发现他咳嗽不止，且有痰液溅出，于是急忙帮他吸痰。就在这时，大口的鲜血喷涌而出。因为出现了消化道出血的症状，他已经不能再进食水，只能通过输入营养液来维持身体消耗。

即便这样，每天下午那只有半小时的探视时间里，罗姐依然坚持给丈夫按摩手脚，只是不再需要通过鼻饲管给丈夫注食。她依然会趴在丈夫的耳边低语，她坚信丈夫可以听到她的话。

连日地输入红细胞、血浆、白蛋白，曹建民的住院费用直线上涨。

紧接着，他的肾脏也开始出现问题，需要持续不断的床旁透析。当陈灵将这一消息告诉罗姐时，罗姐竟是一副波澜不惊的样子。当坏消息累积到一定阈值时，人或许就麻木了。但陈灵能看到，每当护士把一张张收费单据交给她时，她的手都在微微颤抖。那轻薄的纸张仿佛已幻化成稻草，随时都要压垮这峰在绝境中跋涉了太久的骆驼。

而作为医生的陈灵，在治疗时不得不面对一个尴尬的处境：在治病的同时，还要小心盘算着费用。当患者欠费的数目可能会影响到后续治疗时，药房就会停止发药，甚至相应开出医嘱的系统也会被自动锁定。面对病人欠费的院方，有时甚至会从医务人员的奖金中抵扣相关费用。因此，在这种时刻，医务人员也不得不对欠费的患者催缴后续治疗的押金。而向患者催缴费用的人通常都是其主治医生，这就不免会让患者和家属觉得医生是为了经济效益才进行各种治疗，进一步使原本就紧张的医患关系更加剑拔弩张。

罗姐的儿子多年前患病，夫妻俩早已散尽家财。可命运没有放过这个家庭，因为孩子治疗费用的缺口太大，曹建民不分昼夜地加班，以致血压陡高也没有重视，导致之后的脑出血。虽然及时做了手术，可因出血量太大，在术后经历了漫长的康复过程后，仍然遗留了严重的躯体功能障碍。饶是一个小康家庭，也经不住这重大疾病几次三番的打击。

科室里的医护人员都知道罗姐的情况，面对治疗费用的催缴，也都是欲言又止。可若是透支的金额过高，便无法继续申请用药，导致一些治疗只能被迫中断。

看着赌徒般孤注一掷的罗姐，科室里的医生和护士心里都五味杂陈。没有哪个医生不希望病人被治愈，可在医学发展到可以换心换肺，甚至换头颅也被提上议程的今天，仍然有相当一部分疾病连发病机制都不清楚，更不要说彻底治愈。哪怕连一些极为常见的普通疾病也有可能因滑向某种小概率事件而不治身亡。私下里，科室的其他医生不止一次地告诉罗姐，她丈夫的基础疾病多，而且这次又出现了多器官功能障碍，整体预后会非常差，希望她能提前做好再度人财两空的心理准备。

慢慢地，陈灵看出罗姐也开始动摇了。特别是那天下午，罗姐的娘家人陪她一起探望过她丈夫之后。探视时间结束后，陈灵照例在监护室门外向前来咨询的家属告知患者目前病情的状况以及下一步需要的治疗。那时，罗姐已不像先前那般迫切地想了解丈夫的情况。或许对她来说，医生不主动找她，就说明丈夫的病情没有再度恶化。

与此同时，之前那对每天和她一起咨询家属病情的老夫妻已经很久没有来过医院，在无力承担高额医疗费且始终看不到儿子有任何好转的迹象后，他们选择了放弃。一直以来，罗姐和这对老夫妻仿佛同盟的战友，陈灵想，是否这对老夫妻的放弃也间接影响了罗姐的抉择。

然而，该来的总是会来。

几天后的一个清晨，罗姐的丈夫再次出现了恶性心律失常。虽然经过紧急电除颤，患者心率一度恢复正常，但这种凶险的心律失常随时都会彻底终结他的生命。

抢救结束后，陈灵给罗姐打了个电话，希望她尽快赶到医院，目前患者病情极不稳定，随时都有生命危险。让陈灵意外的是，电话里的罗姐告诉她，她就在监护室的外面。

透过医生值班室的玻璃窗，陈灵看到罗姐就站在监护室的门口。现在并不是探视时间，可她似有心电感应般守在外面。重症监护室由一道沉重的铅门相隔，外面的人完全无法看到里面的情况，可她仍然不死心地踮着脚，好像可以透过铅门看到监护室里此刻命悬一线的丈夫。

曹建民反复发作室颤，随时可能猝死，需要安装ICD（体内埋藏式除颤仪）。这项手术若要使用进口器材，费用又将高达六位数，而且其中的大部分都无法报销。虽然近年来不少药品都因带量采购而大幅降价，但目前这些费用更高、报销比例又很低的支架、耗材还没有进入集采流程，患者及其家庭的经济负担可想而知。

曹建民已经出现多器官功能障碍，且完全无法脱离呼吸机，心衰的情况也没有得到纠正，凝血功能同样糟糕，在这种情况下，为患者安装ICD的风险实在太大。即使退一万步讲，心内科医生冒着巨大风险为患者安装了ICD，并让患者得以渡过眼下室颤频发的难关，曹建民的基础病依旧非常严重，并不会因为安装了ICD而缓解这些病症。

对于是否建议罗姐为丈夫安装ICD的问题，陈灵感到非常为难。

她之前并非没有委婉地向罗姐提议放弃治疗,毕竟到了这个阶段,继续治疗无异于又一场豪赌。可看到罗姐对丈夫如此深情,她又后悔了,万一她丈夫最后真的熬过来了呢?

有人说,机场比婚礼殿堂见证了更多真诚的吻,医院的墙比教堂听到了更多的祈祷。

陈灵算是个坚定的无神论者,可此刻,她真的希望能有神灵存在,她愿意为这个可怜可敬的中年女子虔诚祷告,希望神灵可以稍稍怜悯一下这个女人,让她的丈夫活下去。或许对绝大多数人来说,照顾这样一位病患是巨大的拖累;可对现在的罗姐来说,只要她的丈夫还有一息尚存,她就不至于一无所有。

但不得不考虑的是,再这么"豪掷"下去,丈夫的病情依然不见好转,最后落得人财两空的罗姐又要如何生活下去呢?就在陈灵陷入两难时,她无意中听到罗姐在楼梯间打电话。

"你就再帮帮我们吧,也许熬过这一关就好了呢。"罗姐的语气里极尽哀求。

"就算不能恢复到之前那样,起码他活着,日子再苦我还有点念想……"罗姐的语气比先前稍急促了些,毕竟是在求人,她马上又放低了姿态。

"求求你了,真的这是最后一次。我还有工资的,每个月都可以还一点。真的求求你了,再帮我一回……"大概是对方没有同意,罗姐还在努力讨好。

听着罗姐的这番话语,本想建议罗姐为丈夫安装 ICD 的陈灵又放弃了。她不是担心罗姐无力承担治疗费用,而是若因接受她的建议花了高额费用依然无法救回丈夫,那么失去爱人的罗姐,再面临债台高筑的局面,她要如何活下去?同时综合考虑患者复杂的病情,

ICD 仅能解决心律失常的问题，如此再安装的风险明显比收益大。于是，陈灵决定不再提出安装 ICD 的建议。患者如今每天都在监护室，这里是全院监护最为严密的地方，一旦病人心律失常再次发作，可以随时用体外除颤仪转复心律，陈灵这样安慰着自己。

下午，罗姐又在住院账户上交了一万块钱。虽然有职工医保可以报销部分，但这些钱仍不够缴清之前所欠的费用。

今天的晚值班依然是陈灵。凌晨三点，曹建民反复发作恶性心律失常，罗姐似乎感觉到自己的丈夫快不行了。从清晨到半夜，整整一天她都在监护室的门外没有离开，太困时就在走廊的长椅上打个盹儿。

接连的几次除颤后，曹建民的心率在短暂恢复正常后又再度出现室颤，想到罗姐的特殊情况，陈灵破例让护士喊她进来参与抢救的过程，让她见丈夫最后一面。

虽然在使用除颤仪时，导电糊用得并不少，但因为除颤的次数过多，患者的胸口几乎要被电焦。不过，患者在整个过程中一直处于深度昏迷中，对电击并无反应，因此也谈不上太痛苦。

可罗姐彻底崩溃了，她意识到，这种治疗对丈夫来说就是一种酷刑。在除颤仪又一次充电完毕并释放出尖锐的警报声后，她忽然歇斯底里地哭叫起来，猛地趴到了丈夫身上，恸哭道："医生，你们不要再折磨他了，我们不治了！我现在就带他出院"。

陈灵没预料到这一幕，已经充电完毕的除颤仪需要立刻放电，而这次除颤几乎将电打到了罗姐身上。幸亏她反应及时，在靠近罗姐的一瞬间迅速撤回了手柄，将电流打在了空气中。

陈灵让护士关闭了除颤仪，看着眼前涕泗横流的罗姐，她感到无比心酸和自责。如果她建议罗姐安装了 ICD，这个装置便会自动识别心律失常，并在患者体内自动完成除颤过程，那么罗姐就不必看到丈夫"受刑"这一幕。

最终，罗姐并非因为巨额的治疗开销和长年累月的辛苦照顾而放弃丈夫，而是因为不忍看到爱人备受折磨才选择了停止救治。

陈灵从大五开始实习起，已然见过太多这样的场面，一颗心早已坚硬无比。在重症监护室工作的这些时日里，隔三岔五就有病人不治身亡。或许偶尔会有遗憾，但她知道，生老病死从来就是个无比自然的过程。而在面对不治的患者时，她以为自己的内心早就不会再泛起任何涟漪。可是这一刻，听到罗姐声嘶力竭的哭声，她也无法抑制地流泪了。

很久之前，陈灵曾在网上看到过这样一段报道：

> 2012年，新闻频道做了一期影像专访，名字叫作《失独余悲》。失独，是中国特有的一个社会现象，是计划生育背景下的一道阴影。在那期调查访问中，有人提出"失独家庭"这个称谓并不妥，因为这其中有很多家庭因为种种原因，既失去了独生子女又失去了配偶，最后只剩下孤零零一人，一个人怎么能称之为"家庭"呢？而是应该将这样的"失独家庭"称为"失独者"。

而罗姐，彻底变成了"失独者"。

- 15 -
是盟友，不是仇敌

对于夜班来说，如果绝不能吃带"忙、旺、莓"字眼的食物是第一定律，那么第二定律就是，绝不要随意和别人换夜班。

可李贺还是和一个同事换班了。

今晚，难得赵英焕、陈灵、李贺都不用值夜班，雷霆便想抓住这个机会请大家一起聚个餐，算是庆祝赵英焕和陈灵两人破镜重圆。让所有人都没想到的是，陈灵居然毫无征兆地和已经谈婚论嫁的男友分手了，而赵英焕也算是精诚所至，得以和旧爱重归于好。

雨过天晴的赵英焕近来确实颇有些"春风得意马蹄疾"的意味，连走进科室的架势都比往常看起来更加气宇轩昂。人逢喜事自然精神爽，就连他给科室里同事买奶茶和消夜的次数都比往常更频繁了。

作为朋友的李贺自然为对方感到开心，可一想到林皙月，他的心里又是五味杂陈，他有些窃喜这样一来自己就多了些机会，可是林皙月应该会很难过吧。所以当同事提出换班的请求时，他便毫不犹豫地答应了。与其心里别扭地一起吃饭，不如成全了临时有事情的同事。

过了零点，李贺还是一如既往地在诊断室、抢救室、留观室和清创室这几个地方不停忙活。和往常一样，急诊科的夜班仍然在迎接如赶场般涌来的各式各样的病人和家属。李贺就像一个消防员在四处灭火：这里有名胸痛的患者需要做心电图，必须联系急诊PCI；那里又来一名不慎受伤且伤口已鲜血淋漓，需要马上清创的伤者；还没来得及从清创室脱身，他又被护士告知必须马上到诊断室处理一名腹痛的患者——患者到达医院已经十多分钟，因腹痛得厉害而呼天抢地，与之一同前来的家属因为没有第一时间看到医生而骂骂咧咧……

"心电图拉了吗？"面对腹痛患者，李贺习惯让护士先为患者拉心电图，因为某些致死性疾病常常会隐匿在"腹痛"这一看似单纯的临床症状中。

"还没有，实在太忙了，抢救室里还有两名危重患者，连预检分诊台的护士都被叫去帮忙了。"诊断室里的护士回答道。

"你怎么了，哪里不舒服？"在用最快的速度给清创室的手外伤患者做完伤口缝合后，李贺立马回到诊断室，对因腹痛前来就诊的男性患者进行了简单的问诊。

还没等患者开口说话，家属先发起了牢骚："你们这些年纪轻轻的医生，上班的时候不在办公室里老老实实待着，病人来了连个医生都找不到，要是出了事情我肯定要跟媒体反映你们的情况。上个班么没有责任心，竟然都敢不在自己的岗位上候着！"

李贺本想解释刚才忙着接诊其他患者,可这些天他本就有心事,面对眼前这位颇有些戾气的家属,他再也不想克制与忍耐,便冲动地顶了回去:"我什么时候不在自己的岗位上了?"

女人又要发火,被丈夫拦了下来,这名男性患者看起来年近六十,体形偏胖。他指了指自己的上腹部,"就是这里疼,应该是胆囊炎犯了。我有胆结石,每次稍微吃油腻一点的东西,这里就会疼。"话音刚落,他的疼痛便加重了,以至于面部开始扭曲,脸色也瞬间苍白,额头上渗出了些许汗珠。

李贺对患者进行了腹部查体,发现患者的肚子很柔软,胆囊区也没有压痛。"这样拉扯到后背也疼吗?"他继续询问患者。

"后背也很疼!"他刚说完这句话,又是一阵剧痛袭来,患者痛苦地捂着腹部,"医生,快给我打点镇痛吧!我实在痛得受不了了!"

虽然接触这位患者的时间并不长,但李贺觉得他自诉的"腹痛"并非腹腔脏器的疼痛,更像是心血管方面的问题。想到这一点后,他立即让护士推了辆轮椅,并亲自将患者推到了距离抢救室最近的一间胸痛留观室。

将这位患者安置到床上后,李贺立即让护士准备安装心电监护和吸氧,然后对护士说道:"先给他拉个心电图,再抽血查一下心肌酶谱、肌钙蛋白,必须先排除掉心肌梗死的可能。"

一旁的家属一听却不耐烦了:"他就是个胆结石,都疼过好多次了。每次一疼就来你们医院打针输液,没多会儿就好了,你不要一上来就搞那么复杂!"

他本想告诉家属的是,患者此次发病的原因怕是没有前几次那般简单,虽然胆囊炎也会引起上腹部伴后背部的放射性疼痛,但这名患者已经痛到面色苍白、浑身发汗，很有可能是心肌梗死或者主动脉夹层导致，并非所有心梗的临床表现都是教科书上所写的"心前区疼痛伴压榨感，有濒死感"。

正当他要解释，护士已经推来了心电图机。可因剧痛而有些烦躁的患者极不合作，他用手抓紧床单，再次吃力地对李贺哀求道："医生，先给我打针镇痛吧，我痛得实在受不了了。"

李贺见他症状过于严重，连拉心电图都非常困难，便对护士进行口头医嘱："给他打针吗啡吧。"他边说边拿出毒麻药品处方单进行填写。如今，几乎所有医院都可以开具电子处方，可是管制药品仍然需要按最原始的流程开方取药。

吗啡便属于毒麻管制药品之一，不易获取，药房里也仅有几支备用，且被锁在配药室的毒麻药品柜里。护士一路小跑到药房，在药师处取药后，又迅速返回留观室。

一支针剂注射下去，药力很快见效。患者痛苦的呻吟声逐渐减小，人也没之前那般烦躁，配合护士顺利完成了心电图。

护士迅速拉完胸前导联，李贺通过心电图机屏幕上的波纹发现，患者下壁对应的导联中出现了"红旗飘飘"的图像。和他的预判一样，果然是心肌梗死。

所有医生都对心肌梗死畏惧三分，它可以让一个一分钟前还在谈笑风生的壮年瞬间失去意识。很多时候，一旦发生大面积心肌梗死，即使患者本人就在医院，可以立刻实施抢救，也可能回天无力。

李贺让护士继续进行右侧及后背部导联，与此同时，他从胸痛留观室的药箱里拿出"心梗一包药"[1]，准备让患者嚼服，并打电话给心内科邀请急会诊。打完电话后，他又立即拿出病危通知书以

---

[1] "心梗一包药"包含阿司匹林和替格瑞洛，可直接嚼服，是在救治急性心肌梗死患者中应用最为基础，也是最为重要的药物。——编注

及急诊 PCI 告知书，准备让患者家属签字。

就在这时，患者忽然没了意识，口唇边还附着少许白色泡沫样分泌物，而在心电图机的屏幕上，患者原本节律正常的心电波变成了杂乱无比的波纹。

"患者室颤了，推除颤仪过来！"

在等待除颤仪到达的空隙，他立即开始为患者进行心肺复苏，完全顾不上对家属做任何沟通和解释，而家属看着眼前突发的一幕也傻了眼。尽管没有任何人跟她说明她丈夫的情况，可她从医生和护士如临大敌般的阵仗中感觉到了无助和惊慌。

几轮除颤完成后，监护仪器上已经看不到新发的室颤波。李贺再次跳上病床为患者进行胸外按压，"把监护仪和除颤仪一起放到病床上，连人带床一起推到隔壁的抢救室！"

胸痛留观室太窄小，对病人展开施救颇为不便。此刻，患者心跳骤停，李贺不停地进行心肺复苏，护士只得吃力地将病床上的二人连同仪器一同推到抢救室。

转运到抢救室后，抢救室里的护士立马将李贺替换下来，在患者胸部捆绑了自动胸外按压仪。"打桩机"开始工作后，被解放的李贺立即对患者进行气管插管，同步连接上呼吸机。一切有序得当的操作后，李贺再次叮嘱抢救室里的护士："还是每三分钟静推一支肾上腺素，你要做好记录，我现在去和家属沟通，如果病情有什么变化，立即通知我。"

李贺临床经验丰富，而且心理素质也过硬，对于患者突发的病情变化，他没有丝毫慌乱。在呼吸机和"打桩机"都开始顺利工作后，他终于得空和家属进行沟通。

准备走出抢救室的李贺按了下屏幕上的开锁键。抢救室门口装有高清摄像头,通过室内屏幕,他看到患者的妻子正坐在门口的长椅上哭泣。其他家属也已经陆续赶来,全部聚集在了抢救室的门口。

李贺心里一沉,不用出去就知道,面对这种突发情况,如何面对家属以及与家属做好沟通远比抢救病人更难。他犹豫了一下,患者妻子强势又难以沟通,而且面对患者病情的极速变化,他连解释的时间都没有,可以预见等他出了抢救室,气急败坏的家属情绪会有多么激动,他再如何解释也是无力。可他还是按下了开锁键,铅门应声打开。

李贺拿出病危通知书和气管插管同意书让家属补签,并告诉家属:"你爱人这次不是胆囊炎,是心肌梗死导致呼吸与心跳都突然停止,我们正在全力抢救,需要你在这里签字。"他指着病危通知书上需要家属签字的地方。

中年妇人握着笔的手不停发抖,她有些不解地看着李贺,"他就是个胆囊炎,来你们这儿打了一针,人就这样了……"

"到底怎么回事?"患者的儿子已经到了医院,见医生出来,立马上前拉住李贺。

"患者此次腹痛并非胆囊炎,是大面积的心肌梗死。我们本打算联系心内科对他进行急诊 PCI,没想到病情变化太过迅速,患者的呼吸和心跳突然停止……"李贺对患者的儿子解释着。

"你别听他瞎说!你爸就是被他治成这样的。他就是个肚子痛,没打针之前还好好的。就是他让护士打了一针,你爸就不行了。"还没等李贺说完,患者的妻子瞬间暴怒,眼里满是喷薄而出的怒火。如果眼神能够杀人的话,李贺相信自己此刻必定死无全尸。

"这位家属,患者一到医院,我就说了症状不像普通胆囊炎,更像是心血管方面的疾病。"

患者的妻子不容李贺说完,立即反驳道:"你说可能是心脏病,为什么不给他按照心脏病早点治疗,一上来什么检查都没做就给他打针,就是那一针下去,人就这样了!"她边哭边闹,完全由不得李贺再开口解释。

"这样,医生,其他的都不管了,已经这样了,你们先想办法抢救。"患者的儿子还算拎得清。

李贺又回到抢救室。心肺复苏一直持续了一个小时,可这位患者始终没有恢复心跳,也完全没有自主呼吸。

"我去把家属叫进来再看一眼病人,你拉死亡心电图吧,记录一下死亡时间。"李贺颓然地看着监护仪上没有任何起伏的波纹。犹豫片刻后,他再次打开了抢救室的门,让家属全部进来与患者道别。

患者的妻子一进去就趴跪在床边,哭到歇斯底里:"你不能丢下我啊,你说了陪我一起走的,就一个胆囊炎,怎么就让这个天杀的医生给治死了。"女人涕泗横流,哭到天愁地惨,仿佛天底下最不幸的事情都让她碰上了。

患者的儿子迷惘地看着被插了很多管子的父亲,眼圈泛红,却没有哭。他至今还有些恍惚,事情太过突然,他完全没有反应过来,平时还算健康的父亲怎么忽然就没了。

其他亲属,或是劝患者的妻子节哀,或是表示遗憾,倒也没做出什么出格的举动,局面比李贺预想的可控些。

在护士撤下抢救设备后,患者的妻子毫无征兆地向李贺扑来:"我和你拼了,就是你害死了我老公!"女人的身形本就庞大,此刻又因极度的悲痛爆发出巨大的能量。她像一颗打算同归于尽的彗星，哪怕燃烧自己所有的能量，也要给李贺致命一击。

李贺来不及躲闪，脸上被患者的妻子抓出了血痕。他震惊地看向她，发现她眼神中闪烁着不共戴天的仇恨。一瞬间，他彻底惊呆了。他知道自己并没有做错什么，患者的死亡是因其自身疾病所致。作为医生，他在第一时间全力救治，并向家属说明了情况，为何家属还要这般憎恨他，认定就是他"杀死"了她的丈夫？

立志成为医生的李贺，在多年前刚踏进校园时就把"健康所系、性命相托"作为自己一生的追求。他没想过自己要扬名立万、受人敬仰，只想安心做好本职工作，可他更没想过的是，患者家属竟然恨不能将他千刀万剐！

面对这一突发情况，形势逐渐向不可控制的局面发展。另外一组值班医生立刻给杨振打了电话，让他赶紧到医院来处理。

此时的杨振早已进入梦乡，电话铃声一响，他立刻被惊醒。若不是有什么紧急事情或突发状况，医院一般不会在这个时间段给他打电话。他迅速穿衣，匆匆下楼，驾车驶向医院。等他到达医院时，抢救室的门口已经被各路围观凑热闹的人围了个水泄不通。杨振走进抢救室，他看到还没有撤掉的抢救设备以及不断打气的呼吸机，胸外按压仪还在徒劳地按压，但监护仪上的心电波早已没了任何起伏。

"抢救多长时间了？"杨振看着脸上负伤的李贺，压低了声音问道。

"一个半小时了，完全没有自主呼吸和心跳，但家属还是坚持不撤机。"

杨振没再继续询问更多细节，他知道李贺历来稳重谨慎，说话做事懂分寸。看结果，出了这种状况大概率是疾病本身所致。死亡患者的尸体一直放在抢救室也不是个办法，眼下得赶紧让家属把尸体领走。

他走出抢救室，在一群家属中看到了哭得最凶的患者的妻子，便径直走过去，轻拍妇人的肩膀，语气低沉轻缓，像在宽慰自家兄嫂一般："事情发生了，大家都很不愿意看到，可人已经走了，还是要走得体面些。时间再长一点，人变僵硬了，穿衣服也会比较困难……"说到这里，他顿了顿，"您一定是他最知心的爱人，相信您也不愿意看到他这样不体面地离开。我们会通知殡仪馆，帮忙做好善后。"

悲戚的妇人终于慢慢接受了现实，抽泣声逐渐变小，并同意联系殡仪馆。不到半小时，殡仪馆的人便到达急诊科。

李贺拔除了死者的气管插管，并让护士取下所有输液设备。身穿肃穆黑色制服的殡仪馆工作人员利落地将死者搬上转运平车，推出了抢救室。随后，停在急诊室大门外的那辆灵车的车门也被打开，车身像口硕大的棺材，连人带平车一并吞了进去。家属这才终于意识到，人是彻底走了。原先已被安抚下来的妻子又开始失声痛哭，悲痛难过到无法自持。

看到李贺也从抢救室里出来，她又准备不顾一切地冲上去，幸好其他家属将其死死抱住才作罢，就在她离开急诊室时，仍然狠狠地对李贺撂下一句话，"我就是死也不会放过你！"她盯着李贺的胸牌，"哪怕是鱼死网破，我也要你给他抵命！"死者妻子双眼通红，射出慑人的怒火。

"杨主任……"李贺望着杨振，他迫切地想说明今晚的情况，可满腹的委屈和辛酸如鲠在喉，完全不知该如何说出口。

杨振打断了欲言又止的李贺:"先不说这些了,赶紧把病历完善好,相关材料也保存好,先安心上班,其他的不要多想。静观其变吧。"

清晨交班时,杨振把李贺负责的几个住院病人分给了其他医生,并对科室里成员说,李贺家在外地,来急诊科工作一年多了,一直没有休过年假,这几天刚好放假,让他回家看看父母。

李贺并不想逃避纠纷,可是对杨主任这样的安排,他心里还是有说不出的感动。主任虽然平常御下严肃,可是在关键时刻比谁都袒护他们。

果不其然。

两天之后,那名死者的家属开始轮番上阵,聚众来急诊科吵闹。可他们并没有打砸物品,也没有摆花圈、设灵堂,医院的保安赶到后也只能在旁边看着,毕竟这些人并未做出什么过激行为。

杨振在和多位家属反复交涉后,便大致明白了对方的意图——他们这番闹腾的目的并不是要报复,而是为了钱。他在急诊的岗位上待了这么多年,也理解面对亲人突然暴毙的家属缺少一个缓冲的过程,往往容易情绪过激,很多伤医事件就是在这种时候发生的。过一段时日,家属的心情逐渐平复下来,他们想清楚了,毕竟斯人已逝、无可挽回,最后难免会想索要些经济上的赔偿来抵消失去亲人的部分悲痛。

对方开价五十万元,可是要钱也该走法律途径,找他杨振也没用。

几天后,随着死者遗体的火化,大部分来闹事的家属也心知肚明，要想得到赔偿去医院闹并没有用，最后还得上法庭。

死者的妻子仍然在病房和医生的办公室里反复寻找着李贺，自然无果，可她这般三天两头到科室里吵闹也着实让人心烦。看到死者的妻子又在办公室门前探头探脑时，赵英焕索性在胸前挂上了李贺的工作牌，并特意从她面前晃过。对方见自己反复寻找的人终于现身，立刻扑了上去，抓住赵英焕的衣领："你还我老公命来！"

赵英焕一把挣开她的双手，理了理衣服："你看清楚了再说！"

"就是你！你就是化成灰，我也认得你！"女子仍色厉内荏，只不过面对对方同样强硬的态度，也不敢进一步造次。

"那你可看好了，"赵英焕拉下口罩，"不用说化成灰，就是换个工作牌、戴上口罩，你都会认错！反复告诉你了，害死你老公的是疾病，不是医生！不要再无理取闹了！"

甩下这句话后，赵英焕扬长而去。死者的妻子愣在原地。是的，其实也没过去几天，她已经记不太清那晚负责治疗自己丈夫的医生的确切长相了。自此之后，死者的妻子再也没有来过医院。

可没多久，杨振接到了法院的传票。

李贺从没想过，自己有一天会以被告人的身份坐在法庭上。

"被告人李贺，系天成市中心医院急诊科医生。我的当事人质疑，在她的丈夫因腹痛入院时，你为何没有在第一时间接诊病人？"律师发问。

"患者当日就医时，自行从侧门到了急诊医生的诊断室，并没有通过预检分诊台先分诊，并且患者是在网上挂号，全程绕开了预检分诊台。所以当他们到达急诊科时，当晚值班的医生和护士并不知道患者的存在。直到患者主动询问一位正在给病人输液的护士，急诊科才知道了他们前来就诊。"李贺如实答道。

"请问你当时为何要脱离岗位，不在医生的诊断室里？"律师继续发问。

"我当时正在给一名手外伤患者做清创缝合，所以不在诊断室里。隔壁的诊断室里也有医生，患者却没有及时过去就诊。"

原告立刻补充道："隔壁诊室的病人非常多，连坐的地方都没有。我当时也问了那医生，说我丈夫肚子疼得厉害，是胆囊炎又犯了，你先给他看一下吧。那医生说，他办公室里病人很多，着急的话还是去隔壁等等，医生一会儿就过来。"

在解释清楚这个问题后，代理律师继续问道："你为什么说自己丈夫这次腹痛的原因是胆囊炎又犯了呢？"

原告立马拿出死者最近三个月的体检报告，死者的胆囊上的确有颗较大的结石："我丈夫之前也像这样痛过，做过几回彩超都是这个结果，每次疼的时候吃点消炎利胆片就好了。如果不见效，就去医院输点液，当天就好了。"

律师继续发问："李医生，在你怀疑患者可能是心血管疾病时，为何不在第一时间完善心电图，而是给患者使用镇痛药物？"

"在询问过患者病史并进行了基础查体后，我便告知家属，患者的症状更像是心肌梗死，并准备拉心电图确认。在常规十二导联心电图完成后，还要拉后背和右胸导联，所以十二导联的心电图就没有及时上传到心电图室。但我在屏幕上已经看到患者的Ⅱ、Ⅲ、IVF导联均有明显的ST-T段抬高，符合下壁心梗表现，准备继续做后背和右胸导联。

"但是，患者因疼痛难忍、烦躁不安，无法配合后面的检查，所以我安排护士临时给他注射了一支吗啡，待患者疼痛缓解后，再去完善之后的检查。但后背和右胸导联的心电图尚未做完，患者便出现了意识丧失，随即就发生了呼吸和心跳骤停，然后就是后续的抢救措施了。"李贺如实回答，他当时的诊治流程和抢救过程都没有错误。

"你说当时已经完善了心电图，可是我们并没有找到那份提示心肌梗死的心电图结果，只有一张死亡心电图的报告。"律师继续发问。

在护士做完常规的十二导联心电图后，因为要执行李贺"吗啡镇痛"的口头医嘱，她还没来得及上传检查结果（老式的心电图机器在检查完毕后可直接打印图纸，但是现在很多医院使用的心电图都是在平板电脑式心电图机上显示波形，医生可以直接在屏幕上判读结果，上传心电图信息后，可再由心电图室的医生判读并打印图文报告），便急忙跑到药房取吗啡。在肌注药物后，患者突发室颤，后面便是一系列抢救工作，她便忘了上传已经完成的十二导联心电图结果。后面又有其他护士使用这台心电图机，将她未标注姓名且未上传的心电图覆盖掉了，所以李贺拿不出心肌梗死的心电图证据。

一时间，李贺也说不上话来。他偏过脸去，看了看身旁的辩护律师，希望对方能帮忙想对策。但是对方默不吭声，好像辩论还没开始，就打算缴械投降了。

杨振在得知医院指定的辩护律师时，就知道这场官司的结果够呛。辩护律师是某位领导的外甥，据说考了多年的司法考试都没考上。后来好不容易通过了考试，却没有哪个事务所聘用，多亏有位领导舅舅，他才顺理成章地进了中心医院当法律顾问。

杨振也知道这位己方律师基本形同虚设，于是亲自下场为李贺辩护:"在当时的情况下,患者发生室颤,随即又出现呼吸与心跳骤停,在这种情况下,任何一位医生的本能反应都是全力抢救患者,而不是考虑如何防范日后的官司,好在法庭上拿出各种完美证据堵住控方的嘴!"

杨振接着将实情和盘托出,他也承认医院在保留证据这块确实做得不妥。对方代理律师没有工夫去听杨振慷慨激昂的陈述,只抓住对方的漏洞:"既然你们拿不出乔方伟(死者)死于心肌梗死的证据,又为何不提议家属进行尸检,以明确患者的死因?"

"我们提议过,但家属当时情绪非常激动,坚持认为乔方伟只是胆囊炎,是那支镇痛针药导致了患者的死亡。"李贺对答。

"证据呢?"对方接着追问,"我们复印了医院的病历,所有知情告知书上都没有家属的签字,包括尸检同意书!"

"家属当时情绪非常激动,拒绝签署任何告知书。"李贺回忆当时的情景,死者的妻子像一头发狂的猛狮,根本没人劝得了她签字。所以直到病历被封存,那堆同意书上的签字处仍都是空白。

"他们瞎说!"死者的妻子情绪激动,"他们压根就没有让我签过字!"

李贺有些震惊。他想不到,居然有人可以在法庭之上这般信口雌黄。可是对方这样反咬一口,他也的确拿不出反驳的证据。医生不像警察一般可以佩戴"行医记录仪",还原当时的真相。为了顾及病人的隐私,杨振一直没同意在抢救室里安装监控。一旦扯上医疗官司,他们凭借的全是各类医疗文书,偏偏家属当时拒绝了所有的签字。

对方律师像是早就认定了被告同样拿不出建议尸检的证据,便继续气定神闲地发问:"中心医院急诊科给出的结果为患者死于心肌梗死，但拿不出相关的证据作为支持，而患者的确又是在肌注了药物后，忽然发生呼吸与心跳骤停。监控设备显示，死者在被推进胸痛留观室后，护士曾经跑出过留观室，又在药房取了针药后返回。再然后，患者就被紧急推到了抢救室进行心肺复苏。就此，我们有理由认为这是一场医疗事故，患者完全可能是因为这支针药而丧命！"

"这只是一支吗啡而已，患者当时痛得厉害，就先用了一支！"杨振辩解道。

"监控设备显示，护士取药的时间在0点38分左右，而之后电子医嘱显示开具吗啡的时间是凌晨2点21分。虽然说电子医嘱是之后再补录的，但是当时护士有没有可能取错药物，或者遵从医嘱用了不适合患者当时病情的药物，从而导致了患者的死亡。而这支吗啡只是你们知道用错药后，再以吗啡的名义补录的！"对方律师咄咄逼人。

此刻的李贺，越来越觉得如坐针毡。九年前，他进入医学院时就听老师说过，医生是一个如履薄冰的职业，甚至可以说是一只脚在医院，另一只脚在法院。彼时他尚年轻，不知道这里面的厉害和无奈。法律历来讲究"疑罪从无"，即假设嫌疑人无罪，而控方要找出证据证明其有罪。可是对医疗官司，这个"疑罪从无"好像就不成立了。若一场医疗官司一开始就认定了医生有罪，认定了医生的治疗和抢救有错误、有漏洞，那么一旦出了事故，甚至根本就不是什么医疗事故，只要被人闹上了法庭，医生就要自己举证，自证清白。眼下，他根本就拿不出来证据。

杨振当日曾提醒科室里的护士将当晚抢救患者药物的安瓿瓶保留下来，以备不时之需。特别是吗啡，隶属毒麻药品，管制更是严格，需要回收药物使用后的安瓿瓶。当晚的值班护士也照做了，她们将抢救乔方伟用药的安瓿瓶全部保留了下来，其中当然也包含那支用过的吗啡。可是临近清晨交班时，科室里又抢救了一名终末期心衰患者，导致当天的交班有些混乱，而负责打扫清洁的护工便将这些安瓿瓶混在一起扔了。

面对对方律师的发难，李贺完全没有招架的余地。他一直觉得，当一个医生，只要治病救人就好，哪里晓得竟要如此处处防范。眼下的医患关系状况恶劣，纠纷频发，他以往觉得只要自己在诊治上不出错误就不会有问题，眼下，他才醒悟自己果然太天真了。

"当时，医院的确建议过家属为死者进行尸检，以明确死因。虽然家属没有签字，但是当时我曾给派出所打电话说过这件事，希望他们派人到医院来调节一下，建议家属完善尸检以明确死因。"在控方已经认定自己完全掌控局面后，杨振拿出了一支小巧的录音笔，"这是我从公安局调出的当时的通话录音。后来殡仪馆来人，家属也跟着去了殡仪馆，警察赶到医院后没有见到家属就回去了。"

杨振当庭播放了那段从公安局调取的电话录音。电话里，杨振对接线的警察说明了当时的情况，在背景声音里，所有人都清晰地听到李贺在对家属说"结合患者的心电图看，患者的死亡原因是心梗，如果你们确实有疑问，建议进行尸检"，之后便传来女人的咆哮"他就是你们害死的，我们坚决不会尸检，让他死了还要死无全尸！"

死者的妻子也有些愕然。她没想到自己的话也被录了下来，直接否定了先前"没人告知建议尸检"的证言，于是立刻与律师低声交谈，讨论对策。

法官宣布休庭，择日再宣判审判结果。

- 16 -
你见过凌晨五点的急诊科吗

这次事件让李贺最近一段时间的情绪都极为低落。这一切,赵英焕都看在眼里。

这天晚上,两人都不用值夜班。经不住赵英焕的生拉硬拽,李贺答应和他一块儿去烧烤一条街喝夜啤酒。

"话先说在前头,这回我请客。"一落座,李贺就表了态。赵英焕不以为意,点了很多两人平日里都爱吃的东西。

烧烤很快就摆上来,二人东拉西扯了一阵,都心照不宣地避开前阵子的那起纠纷。可几杯黄酒下肚之后,话题最后还是落在这件事上。

李贺平日不善饮酒,可是这一晚他着实喝了不少,酒精逐渐发挥了作用,李贺的话也多了起来:"人生在世,有两件事情最是快意恩仇,一个是'老子不干了',另外一个就是'老子干死你'。"

第一次听到素来稳重自持的李贺发出这样的吐槽,赵英焕忍不住笑了出来:"先说第二个'老子干死你',这句话对于我们这行来说纯属做梦,就算遇到再难缠的家属,我们也不能怎么样。那就倒回来说说第一个,你不会真不干了吧?"

李贺有些自嘲地说:"对我来说,'老子不干了'比'老子干死你'更像做梦。

"你说当医生,有时候真的憋屈,特别是我们急诊科的医生,受这医院和患者的夹板气,唯一的破解之法就是老子不干了!可是我不行,我可没有这个底气。

"上大学的时候,我特别喜欢读俞敏洪的传记。我记得他回忆新东方刚成立时,每天要上十几个小时的课,数九寒冬的晚上还要出去贴传单招生,其中的困难可想而知。学校好不容易走上了正轨,他可以聘请员工去发传单了,发传单的员工却被竞争对手捅伤。俞敏洪毕竟只是个教师,根本不知如何和公安局打交道,请对方喝酒只会一直傻喝。公安局的领导最后被他的诚意所打动,承诺一定帮他处理好这件事情。之后,俞敏洪喝到不省人事,被送到医院抢救,人醒过来那一刻痛哭到摧肝裂胆,压力和委屈大到了极限,就拼命地哭号,反复喊着'老子不干了'。可是当天晚上,他还是继续上课去了,因为还有那么多盼着出国的学生在等着他,还有那么多员工在等着他。"

李贺的酒量其实一直很差,可今晚他几乎没怎么吃东西,只是不停地喝酒。在接连喝完两瓶啤酒后,他的脸开始潮红,吐字也不像最初那般清晰。

赵英焕不再接话,他知道李贺的不容易,但是眼下多说无益,索性也不再啰唆,只是专心地听他倾诉。

眼看李贺准备打开第三瓶啤酒,赵英焕伸手阻拦:"我理解你的感受。我上回不也被患者摆了一道？患者无理取闹，医院想息事宁人，受了委屈，咱们只能自己担着。现在判决结果还没下来，要是之后医院的处理让你没法接受，大不了就换一家医院。天底下又不是只有这么一家，犯不着这样借酒消愁。"

李贺忽然站起身，用手指着赵英焕，音量也陡然提高了几度："你拿什么理解我！我不像你！你长得好，家境好，学历也比我强。这份工作干得不开心了，回你的高老庄就是！我是没有退路的人，开不开心，都得干下去！"

赵英焕抬起头看着对方涨得通红的脸，大为意外。自己本是好心劝解，怎么这家伙还把气撒到自己身上来了？他一瞬间也来了气，跟着站起来，把瓶子往桌上重重一放："李贺，你发什么神经！"

李贺刚才起来得太猛，忽然改变的体位让他瞬间有些头晕，再加上酒精的作用，他站立不稳，晃了几步后便跌倒在地，险些撞到另一桌的桌角。

赵英焕立刻将李贺重新扶回座位，他有些窝火，本想发作，可看到李贺沮丧颓然的模样，便住了口。二人相处了一年有余，这还是李贺头一回对自己发脾气。李贺在科室里是出了名的好脾气和热心肠，他突如其来的爆发让赵英焕意识到，也许他对自己一直都有情绪。

这顿饭是吃不下去了，赵英焕索性叫了服务员买单，准备送李贺回去。可这一举动彻底激怒了李贺，他一把推开了赵英焕，冲对方吼道："我知道我家境不好，不过一顿饭而已，我请得起！你用得着这样一直'扶贫'吗！"

赵英焕有些错愕，他搞不清李贺今晚到底是怎么了。

李贺因为情绪过于激动开始干咳，随即又开始剧烈地呕吐。赵英焕也顾不得面前的秽物,只是不住地帮李贺拍背,又让服务员拿了瓶矿泉水。

吐了一阵后,李贺的神志逐渐清醒了一些,情绪也不像先前那样激动了。赵英焕扶着他坐下,让服务员倒了些茶水。

"我家是农村的,供出两个大学生非常艰难。我在大五时其实已经考上了胸外的研究生,导师也是业内大牛,可当年的政策是读完研究生后还要规培三年,要不然就无法晋升为主治医生。读研究生没有收入,规培期间的待遇也不好,所以我只能放弃读研,选择了直接规培。规培那三年的收入很低,存不下什么钱,我刚到中心医院工作时,我爸就中风了,凑齐给我爸治病的医药费后,我连房租都交不出,可是我爸后期的康复也需要钱。那会儿我还没开始单独值班,收入也不高,就去兼职做了代驾。后来是你帮我找了份兼职的工作;你还让我住你家,就是想帮我省点房租。再后来你知道我喜欢林皙月,一有空就撮合我们一起吃饭、唱歌,可你从来不给我回请的机会。

"我一直记着你的好,可是……"李贺说着说着,眼圈就红了,声音也开始哽咽,"我发现其实做朋友也要讲究门槛的,要不然'矮'的那方心里会很累……"

在这段友情里,这种不舒适的感觉其实很早前就出现了,却在那次林皙月的生日宴会上达到巅峰。

李贺早早就记下了那个日子,并精心准备了礼物。可那天赵英焕因为打球忘记了时间,他看到了林皙月眼里的失落。后来赵英焕总算赶到,就在他进门的一瞬间,林皙月的眼神如烟花般明亮起来,再没了先前的心不在焉。那一刻李贺才知道,原来林皙月喜欢的人一直是赵英焕。虽然这么久以来,赵英焕一直都是在帮自己撮合。

那一天，就在赵英焕和大伙儿侃侃而谈时，他第一次认真地端详着自己的这位好友。平日里，他们离得太近，他反而不能这般客观地看看他。

即使刚从球场回来，一身宽松的运动服，额头上还有些汗珠，也不掩他的英气。特别是在谈笑间，他身上的洒脱和淡定，以及那种与生俱来的自信，更是自己一直渴望却不曾拥有的。林皙月会喜欢这样的人，一点也不奇怪。深深地察觉到这种落差的李贺有些无所遁形的感觉，他也不知道自己是以什么样的心情吃完了那顿饭。

说完这句话时，李贺往后靠了靠，微微扬了扬头，像是在努力克制着什么。赵英焕这时才发现，李贺的眼里有泪。

赵英焕也愣住了，两人认识这么久，这还是李贺第一次在自己面前袒露心声。他虽然一直在照顾经济上远不如自己宽裕的李贺，但好像从来也没问过对方的真实想法，也从没把对方"客气"的推托放在心上。是的，他心里是好意，可对方必须心甘情愿地领受吗？他确实与李贺太不一样了，他不识贫穷的滋味，想象不出独自在外打拼、值完急诊夜班还要去做兼职的辛苦，更体会不到交不起房租但还要供养家人的压力。两人出身的不同以及由此被打上的深重的烙印，成为他与李贺埋伏至今的矛盾的根源。

赵英焕也不再说话，就着新上的茶水，与李贺对饮。

"我妹妹今年毕业了，考了老家的公务员。虽然她什么都没说，但是我这个当哥哥的知道，她其实想留在上大学的城市。她学的是传媒专业，大城市的工作岗位更对口。可是，我已经离家这么远了，我爸中风后行动不便，她只能回老家工作，这样才能方便照顾父母。在这个天成市，我没有任何根基，一切都只能靠自己去打拼。虽然有了医考培训这个副业，现在的收入也还过得去，但这始终是权宜之计,完全不及医院的这份工作稳定。如果这次的判决结果对我不利,我也许只能离开这里。我只有本科学历,能进入这家医院就职,已经是我最好的选择了。"

赵英焕没有接话,只是给两人的杯里倒茶水。赵英焕知道,对方需要一个倾诉和发泄的机会。

"就在我规培的第二年,政策又变了,临床型研究生不用再满足规培三年的要求就可以拿到规培证。所以,我也不知道这算不算是造化弄人啊,"李贺苦笑着,"其实大五实习的那年,我特别想干胸外……"

夜风微凉,吹在各怀心事的二人身上。

醉酒的李贺被赵英焕送回了家,虽然感觉还有些头痛,但神志很清醒。他躺在床上,看了下时间,快十一点了,他本想给刚刚参加工作不久的妹妹打个电话,可想到已经深夜,便放下了手机。

偏偏这时,妹妹像有心灵感应般打来了电话。

电话接通,熟悉的声线,使这段时间一直紧绷的神经放松下来。结束闲聊前,李贺还是没忘记自己兄长的身份:"现在工作了,经济上也不像上学时那么紧张了,女孩子,要对自己好一点,多买些漂亮的衣服和质量好的护肤品。家里的事不用你担心,有哥在呢。我去年年底就没再做代驾了,现在这份兼职还能通过自己的专业知识挣钱。爸爸后续康复的费用你也不用着急,有空多陪陪爸妈就行了。"

"哥,你什么时候回来呢?我们都好久没见你了,今年过年能回来吗?"

李贺有些自嘲："过年就别想了，急诊科的过年就是历劫，没办法请假的。"前些天因为那起事故，杨振给他放了年假，可他并没有回家。上一次和家人团聚还是两年以前，想到这里，李贺没再说话，电话这头安静了下来。

"哥，你最近是不是遇到什么事了？这阵子你一直没给我打电话，而且听你现在说话的语气好像也没什么精神。"电话那头，妹妹隐隐有些担忧。

"没有的事情，今天晚上高兴，喝多了！"李贺坐起身来，尽量使自己说话的声音听起来亢奋些。

"那就好，哥，"妹妹顿了顿，"我听别人说了，规培的医生待遇不高，养活自己都成问题。可是你大学一毕业就在供我念书，前阵子爸爸的病也是你一直在帮衬。现在我出来工作了，家里也慢慢好起来了，你要尽快考虑下自己的终身大事啊。"

李贺接触医考培训以来，生活过得可谓渐入佳境，这项兼职挣的钱已不比主业少多少。他把这份收入的一部分打给家里，用于父亲后续的康复治疗。又将剩余的部分攒起来进行理财投资，大半年过去了，赵英焕建议他在低点买入的基金和股票现在都涨了不少。虽然天成市的房价在节节攀升，但相比其他一些所谓的"新一线"城市的房价，已经算是合理。等凑够了买房子的首付费用，李贺打算真正地在这座城市里扎下根来。

临睡前，他看了看手机里的相册，照片里的姑娘满含笑意地看着眼前一桌的美食。那是几个月前，赵英焕借"答谢"林皙月在家中设宴时他拍下的，也是他手机里仅有的一张林皙月的照片。他知道赵英焕的好意，可是和赵英焕相比，他李贺凭什么可以吸引到她的目光呢？他默默地凝视了一阵后，便关上了手机的屏幕。有些人，放在心里就好。

法院的判决结果终于出来了:

> 死者乔方伟的家属拒绝尸检,导致无法明确死亡原因。天成市中心医院在乔方伟死亡事件上,诊治及时,抢救过程无明显差错,无证据证明天成市中心医院急诊科在诊疗中出现重大医疗事故。乔方伟的死亡,不能证明为医疗事故,多系自身疾病引发;但天成市中心医院在保留证据的流程上存在明显漏洞,且未能及时完善相关书面文件的签署与确认,因此对乔方伟死亡事件负有轻微医疗过错责任。对此,出于人道主义赔偿,判决天成市中心医院赔付乔方伟家属丧葬补助金、精神损失费等共计四万两千元人民币。

四万多的赔偿,大部分由院方承担,其中少部分出自急诊科,最后落到李贺个人头上的赔偿金额就更少了。

家属拿到赔偿金后,便再没来过医院,李贺也恢复了正常值班。但这起纠纷一直就像一团乌云,不偏不倚地挡住了那点阳光。眼下,一切虽然都已回归正轨,但李贺自己的状态并没有完全恢复。

回归上班的第一天,凌晨五点,李贺接到预检分诊台的电话,让他尽快赶去抢救室。他匆匆前往,看到两个中年男子不由分说便将一个年轻人往抢救床上搬。

看到李贺过来后,预检分诊台的护士连忙解释:"死者是他们自己拉过来的,人都已经硬了,可他们还要往医院送。"

死者身穿环卫工作服，头部遭到重创，已经出现脑花外溢，难以辨认容貌，只有一张随身带着的身份证可以证明身份。李贺看了看那张身份证，死者今天刚满十九岁，可是生日变成了忌日。

另外两个惊魂不定的男子在得到李贺"确诊死亡"的回答后，彻底愣了神。其中一人缓过劲后说道："唉，天还没亮，又下着雨，等能看清人的时候，狂按喇叭也来不及了！救护车来了，医生看后说人已经死了，就走了。我听说有些大医院有那个什么膜，就是能让刚咽气的人起死回生的那个什么爱克膜……就拉到你们医院了，你们看看能不能再用用那个膜，让孩子活过来……"

李贺知道，他们说的是ECMO，全称是体外膜肺氧合机，国内医生称之为叶克膜。作为人工心肺支持系统，它针对存在可逆病因的疾病，比如暴发性心肌炎、急性心肌梗死、肺栓塞、药物中毒、严重外伤等，通过对常规心肺复苏无法恢复呼吸循环的患者，运用体外设备提供心肺功能支持，给处在死亡边缘的患者提供一个喘息的机会，直至其病因解除，心肺功能也得以恢复到维持生命正常运转的状态。叶克膜技术确实有起死回生的神奇功能，但并不是让人死而复生！

李贺向两个慌乱无比的肇事者说明了叶克膜的工作原理。尽管其中有些生僻的概念，但李贺相信他们可以借此确定，那个年轻人的死亡已经无可避免。

很快，年轻死者的身份得到确认。环卫所的领导匆匆赶到医院，在得知年轻人的死讯后惋惜道："这孩子家里条件不好，父母都有残疾。孩子非常懂事，高考结束后知道自己成绩不理想，这么小的年纪就进城来打工，就为了减轻家里的负担。他人很实在，工作也勤快，这才是他上班的第二个月，就出事了，我怎么向这孩子的爸妈交代啊……"

听到这里,李贺忽然感到鼻子有些发酸。如果没有考上大学,自己大概也会和这个年轻人一样做着相似的工作。但医生这份职业不难吗?急诊科的工作就不难吗?李贺非常清楚其中的辛苦、疲累与不被理解。急诊科仿佛一扇得以窥见世间百态的小窗口,这人世间多的是背井离乡、四处奔波,也多的是艰难困苦、无路可走。为了生活,很多人都没有选择。

繁华的夜景一直是天成市的一张名片。那些深夜前往急诊科的,既有潇洒享受夜夜笙歌的富贵闲人,也有为了生活日夜操劳的贩夫走卒。他接诊过夜里一两点为了业务应酬喝到不省人事的企业主,也接诊过三四点还在操持生意而不慎将手指绞得粉碎的消夜摊主,而在今天的凌晨五点,他接诊了这个天还没亮就辛苦劳作却不慎被汽车撞飞的环卫工人。在医院里度过了无数个夜晚的李贺,尽管从没见过这座城市华美的夜景,却清楚地知道天成市的夜到底是何等模样。

再过半年,中心医院就要开始三甲复审,这对医院来说是头等大事,需要准备的材料非常多,而且隔三岔五就要接受各类检查。李贺工作历来细致,杨振便将很多整理资料的工作交给了他。

同时,急诊科也要进行一年一度的"先进个人"评选,杨振想提名李贺,李贺这段时间为整理三甲复审的资料一直在医院里加班加点,为科室做出了不少贡献。可郑良玉的意思是,目前急诊科里的年轻人多,不如让他们自己投票,这样更民主一些。杨振听从了郑良玉的建议,但他依然认为李贺在整个科室里表现得最出色,就算是民主投票，多半也该是他当选。

对先进个人的评选，李贺并没有放在心上，他也无心去争，尽管成为先进个人可以得到额外的奖金。他工作年限还不长，也不觉得自己有多么优秀，索性把自己的那票投给科室里另一位业务能力强且最近又需要晋升职称的医生。

杨振以为这次理应是李贺获选，让杨振尴尬的是，平日里被投诉最多的赵英焕因在同事间的人缘不错，居然得票最多，看来平日里三天两头就给全科室的同事们叫个奶茶和点心的外卖还是起了一定作用，而他看好的李贺得票数排在第二。

赵英焕知道这个结果后也有些汗颜，主动找到杨振，他觉得自己配不上这个称号。因为经常被患者投诉，赵英焕没少和行政处的那帮领导打交道，他若是真拿了这个"先进个人"奖，岂不是让医院也陷入尴尬。所以，赵英焕把自己那票投给了李贺。

赵英焕在杨振办公室里说这些话时，李贺正在旁边的小房间里准备三甲复审的资料，他自然听到了赵英焕的慷慨陈词。赵英焕如此这般为自己考虑，连荣誉都可以出让，反正他什么都不缺，在他眼里，自己才一直是急需帮助的那个。

针对这次评选，他也告诉过赵英焕没必要这样做，可是那个"先进个人"还是落在了自己身上。他也是后来才知道，赵英焕并不是在"施恩"，而是医院明确规定此次入选的先进个人不可以有有效投诉，所以这个先进个人理应是作为候补的自己。

当选先进个人并没有让李贺高兴起来，他依旧如往常一样值班。这天一早，距离晨交班还有一小时，一个瘦小女子被一名男性抱进了李贺的诊室。女子的左前臂有一大块皮肉被剐开，虽然被毛巾包裹着，但鲜血在不断涌出。

中心医院急诊科的入口不止一处，所以总会有着急的患者和家属越过正门入口处的预检分诊台，自行前往医生的诊室。

"跟我到清创室来。"李贺边说边带着还没挂号的患者往清创室的方向走去。女子的面容非常特殊，似有企鹅病（遗传性小脑共济失调，病变主要累积在小脑，行走时会如企鹅般摇摇晃晃，因此而得名。患者症状主要为步伐极不协调，动作、言语、眼部活动均严重失调，且疾病会逐渐发展，直至死亡，目前尚无有效的治疗方法），非常瘦小。李贺见带她来的男子格外魁梧，清创室又离诊室很近，没走几步路，便没再主动帮忙搭把手，准备先进清创室准备东西。

"你来抱一下吧。"男子发话了。

听家属这么一说，李贺迟疑了一下。

他不是没遇到过把医务人员当服务人员使唤的患者家属，更有甚者干脆直呼医生为"服务员"，让其帮忙换液体、加被子。也许这名男子一路抱着患者到医院耗了不少力气，眼下这么招呼，可能也只是因为确实没劲了，才让医生搭把手。李贺退后了一步，准备协助男子一起搬病人。

当他擦着男子身边走过时，猛地一惊——原本是胳膊的地方居然空荡荡的，被李贺碰到的袖子就这么在空中摇摆不定。

他是独臂人！

李贺忽然对自己刚才先入为主的想法有些愧疚。他二话不说就将患者抱进了清创室，患者虽然非常瘦小，但就这样一路抱来医院还是要耗费不少体力。

患者确实患有企鹅病，因为行动不便，不小心摔倒，前臂被门把手活生生地划开好大一块皮肉，血流不止。李贺现在要做的，就是在给伤口反复清洗消毒后,再把这块被撕开的组织缝合回去。

患者的面部有些眼歪口斜,一开口就有口水不断外溢。李贺看到她的嘴不断开合,知道她迫切地想表达些什么,无奈这个疾病让她说出的话很难被人听懂。

"她说什么?"李贺问她的丈夫。

"大夫,你别听她的,先帮她处理伤口吧,费用我会想办法的。"丈夫急着解释,李贺这才从患者含混不清的表述中猜到,她不想处理这伤口了,他们没钱支付医药费。

一个生活无法自理的企鹅病妻子,一个只有一只手臂的丈夫,这样的家庭会面对什么样的困难可想而知。所以,在自己的一大块皮肉被撕掉后,她最担心的不是伤口,而是怕治疗费用会给原本就举步维艰的家庭更添困顿。

李贺没有再吭声,他继续手上的操作。因为是撕脱性伤口,缝完最后一针后,李贺给患者的左前臂做了加压包扎。

"找一家离你们住处最近的诊所,打针破伤风,再用几天抗生素预防感染,每三天换次药,两周后拆线。"李贺交代医嘱。

说完这些,李贺打开清创室的门,已经有护士给他打电话,让他赶紧到留观室去一趟。

"大夫,你还没给我们开单子呢,我待会儿去哪里缴费?"看到李贺已经走开几步,男子急忙叫住李贺。

李贺站了片刻,微微回过头,对这对夫妻说:"不用管这些了,你们回家去吧。"他看到患者丈夫错愕的神情,笑了笑,又加了句:"祝你们好运!"

李贺知道企鹅病无法治愈,随着病情的进展,患者会彻底丧失语言和行动能力,连今日这般蹒跚走路和含混的发音都会变成奢侈。

最后，患者只能眼睁睁看着疾病逐渐剥夺自己身体的所有机能，痛苦地死去。他无法去帮她阻拦这厄运，眼下的他至少能让这名受伤的企鹅病患者省些费用。幸好那个定价七百多元的撕脱伤修复术费用全是医生的手工治疗费，不收也罢，只要不让护士长知道就好。

从小到大，李贺习惯了为他人着想，善待周围的人，可是很多时候，好人不见得会有好报。之前那起上了法庭的纠纷，让他从小到大秉持的信仰几近崩塌。死者的妻子把他看作害死她老公的仇人，恨不得将他杀之后快。每每想到这里，他都心如刀割。

很小的时候，李贺就被父母言传身教要善待他人。有一年，家乡发了水灾，收成非常差，一家人过得比往日更为拮据。他记得那年临近春节时，一个背着小孩的妇女乞讨到他家。尽管家里也很困难，可父母还是二话不说就将家里留着过年吃的腊肉割下来一块给那带孩子的妇人，并装了不少米给她。年幼的李贺不太能够理解父母的做法，明明自己的生活都已经非常困难，可父母还是宽慰他，说好歹这一年我们家还有些结余，而那个妇人临近过年却还要带着孩子到外面乞讨。

他忽然明白了，一直以来，赵英焕对自己的好只是单纯的善意，并不是一味同情自己，更不是要在背景悬殊的关系里显示优越感。就像今天他帮助这位患有企鹅病的伤者，也是出于最真实的善意，别无其他。而过去的自己，因为自卑和敏感，甚至想疏远赵英焕。放下了心里的芥蒂，他也许能更从容地面对这段友情。

诊室里难得的清静，他坐下来准备完善当天的病历。门外的等候区坐着一位慈祥的妇人，五十来岁的她怀里抱着一个两三岁的男童。

男童不怯生，也不像其他孩子那般畏惧白大褂，只是一个劲地问妇人很多童趣的问题。当他看到墙边挂着一排医生的照片时，奶声奶气地问妇人他们是什么人，妇人慈爱地对男童笑笑："这些是医生天使啊。"男童一脸童稚地发问："天使都穿白衣服吗？"

受这两人情绪的感染，李贺也跟着会心一笑，这是这些时日里他最轻松的时刻。

之前心梗死亡患者的纠纷，一度让他对这份工作失望至极。不管是大五的实习，还是三年的规培，再到急诊科工作的这一年多，他自认对待每一位患者都尽心尽力。而那起纠纷就像一盆冷水，几乎泼灭了他从医的热情。可是这样的时刻，这个男童又在他的心底重新注入了能量。

- 17 -
被踢来踢去的"医疗人球"

入冬后,天成市整日阴雨多雾,据说这里的雾天比有着"雾都"之称的伦敦还多。来急诊科就诊的各类外伤患者比夏季显著减少,而李贺今天接到了一名非常棘手的伤者。

这名男性患者名叫丁小勇,二十七岁,李贺从负责转送病人到急诊科的下级县医院医生口中得知了病人的信息。

八小时前,他因为与人发生口角后斗殴,被人用匕首刺伤颈部。被刺后,他很快出现了四肢瘫痪的表现,被紧急送到当地县人民医院。到达当地医院的急诊科后,医生初步判定,他被人刺断了颈部脊髓,导致高位截瘫。在县医院时,他还一度出现了休克、意识障碍。在进行初步急救后,丁小勇很快清醒,休克也得到纠正,可后面的治疗成了难题。

丁小勇在被送入当地医院急诊科后,首诊医生请了骨科、神经外科、重症医学科会诊。骨科医生建议丁小勇做完CT检查后,就将其送入手术室做急诊手术。在县医院，所谓的急诊手术，对他的情况也只是将被刺的伤口缝合起来，日后再考虑做手术稳定被切断的部分颈椎。

就在这时，正在接受检查的丁小勇忽然出现了意识障碍，并开始呕吐，血氧饱和度也急速下降，随诊医生立即将他从 CT 室又推回抢救室。在清除完口腔异物，又高浓度吸氧后，他逐渐清醒。快速补液并运用升压药物后，丁小勇的低血压也很快得到纠正。

前来会诊的重症监护室医生强烈建议丁小勇在夜间转院，表示当地医院的治疗水平无法救治该患者。因为患者还年轻，在这里接受治疗，要么高位截瘫，要么死路一条。

丁小勇是家中独子，同来医院的父亲一听到医生的诊断，当时就站立不稳，若不是一旁的丁母拉住，当场就要倒地。

在听到医生表示即使保住了命也是高位截瘫时，家属立即决定转院，至少要到上级医院搏一下。县医院急诊科医生在听到家属决定转院后有些欲言又止，随即便同意了家属的决定。这位医生知道，对于这种脊髓断裂，在哪家医院都没有太好的治疗方法。

他们联系了可以派遣救护车前往县医院的区三甲医院，可是区医院的 120 医生一到现场就犯了难：这种病情送到哪家医院都非常棘手，而家属期望值又太高，还想着能够彻底治好患者。

这名患者脖子上挂着金链子，手臂上布满文身，即使出现四肢瘫痪，手脚无法自主运动，仍在不停咒骂，戾气甚重。而那些送他到医院的朋友身上也有左青龙、右白虎的文身，一看就是社会闲散人员。

区医院的 120 医生自然也不愿接下这个烫手山芋。病人颈髓损伤，有发生呼吸骤停的可能，如此就需要入住重症监护室，一旦出现问题可以立即上呼吸机。恰好区医院的重症监护室当晚已没有床位，120出诊医生便以此为由未将患者接走，扬长而去。

此时丁小勇的家属已接近崩溃，要求转到医疗水平更高的天成市的三甲医院，但路途遥远，县医院救护车没有车载呼吸机，一旦途中发生患者呼吸停止，后果不堪设想。

折腾了大半晚的家属，在救治无门的情况下，情绪彻底崩溃。最后县医院决定冒险将丁小勇转到天成市中心医院，就这样，救护车开了将近三个小时，才将这名脊髓损伤的患者送到这里。李贺接诊后立即进行了初步查体，并查看了县医院的CT图像。他看了下患者身上的几处刀刺伤口，分布在后颈部以及胸背部。从查体和CT图像上看，患者胸背部的刺伤比较表浅，没有进入胸腔，也没伤到胸椎。但后颈部这一刀恰好切断了大半段脊髓，导致患者出现四肢瘫痪。

脊柱和大脑隶属中枢神经，李贺打电话邀请神经外科会诊。十分钟不到，雷霆赶到急诊科，他在电话中就已经听李贺交代了丁小勇的情况。

见到专科医生前来，丁小勇的父亲急忙开口，带些哀求的口吻："医生，你们就快把他收下吧，我相信你们。我就这么一个儿子，县医院说就算把人救下来了，以后肯定也是个瘫痪，他们不收。区医院也不收，怕担风险。可他才二十多岁，下面还有两个儿子呢，小的还没满周岁，老婆也跑了。这里是我们最后的希望了，你们一定要救救他！让他能够站起来啊！"

雷霆面露难色，家属的期待太高了。血管可以接，肌腱可以接，骨头也可以接，可脊髓断了怎么处理在目前还是个世界难题。如果只是单纯的脊髓损伤还好办些，偏偏这位患者是开放性损伤，脊髓通过伤口与外界相通，极有可能造成后期中枢神经系统的感染，这是开放性损伤的重要死因之一。况且即使现在做手术，高位截瘫也不可避免，还有引起呼吸、心跳骤停的可能。眼下患者虽然意识清醒，可雷霆知道病情这样发展下去，后期能把命保住就已经不错了。

患者和家属以为到了大医院，就能药到病除，就能改变命运，可有些病不论去到哪里都没什么更好的治疗方法。

雷霆也明白县医院和区医院为何都在推诿这个伤者。丁小勇受伤后折腾了大半晚，只剩下了半条命，还戾气颇重，扬言要杀了那个捅他的人，医务人员本身就对这样的患者心有余悸。加之患者又是家中独子，上有老下有小，无论是死是残，对其家属来说都是致命的打击。

患者和家属没了退路，可眼下，医生同样没有退路。雷霆忽然有些羡慕那些基层医院的医生，面对这种危险系数高、可能产生纠纷的患者，只要想办法转到更大的医院就好，而更高一级医院的医生没有拒绝的余地。

雷霆曾在本科期间的一节医学伦理课上听老师讲过这样一个事件：2004年，日本一名医生为一个前置胎盘的孕妇做剖宫产手术，产妇在手术中因大出血死亡。随后，日本警方以"医疗过失致死罪"逮捕了这名医生，法院也对其进行了起诉。很快，日本多家医院的众多妇产科医生罢工抗议，各地的医学会也联合发声抗议，最终，这名医生被判无罪。

但这起案件引起了极为严重的恶果，导致日本的妇产科医生大量流失，时至今日，日本妇产科医生的数量也严重不足。更可怕的是，自那以后，妇产科医生人人自危，再也不敢接诊危重孕产妇，导致危重孕产妇在各个医院间被当作"医疗人球"踢来踢去。在社会上，危重产妇辗转数十家医院，导致病情延误甚至死亡的报道屡见不鲜。

而国内的医疗环境同样堪忧，医生们都被打怕、告怕了。这世上没有哪个医生不希望治好自己的病人，或许有些医生的技术水平还不够高，认知还不够全面，但绝不会主观上恶意伤害患者。随着医生屡屡被告上法庭，甚至被判"医疗事故罪"，很多医生再也不敢冒险，反而抱着多一事不如少一事的想法，让更多有潜在纠纷隐患的患者成了"医疗人球"。

雷霆也叹了口气，眼前的这名患者无论从哪方面来说，都透着医患纠纷的高危隐患。这些年，他们医院也被各种纠纷搞怕了，无非是几大类情况：治疗的钱花了，患者人还是没了；治疗的钱花了，但治疗的效果没有达到预期；以及疾病或手术产生的相关并发症，这些本不算医疗事故，但是患者和家属理解不了，也要打闹或者索赔，甚至连少说一句话，没解释清楚，或者态度稍微差一点，都会导致纠纷。

就丁小勇本身的病情而言，已经具备了医患纠纷的所有特质。更何况他一看就是社会闲散人员，可能还有涉黑背景。雷霆原本不打算收治这颗"定时炸弹"，建议家属将丁小勇转到天成市医科大学附属医院，那里的神经外科更强。

他也知道，附属医院神经外科的床位一直是一床难求，有些病人可能要等几个月才能等到床位办理住院。特别是现在临近年关，医院费用紧张，在这个节骨眼儿上，丁小勇这样的患者什么时候能住进去就更是个未知数。如果就这么贸然让患者和家属前往就医，大概率也只能在另一家医院的急诊科长期逗留，而从丁小勇的伤情来看，他等不起。

患者母亲看到雷霆叹了口气，便急忙问道："医生，我儿子的伤口出了不少血,他是不是需要输血?你们是不是在愁没有血?我知道的,现在好多医院都缺血,没关系,用我的,用我的。"说完,她便走到护士站,撸起袖子,准备让护士抽血。

雷霆有些无奈,感慨医学的专业壁垒几乎将医患双方完全隔离。这压根就不是输血的问题!哪怕他自觉已经用通俗易懂的大白话解释了病情,结果仍然是鸡同鸭讲。但他看到伤者母亲忧心忡忡又真诚质朴的样子,瞬间又有些不忍。

他对李贺说:"收到我们科吧。上来之前,把患者身上的伤口先缝合好。伤口开放的时间越长,后期感染的可能就越大。"

听到雷霆同意收治入院,伤者双亲的眼中立刻燃起了希望,就像在沙漠中跋涉太久的人终于看到了水源,但此刻所谓的"水源"只不过是沙漠中的海市蜃楼。丁小勇的病情,并无太大希望。

丁小勇在被转入神经外科病房前,被李贺推进急诊科的清创室做清创缝合。丁小勇的伤口多集中在背部,且体形偏胖,李贺费了很大的力气才将他翻过身来。因为后背两处伤没怎么出血,县医院也只是给简单的包扎,李贺便迅速开始消毒、打麻药、缝合。

之前还扬言要报复加害者的丁小勇,此时客气地问李贺:"医生,我的手和脚现在一点知觉都没有,你说在你们这里做手术能治好吗?"

"之前医院的医生没跟你说过病情吗?"李贺反问。

"他们说了,不过你也知道,小医院的医生技术都不好,就喜欢吓唬人。"

李贺不再接话。

"我跟那人压根就不认得,在酒店喝酒吵了起来,我说要弄死他,然后就打起来了。我没看见那个龟孙子手里有刀,就被他捅了,倒在了地上，这可让我在兄弟面前丢脸丢大了！等我出院了，一定多叫几个兄弟找那个龟孙子算账，不把那龟孙子扎成筛子，我丁小勇就不是人！"

李贺继续手上的操作，也隐隐为雷霆接下来的处境感到担忧。

丁小勇入院后，雷霆很快给他安排了MRI（核磁共振成像）检查。结果显示，丁小勇颈5椎体平面以下的脊髓完全断裂。

在术前常规检查完善后，雷霆安排丁小勇的父母做了术前谈话。

"丁小勇颈5以下的脊髓基本都断了。脊髓属于中枢神经系统，断裂之后无法修复，这是世界级难题，没人治得了。哪怕做了手术，丁小勇铁定也是高位截瘫。"尽管知道丁的父母接受不了，雷霆也只能把这个坏消息如实相告。

"真的没有办法了吗？"丁父瞪大了眼睛，希望眼前的医生能给自己一个否定的答案。

"我就说两位脊髓损伤的名人吧。一位是中国体操运动员，因比赛时不慎失误导致颈椎骨折，颈6的脊髓受了损伤，高位截瘫，二十几年过去了，还一直坐在轮椅上。另一位，是奥运会上因彩排失误导致双下肢截瘫的舞蹈家。这两位都接受了高水平的治疗，不也还是没有奇迹出现吗？"

丁小勇的父母听完这番话，不约而同地半张开嘴，表示接受不了这个事实。

雷霆担心家属听不懂专业性术语，索性拿手机给家属放了电影《百万美元宝贝》的片段，告诉他们一个更残酷的事实："电影里女主角的上颈髓损伤，不仅造成了高位截瘫，还使她无法自主呼吸，只能通过呼吸机维持生命。从丁小勇的检查结果来看，他目前虽然是下颈髓损伤造成高位截瘫，呼吸功能暂未受到影响，但他是开放性损伤，脊髓通过伤口和外界相通，很容易出现后期感染。而脊髓感染和损伤后的出血进一步使颈髓受累程度变广，这里离控制呼吸的地方很近，一旦受累，那你们就要做好丁小勇随时死亡或者永远出不了ICU的思想准备……"

丁小勇的父母听到这番话，抱头痛哭了一场之后，还是接受了事实。他们不愿意告诉病床上的丁小勇，怕他接受不了这个打击。

经过常规抗感染、消肿、止血治疗后，丁小勇很快被推上了手术台。

雷霆所在的神经外科虽然在脊柱方面的手术已经做得相当成熟，但是对脊髓开放性损伤的患者处理得并不多。科室里对丁小勇的手术做了详尽的术前讨论，考虑到丁小勇的颈5椎体有骨折，颈髓也被斩断，现在的手术只能起到减压和固定，减少脊髓进一步损伤（脊髓损伤出血以及颈髓感染，均会引起椎管占位，造成进一步损害）的作用。手术只能说先保命，如果后期没有出现脊髓损伤常见的一系列并发症，丁小勇顺利渡过了难关，加上家属的精心照顾，他就可以长期卧床了。但他颈5椎体以下的部位将永久丧失感觉和运动能力。

手术还算顺利，丁小勇被送进重症监护室进行后续的观察和治疗。就在丁小勇入住监护室的第二天，丁父找到雷霆，告诉对方自己没有筹集到费用。刺伤丁小勇的年轻人没有经济来源，他的老父母在知道这件事情后四处筹款，跑了几天，借遍了亲戚也只借到三千多元，都拿来给丁小勇的父母应急了。

丁的父母又去找了酒店。他们原本想既然打斗发生在酒店，那么酒店应该也要负一部分责任。可是酒店解释丁小勇被刺伤发生在酒店之外，酒店也不负责。

丁小勇因为斗殴受伤，住院的花费不被纳入医保，一分钱都报不了。他也没有购买任何商业保险。老两口拿出所有的积蓄，也根本承受不了重症监护室高昂的费用，他们要求把丁小勇从重症监护室转到神经外科病房来。

"这个病人现在肯定不能转到普通病房，我已经跟你们说过了。他刚动完手术，危险期没过。他的脊柱被刺伤，颈髓损伤会出血。开放性伤口很容易发生感染，手术本身也容易引起并发症。这些都可能导致他脊髓感染以及出血加重。而且这里还临近生命中枢，一旦血凝块或者炎性物质增多，压迫到这里，人就没了！"雷霆提高了音量。他之前已经与家属沟通过好几次，可对方好像完全没有意识到问题的重要性。

"医生，你说的我们也能听懂一些，可我们实在没多少钱了，刺伤我娃儿的那家人也再拿不出钱了。你们说过，手术只是第一步，后面的治疗还长得很，可第一步我们都已经快承担不了了，更不要说他后半辈子的吃喝拉撒全指望着我们。"

作为一家主心骨的丁父再也撑不下去了，他说道："剩下的钱，只能全部用在刀刃上。他老婆是跑了的，还有两个没上学的儿子。本来这个家也指望不上他，现在还搞成这样……"

"这不是钱的问题，"虽然于心不忍，但雷霆还是坚持，"这个病人实在不适合住在普通病房，利弊已经反复跟你们讲过了。我现在要去做手术，患者现在在监护室，如果你们坚持要转，建议和监护室的医生说。"

手术台上，雷霆的手机响了起来，一旁的巡回护士帮他接通了电话,是重症监护室打来的。雷霆不便接听,让护士帮忙开了功放。电话那头,监护室的值班医生告诉他,丁小勇父母执意要把丁小勇转出监护室,劝了没用,自己已经下达转科医嘱,现在丁小勇的住院信息已经被转回神经外科了。

雷霆叹了口气,不再说什么,将精力投入手术中。

下了手术的雷霆回到病房,看到丁小勇已经被安置在他手术前住的那张床上,生命体征还算平稳。离开病房后,他看到了走廊过道里的丁父丁母。

两人小声交谈着。

"医生都说这病没得治了,他哪怕活下来也是个废人了。你说这孩子,咋一辈子都让人省不了心呢?小时候到处闯祸,早早就不上学了,也不找个正经工作。我们好不容易给他娶了媳妇,媳妇又生了俩孩子,就希望他能安分点,结果还是这个样子。婚离了,孩子甩给我们也认了,可是他人又搞成这样,往后的日子怎么办啊……"丁母一边小声嘀咕着,一边不停地抹着眼泪。

雷霆听到这里,心情有些沉重。丁小勇的父母在本该弄孙为乐的年纪,还要照顾自己吃喝拉撒都不能自理的孩子,这是任何人都难以承受的重担。一开始他们还能出于亲情道义而承担起来,可当积蓄和精力在往后漫长的日子里被耗尽时,这个家庭又会是什么样的命运?

"唉,你说当时那兔崽子一刀把他捅死了,我们哭一场,再难过现在也接受了。可是现在,警察跟我说,那兔崽子家是农村的,就一个烂瓦房,拿不出钱来赔。我们往后拖着两个要吃饭、上学的孙子，再加上这个废了的……"丁父一双略有些浑浊的眼睛里，是看不到任何希望的灰败。

这番话从丁父嘴里说出，让雷霆心中一凛。人性复杂莫测，都说久病床前无孝子，其实反过来说也成立。更何况这个儿子自小就让父母伤透了心。雷霆感觉到一丝难以言状的担忧。

手术后的第三晚，丁小勇病情忽然恶化。几乎没有任何预兆地，他的呼吸和心跳停了。值班医生在听到报警后立刻来到床旁进行胸外按压，并通知麻醉科前来做气管插管。值班护士也通知了雷霆。毕竟雷霆是他的主管医生，对他的病情更了解。

这一晚雷霆不值班，也不需要上副班的急诊手术，所以他与赵英焕、李贺一起驾车去了郊区的农场看萤火虫展。他接到电话后匆匆赶回医院，可是路程遥远，当他赶回科室时，丁小勇的全身已经被一次性床单覆盖。

丁母趴在床前失声痛哭，丁小勇不论生前如何，毕竟是她唯一的孩子。丁父静立在床边，一言不发地看着妻子和床单下的儿子，有些"尘归尘、土归土"的平静。丁父神色木然，隐约中有种如释重负的解脱感。

在拿到死亡证明时，丁父忽然有些恍惚，嘴里哆嗦着："这孩子的出生证明就是我来开的，没想到，死亡证明也是我来开……"

他又补充了一句："雷医生，还是要谢谢你。别人都不收他了，你好歹还给了我们一点希望……"

雷霆没有接话，对丁小勇，丁家算是人财两空了。自己作为主管医生，也没帮上什么忙。在那要命的一刀之后，丁小勇的命运已经被注定。

然而，一个月后，雷霆毫无预兆地收到了法院的传票。他所在的神经外科以及重症监护室也双双被丁小勇的父母告上了法庭，对方提出了高达百万的赔偿。

丁小勇的尸检结果，证实他最后死于因颈髓损伤后的出血加上创伤后的水肿和感染，导致损伤的颈髓平面向高位蔓延，最终累积到延髓，造成呼吸、心跳骤停。和雷霆之前的推测差不多，丁小勇死于开放性颈髓损伤本身的并发症，谈不上什么医疗事故。

可是对方的律师找准了漏洞，质问被告方（雷霆）作为神经外科的医生，既然能预见到高位脊髓损伤后的常见并发症，为何术后第二天就将病人转到普通病房。普通病房里没有有创呼吸机，甚至连气管插管等紧急操作都需要麻醉科或者重症监护室的医生赶来病房操作，势必影响抢救的效果。如果丁小勇当时还住在重症监护室，将得到更为有力的救治。

听到这里，雷霆没有出声。丁小勇出现呼吸、心跳停止时，科里的医生立马做了气管插管，呼吸机辅助通气。哪怕当时他的心跳被按了回来，脊髓损伤的平面也已经影响到呼吸肌的功能了。丁小勇只能在监护室通过呼吸机维持生命，而且无法脱机。能够预见的是，即使长期通过呼吸机维持呼吸功能，他最终也逃不掉因出现各类并发症而走向死亡的命运。所以，从延髓受累的那刻起，丁小勇的死亡只是时间问题。

在治疗上，天成市中心医院的神经外科和重症监护室都没有过失。但是医疗文书毕竟是人写的，"有心人"总能找到一点漏洞，比如说签字。

雷霆记得因为费用的问题，丁小勇的父母强烈要求将丁小勇从重症监护室转出来的那天，丁父在自己面前反复说着他们的难处时，自己不但没有同意，还再三告知颈髓损伤的并发症，建议在监护室住院。万一病情发生变化，普通病房的抢救条件自然不可与监护室同日而语。可是，丁的父母一定要将其转回普通病房。

当时，丁小勇在重症监护室的主管医生刚独立值班不久，做事不够细致，虽然在病历里提了一笔，但是并没有留下病情不宜转普通病房的文书，以及诸如"家属强烈要求转普通病房，后果自负"之类的签字。

因为这一点，医院输了官司，赔偿了丁小勇父母十二万。好在中心医院近年开始缴纳医疗风险责任金（用于医疗事故的赔偿），大额赔偿大部分由医院支付，摊在个人头上的那部分就少了很多。

在法官宣读判决结果时，雷霆看到丁父丁母满脸失落，毕竟医院的赔付和他们预期的相比少了很多。庭审结束后，人们陆续离席，雷霆却始终坐在被告席上没动。在丁父的目光和雷霆相交的那一刻，雷霆想起术后第二天丁父复杂的眼神。雷霆知道那是什么含义，他见得太多了。丁小勇康复无望，不仅会耗尽钱财，还会把他父母的余生尽数埋葬。雷霆知道，有那么一刻，这对夫妻其实想放弃他们的儿子。

见雷霆没有要走的意思，再耗下去也没有意义，丁父丁母双双离席。偏偏雷霆坐的被告席是他们离开的必经之地，他们经过时不约而同地低下了头。双方心照不宣地沉默着，雷霆的目光意味深长，他们没有与之正视的勇气。

他们告的是曾给走投无路的自己开启一扇希望之门的人，当他们的儿子作为"医疗人球"被各级医院踢来踢去时，是这个医生收治了他们的儿子。他们明知对方没做错什么，却还是起诉了对方。

只因作为出事地的酒店被划无责,加害者及其家庭又完全没有赔偿能力,迫切需要赔偿的他们便盯上了"财大气粗"的三甲公立医院。

雷霆从庭审现场出来,见赵英焕和李贺已经等候在法院门口。这一碰面,三人还真有点"难兄难弟"的感觉。赵英焕感叹今年大家流年不利,难得下午三个人都不值班,便拉着大家一块儿出去玩乐放松一下。

赵英焕驾车,另两人坐后排。这一路异常拥堵,他们便索性在车里开起了座谈会。李贺说,丁小勇这事自己也算得上对方的首诊医生,只要雷霆当时硬着心肠拒绝收治,就不会落得今天的结局。

雷霆看李贺有些自责,笑着宽慰道:"别往心里去,丁小勇辗转了好几家医院都没被收治,家属已经处在崩溃的边缘。当时我要不收,容易激化事态,说不定比收他的后患更大。"

李贺知道,雷霆只是不想让自己有心理负担。李贺清楚地记得,那天雷霆到急诊科会诊,了解情况后始终不发表意见,是在审时度势、苦想对策。当看到丁母撸起袖子就喊护士抽自己的血,这般救子心切的情景让雷霆一时心软,才将丁小勇收进了医院。

赵英焕也感慨,雷霆当了这么久的医生,"亏"没少吃,却没见有任何"长进",一到关键时刻便"掉链子"。哪怕心软让他屡遭困顿,但这家伙始终还怀有赤子之心,当真难得。

于是,赵英焕嬉笑着打趣:"霆哥永远是'好了伤疤忘了疼',当医生就得有霆哥这种舍我其谁的觉悟!"刚说完这句,他发现前面的车辆已经启动,便踩了脚油门,"咱们也朝新生活迈步!"

- 18 -
人生难免会抓到烂牌

周一向来是妇科一周内最忙碌的一天,这天,林皙月收治了一位自己的同行。

中心医院妇科时不时会收治一些本院的医务人员。当这些同行成为患者,虽然她们并非妇产科专业,但因为医疗知识有相通之处,而每个人的诊断逻辑又不同,所以常会在一定程度上干预治疗方案。

和很多医生一样,林皙月并不喜欢收治自己的同行,可这位叫沈芊芊的患者倒是有几分例外。她是急诊科的,算是高年资大夫,但面对更年轻的林皙月,她依旧耐心地听对方讲目前可选的方案。交谈中,林皙月得知沈芊芊刚在北京进修完,本想直接回科室工作,但已经三十五岁的沈芊芊再往后拖更是高龄产妇。既然不建议手术后立刻怀孕,沈芊芊索性一进修完,就把手术先做了。

沟通的全过程,沈芊芊都没有打断林皙月。林皙月看得出来,沈芊芊来之前做过功课,知道目前介入手术也可以治疗子宫肌瘤(通过介入手术将明胶海绵栓塞到子宫动脉，减少子宫血供，抑制瘤体生长），比起腹腔镜，更算是微创治疗。但沈芊芊担心介入手术术中出现异位栓塞（栓塞剂移位到其他地方），如果栓塞到卵巢动脉，以后怀孕恐怕更困难，所以更愿意接受腹腔镜手术治疗。

周一晚上还是林皙月值班，临近十二点，她接到急诊科的会诊电话，请会诊的人是赵英焕。他接诊了一个腹痛的女学生，考虑是卵巢黄体破裂出血。

夜间用电梯的人少，林皙月从科室出发到一楼的急诊用不了十分钟，可这次，她的心情有些复杂。

林皙月上次见赵英焕已是半个月前。赵英焕说要给雷霆"冲喜"，组织大家一块儿去户外徒步，只是陈灵因为病房临时有事爽约了。徒步线路中有一程需要涉水，冬季的河水冰凉，水流又快，对身形纤细的林皙月来说是个不小的挑战。李贺临近过河才说自己崴了脚，雷霆又早冲到了河流中心，赵英焕便接下了背林皙月过河的任务。

夕阳的金辉下，林皙月伏在赵英焕背上，那是她离赵英焕最近的一次。在薄如蝉翼的暧昧氛围里，她决定告诉对方自己满腔的心事。

她没想到，倒是赵英焕先开了口，说李贺暗恋她很久了，语气郑重得像在告白。

他是知道的。原来这么久以来他对自己的热心，只是为了成全另一个人。林皙月也终于知道，一年前病中虚弱不堪的自己认差了人，后来又会错了意。

徒步结束的返程路上，林皙月才从雷霆口中得知，陈灵是赵英焕过往的恋人，赵英焕之所以来到这座医院，正是因为陈灵。她也终于反应过来为何陈灵会与未婚夫"无疾而终"。

回来后的第二天，林皙月再见到陈灵，已不像之前那般感觉亲切自然。在陈灵招呼她时，她甚至有种无处遁形的感觉。因被医院派去参加为期三周的叶克膜培训，陈灵想在出发前和她道个别，她则找理由拒绝了陈灵的邀请。

但陈灵并不是唯一一个徒步活动之后林皙月避免再见的人，另一个是赵英焕。可是眼下的急会诊，林皙月还是要和对方"狭路相逢"。她查看完患者和检查结果后，匆匆写下了会诊意见，便夺路而逃。

在林皙月离开急诊室的时候，赵英焕叫住她，可是林皙月没有回头。她承认，再见到赵英焕时，她仍然会心动。但是她相信，总有一天她会释然，可以微笑着平和地面对他。她也不想再庸人自扰地沉溺在伤感中，她很快就要回产科了，在妇科轮转的最后这段时间，用心工作，提升手术技能，管好每一位患者，才是她的首要任务。

周三上午，林皙月开始给沈芊芊及其家属做相关术前谈话。

"这台腹腔镜手术创伤小，术后恢复快。不过，由于肌瘤体积有点大，切除下来的瘤体不能通过腹腔上打的小洞取出，我们会通过粉碎机把瘤体粉碎成小块，再从腹腔上的小洞取出。因为子宫临近输尿管、直肠、膀胱等器官，所以，手术难免会有损伤到这些脏器的可能。还有术中、术后出血过多、麻醉意外、术后相关并发症……"

林皓月觉得自己好像有些啰唆了。对方干了很多年临床，虽然不在妇科，但自己刚才讲的这些，沈芊芊肯定是知道的。

大概是怕妻子有压力，沈芊芊丈夫率先打断道："林医生，我们相信你们的技术，而且这次特别感谢你们安排袁教授这样的权威给我们主刀。本来就不是什么大毛病，又有你们这样强大的班底，那些小概率事件发生不了，这点我们比谁都放心。"

沈芊芊则拍着丈夫的肩膀，调侃对方眼神不好，这么迟才认识自己，害得自己把青春都奉献给了医院，三十五岁都是高龄产妇了。而且做完这个手术，还得缓一段时间才能怀孕，妥妥的高危高龄初产妇，生老二就更晚了。到她更年期的时候，孩子也差不多进入青春期，可是够家里人头痛的。

沈芊芊夫妻二人身形很像，都给人一种壮实、宽厚的感觉。两人乐呵呵地往那儿一坐，就给人一种放松感。如果多一点这样通情达理的家属就好了，林皓月不禁感慨。

"还有一点需要交代，目前 B 超报告和查体情况提示是一个多发的子宫肌瘤，这是妇科最常见的良性肿瘤。当然了，如果手术时看到了其他可疑的东西，我们会联系术中快速冰冻，根据快速病理检查的结果，判断是否有必要改变术式，扩大手术切除范围。"

"可疑的东西？"沈芊芊的丈夫不学医，听到这里忍不住问。

倒是沈芊芊先答复了："你操这个闲心干嘛！恶性肿瘤在形态上就和良性肿瘤有很大的区别，光是影像学检查就能看个大概了。林医生说的是万一！那会儿我上的可是全麻，啥都不知道，如果遇到啥不幸，要扩大手术范围，就全部授权给你了。反正我的意思是，该切就切！"

这次的术前谈话在一片轻松愉悦的氛围下结束了。

医院多少会照顾本院的员工，沈芊芊的手术被安排在当天第一台。手术安排靠前，患者就不用在禁食禁水的状态下一直等待，第一台手术也是外科医生一天里精力和状态最好的时候。

在麻醉起效，制造好人工气腹后，担当第二助手的林皙月把腔镜探头置入充气的腹腔内，沈芊芊整个盆腔的图像便清晰地呈现在屏幕上。袁教授用单极电凝钩将子宫阔韧带的浆膜切开，"我准备分离子宫壁上的瘤体，这个过程容易造成子宫体出血，举宫的助手将子宫上抬，现在我要在宫体上注射垂体后叶素减少子宫血供。"注射过垂体后叶素的宫体很快由红变白。接下来，袁教授顺利地剥除了子宫壁上的肌瘤。

从腹腔上安置的金属管中取出电凝钩和超声钩后，袁教授重新从腹腔上的小洞中置入长钳以及粉碎器装置，"镜头往后退一些，方便看盆腔的全景。现在我要用粉碎机粉碎子宫肌瘤，扶腹腔镜的二助注意了，镜头要掌握好，这个步骤粉碎机因为高速旋转，所以很容易损伤输尿管、膀胱以及直肠，一定要多加小心。"

"袁教授……"在袁教授切下子宫上像小土豆一样的肌瘤时，一个异样的念头仿佛闪电般击中了林皙月，她忽然感到莫名的焦虑。

"怎么了，小林，有什么问题吗？"张正华作为科里另一名高年资的医生，是本次手术的一助。林皙月刚来妇科时，就跟着张正华学习，二人一直是亦师亦友的关系。

"我……"林皙月总觉得哪里不对劲，可一时间又说不出个所以然来，但直觉告诉她，这台手术或许不该再这样进行下去。

"在手术中，不管是哪个人，一旦发现问题就要及时说出来，这样也能减少手术中的差错和风险。"张正华鼓励道。

林皙月听张正华讲过无数次袁教授异于常人的手术天赋和她的辉煌事迹，她算是天成市妇科微创手术的奠基人之一。十年前刚退休就被医院返聘了，然后一直上妇科门诊，还会不时参与科里一些复杂的手术。

在林皙月心目中，袁教授是个神一样的存在。能和袁教授这样的偶像同台手术，是自己莫大的荣幸，难道刚才真的是自己过于敏感了吗？

"年轻人反应要快一点，干外科就要敏捷、麻利，你怎么还愣在那里？"见林皙月扶着镜头干愣在那儿，袁教授有些不悦。被批评后的林皙月很快回过神来，犹犹豫豫地用长钳夹起一块被割下的瘤体，将组织递到粉碎机旁。

"动作要快，不要这么拖泥带水。"袁教授一脚踩开粉碎机的开关，粉碎机立刻高速旋转起来。一块瘤体很快就被粉碎成若干小块，大小足以通过腹腔上打的小孔。袁教授将这些小碎块用长钳一一夹出腹腔后，又开始粉碎其他大块的瘤体组织。

在腹腔镜下粉碎瘤体并不需要花多少时间，可是要将已经飞溅到整个腹腔的小碎块一一找到并全部取出则是个非常费时的活，需要足够的耐心，而且绝不能遗漏碎块在腹腔里，因为这些已经失去血供的组织很快就会坏死，在腹腔内变成异物，会导致炎症、腹痛等一系列并发症。

在粉碎步骤进行了一个半小时后，袁教授终于将这些肉眼可见的小碎块全部取出。她舒了口气，轻轻转了转因为长时间看腹腔镜屏幕而扭转到已经发僵的颈部："唉，年纪大了，是不如从前了，上一台这样的手术，脖子和腰都痛得厉害。好了，接下来的步骤就交给你们了。"

下一个步骤是腹腔冲洗。巡回护士接好引流冲洗器,将无菌的那一头递给张正华。开关打开后,大量的冲洗液进入腹腔,林晳月立马从另一侧腹腔上置入的金属小孔中置入吸引器,将冲洗过腹腔的液体再吸出腹腔外。

"好了,小林,现在把腹腔镜镜头往盆底移动,用吸引器把肠间隙的冲洗液吸干,再看一下盆腔内是否还有残留的粉碎后的组织。"张正华继续指导着。

"镜头再往下,看一下输尿管的蠕动情况,探查是否损伤了输尿管。"林晳月将镜头继续往下调整,屏幕上输尿管蠕动正常。

"嗯,最后再检查一下手术创面,看一下刚才电凝的地方还有没有渗血。"

林晳月将镜头置回盆腔正中,手术创面果然还有少许渗血。"用电凝钩再凝一下创面,然后观察一会儿,看是否彻底止血。"张正华继续指导。

术口处未再见继续渗血的迹象,"小林,现在可以安置腹腔引流管了。"

很多外科手术都会安装引流管,一来可以将残留的冲洗液引流出,二来也方便医务人员根据引流液的性质以及引流量来判断术后腹腔是否有活动性出血,并根据出血量判断是否需要再次手术探查。

"终于做完了,"张正华解开手术服,捶了捶自己的腰,见林晳月还是若有所思地站在那里,"小林,我先下去吃饭了,你待会儿和麻醉医生一起把病人送到复苏室。还有,记得把病理检查的单子开好,把粉碎的肌瘤组织送病理检查。动作麻利一些,要不饭都该凉了。"

手术虽然结束了，林皙月却始终惴惴不安。

术后的沈芊芊并没有出现什么异常。手术当天她就通了气（放屁），而且遵从医嘱下床活动。术后第二天查房时，林皙月看到腹腔上接的引流袋内没什么引流物，便拔出了引流管。术后第三天，林皙月又给沈芊芊复查了血常规和妇科彩超，一切结果都好得不能再好。

术后第四天查房时，林皙月看到基本已经活动自如的沈芊芊一脸笑意："微创手术就是好得快，我明天想出院了。现在没什么不舒服的感觉，而且手术创口那么小，再过一段时间基本都看不出肚子上做过手术。要是我身材好一点，绝对穿比基尼出去晒。"

医院为了保证床位周转，只要手术后没出现什么大问题，在病人拆线前就催着出院了。但沈芊芊毕竟是本院员工，医院还是会多加照顾，没着急要求她出院。林皙月便建议她再观察两天，等病理检查结果出来后再考虑出院的事情。

林皙月在术中便对沈芊芊的病情存疑，在她的反复催促下，平时至少要等一周才会出报告的病理科加急做了检查。检查结果却出乎所有人预料。沈芊芊被切下的肌瘤组织不是最常见的平滑肌瘤，而是平滑肌肉瘤。乍一听，好像只差一个字，可前者是良性的，后者却恶性度极高。

理论上来说，在正常积极治疗下，没有转移的早期子宫平滑肌肉瘤的五年生存率大概在 63% 左右，如果已经发生转移扩散，五年生存率连 14% 都不到。

沈芊芊的术前检查并没有提示任何异常，甚至连肿瘤标志物的检查结果也基本在正常范围内。腹腔镜手术可以清晰地看到整个腹腔内环境，林皙月可以确定沈芊芊腹腔内没有肉眼可见的肿瘤转移病灶。可是这台腹腔镜手术使用了肌瘤粉碎装置，这就使原本局限在子宫的平滑肌肉瘤被粉碎后，飞溅到整个腹腔里，势必人为地导致了恶性肿瘤的种植性播散转移。也就是说，因为使用了粉碎机，她们直接把沈芊芊的五年生存率拉低了一半。

林晳月颓然地坐在办公桌前，呆呆地盯着手中的病理报告单。许久之后，她的视线才移开，转向窗外。冬日的阳光远没有夏季那样炽热强烈，但林晳月仍然觉得光线格外刺目，晃得她连眼睛都睁不开。此刻她终于知道，手术时那个一闪而过却让她这几天始终不安的念头到底是什么。

每位临床医生在上学时都要学习病理学，但因为后来需要往自己的专业方向进行深入，导致大多数临床医生不会对病理学有过于深刻的研究。

好在大多数恶性肿瘤在形态、外观上与良性肿瘤本就有很大差异，通过影像检查或者术中所见，医生完全可以得出初步判断，再配合术中快速冰冻检查等手段，在术前或术中决定手术方案以及需要切除的部位。

林晳月大学时的男朋友是病理学专业的研究生。那会儿她经常听男友说，在国外，病理科医生的地位非常高，可以"碾压"临床科室的医生。她为此还总笑话他喜欢吹嘘。热恋时的她经常陪男友泡在图书馆或者实验室内，听他"诲人不倦"。潜移默化地，林晳月有了比其他临床医生更为专业、系统的病理学知识。

当林晳月看到袁教授从子宫阔韧带上剥离出完整的肌瘤时，她已经隐约看出那个肌瘤好像不同于普通的子宫平滑肌瘤，可是到底哪里不对劲，自己也说不出。的确，单从外观上讲，它并没有恶性肿瘤该有的外形特征。

林晳月只是一个初出茅庐的小医生，而那天和自己同台主刀的是一位把天成市中心医院妇科肿瘤手术提升至全市一流水准的老教授。面对这样一位腹腔镜领域的大拿，她不敢轻易质疑。

一番挣扎之后，林晳月把病检结果告知了张正华和白主任。

这天临近下班时，妇科一区召开了临时会议，对沈芊芊的病情展开讨论。

林晳月低垂着头，机械地汇报病史：

> 患者沈芊芊，女，三十五岁，我院医务人员。因体检彩超提示子宫肌瘤入院。
>
> 入院诊断：子宫肌瘤。完善术前检查无明显异常，于五天前进行腹腔镜下子宫肌瘤剔除术，术中予粉碎机粉碎肌瘤，取出肌瘤碎片后常规送病理检查。术后患者恢复尚可，未诉特殊不适。
>
> 今日患者病理检查结果提示：子宫平滑肌肉瘤……

这次病例讨论会也请来了病理科和肿瘤内科、放疗科的主任。本就狭小的会议室更显逼仄。林晳月木然地看着周围，所有人都穿着白大褂。她看着每个人的嘴巴不停开合，却始终听不清楚他们到底在讨论什么，好像他们已经和白色的墙壁、天花板融为了一体……

最后，主任汇报了讨论结果：

> 由于平滑肌肉瘤过于罕见，且多见于老年妇女，沈芊

芋较为年轻,且这一年的彩超随访中并没有出现肌瘤迅速增大以及下身不规则出血,亦无腹痛等临床表现,且影像学外观甚至术中所见与普通肌瘤并无二致,导致这次手术有疏漏。由于平滑肌肉瘤容易出现肺部、盆腔、腹膜后等部位的转移,需马上完善沈芊芊相应部位的增强 CT 检查,根据结果安排沈芊芊的第二次手术,术后再次请肿瘤内科和放疗科会诊,制定术后放化疗或靶向治疗的方案。

会议结束,与会人员陆续散去。林皙月从会议开始就保持同一个姿势,直到有人在她的肩膀上拍了一下,她才回过神来。

"张老师……"发现是张正华,她欠了欠身。张正华在她身旁的椅子上坐下来,示意她一同坐下。

张正华神色温和,在他人眼里,她是一名严师,但林皙月却觉得她更像一位喜欢拉着女儿话家常的慈母。

"其实前些年我看过一起报道,和沈芊芊的情况非常相似。美国的一名麻醉科女医生,被诊断为子宫肌瘤,瘤体被粉碎机切除后做了病理检查,才发现是平滑肌肉瘤,而粉碎机切割瘤体造成了恶性肿瘤在腹腔内的种植性转移。她的丈夫也是一名医生,发起了对 FDA(美国食品药品监督管理局)的请愿活动,要求禁用粉碎机,理由是子宫肌瘤剔除术和全子宫切除术中利用粉碎机取出肌瘤的风险-收益尚不确定。可以说,这对医生夫妇是在和医疗界的巨头作战,但他们还是取得了阶段性胜利。FDA 发布了紧急起效的指南:在使用粉碎机前,医生必须告知使用这种器械可能存在的风险,比如可能导致癌症扩散,降低生存年限。同时,指南也新增了两条禁忌症,只有年轻、要保留子宫,而肌瘤又很大的女性才适合使用粉碎机。

"你也看到了,腹腔镜技术是我们妇科手术主流,而粉碎机的使用给腹腔镜手术提供了更多的适应症,给医患双方都带来了很多便利。比起传统的开腹手术,它减少了患者的痛苦,缩短了术后住院以及恢复的时间,并显著减少了日后腹腔脏器的粘连。当然,它也有潜在风险,但终究不能因为可能出现恶性肿瘤扩散这一风险,就简单粗暴地'一刀切'。就沈芊芊来说,她自己也决定做腹腔镜手术,这必然会用到粉碎机。这一次,我们都大意了。"说到这里,张正华叹了口气。

"那天和袁教授一起做手术,我感觉你的动作明显比平时迟缓得多,完全不在状态,是不是那会儿你就感觉有问题了?"

林晳月没有做声。

"我一直觉得,当医生需要一种'质感'。这些年科里的年轻医生都是我带出来的,你是最有'质感'的一个,很有灵气。"

见林晳月欲言又止地望着自己,张正华温和地笑了笑:"医学是一项传承的事业,特别是外科医生。哪怕天资再高,也需要有人教有人带。只是很多时候,医院和军队一样,下级需要严格服从上级。老医生的临床经验固然丰富,手术技能也更纯熟,但是医学的发展日新月异,年轻的医生受到过更为全面、先进的教育。无论何时,当你发现问题并确定自己是正确的,哪怕对方是权威人士,也要敢于质疑。要牢记'健康所系,性命相托'。"

张正华的语气中听不出一丝责备,此刻的林晳月再也忍不住,失声痛哭。张正华拍了拍林晳月不时耸动的肩膀:"该面对的都要面对,不是就你一个人。"

术后，沈芊芊的家属都在病房。

林皙月将病检结果先告诉了他们，沈芊芊得的是平滑肌肉瘤。家属并没有在这细微的名称差别中听出什么异样，可林皙月一脸凝重的样子还是让他们紧张不已。

当从林皙月口中得知这是一种恶性肿瘤时，他们忙问是不是病理科搞错了，这肌瘤发现挺长时间了，不就是妇科最常见的良性肿瘤吗？

林皙月再度解释，彩超报告和术中所见，的确考虑是普通肌瘤，可术后病检出乎所有人意料，但病检才是判断病理类型的金标准。她说这句话时避开了家属的眼睛，当她提到"术中所见"时，更是心虚不已。

沈母当下便哭了，说这事怎么会发生在自己女儿身上，他们一家人没人得过癌症，女儿还那么年轻，怎么就得了这个病，并追问林皙月是不是要赶紧做放化疗。

林皙月点了点头，并告诉家属，因为先前一直以为沈芊芊的子宫肌瘤是普通肌瘤，术中只为她剔除了肌瘤。如今肌瘤被判定为恶性，沈芊芊需要进行二次手术，扩大手术范围。她的子宫肯定是要全部切掉的，这两天还要进行其他检查，医生会根据检查结果决定是否还要切除其他受累部位。

沈母再次哭了出来，说这次住院手术本来是冲着怀孕去的，没想到竟要切除子宫。哭完又忙不迭地问二次手术安排在什么时候。沈母并不学医，却也有着最朴素的认知，既然是恶性肿瘤，自然是越早切除病灶越好。

沈芊芊的丈夫则呆呆地望着妻子的主管医生，半张着嘴巴，许久才问出:"切了是不是就好了?有些恶性肿瘤切了就没事了。"

他虽然这么问,可林皙月感觉得出,他自己也知道病情没那么简单。

林皙月还在犹豫该怎么向沈芊芊开口,却发现自己到底多虑了。沈芊芊本来就是医生,当她看到家人欲言又止的神情,自己术后又莫名地被安排了增强CT检查,便大约猜到是什么情况了。

很多时候,医生为了排除风险会开很多"防御性"检查。虽然这种做法能降低漏诊误诊的概率,可也增加了患者的医疗负担。沈芊芊是本院的医生,得的又是这么个"常见病",出于"照顾",她的术前检查非常简单,除了彩超、胸片、心电图外,基本没有其他项目。

沈芊芊平静得有些反常,林皙月省略了告知病情这一步,直接和她谈后续治疗方案。

听林皙月尽数交代了手术方式和术中可能存在的风险以及并发症后,沈芊芊这才缓缓拿起笔,却迟迟没有签字,也没有抬头。她盯着面前这张已经读过很多遍的手术同意书,指尖不知不觉已捏到发白。

时近冬至,白昼仍在持续缩短,窗外的天光正迅速消逝,一如自己的生命。她并非妇科专业,可也知道平滑肌肉瘤的恶性度非常高,治疗效果很差,五年生存率也很低。

"既然是恶性的,那么用了粉碎机,会导致种植性转移吧?"沈芊芊住的是单间,她的问话猝不及防地打破了病房的寂静。

气氛压抑得让人窒息。林皙月避开了沈芊芊的视线,不知道怎么回答。沈芊芊完全可以质疑术中为何没有做快速冰冻检查,而是直接操作了粉碎机,不仅导致沈芊芊需要二次手术,给她带来更多创伤和痛苦，还加速了腹腔种植性转移。林皙月甚至希望沈芊芊像其他因为各类原因导致非计划再手术的患者一样，马上去医患和谐办投诉她们。

林皙月所在的妇产科向来是医院最容易发生医疗纠纷的科室，她太熟悉那些漫长得足以让人心力交瘁的拉锯了。这一次，她希望沈芊芊将她们告上法庭，这样她的内心就会少受一点煎熬。可是沈芊芊居然只是这么一问，连吵闹和控诉都没有，而对林皙月来说这何尝不是另一种形式的鞭笞。

林皙月这晚留在科室加班整理明天的手术病历，因为今天收的患者有些多，她临近十点才完成工作。离开医院前，她再次探视了新入院以及明天手术的患者。

进入沈芊芊的病房时，林皙月进行了一番心理建设，满满的愧疚感几乎压得她喘不过气来。

明天就要手术了，一家人愁云惨淡，沈芊芊全程没有说一句话，只是眼神空洞地看着天花板。她应该还没有和家人说过，医院在这次手术中的疏忽大意导致她结局更糟，要不然她的母亲不会这样热情地拉着林皙月的手，感激对方这些天对自己女儿的尽心照顾。

那股强烈的窒息感再度袭来，林皙月仓皇逃离了这间病房。

两周很快就过去了，术后的沈芊芊再也没有回到急诊科工作。一天晨交班时，杨振没有做业务方面的总结，而是表情凝重地说道："沈医生进修回来后做了妇科手术，本来说很快就能回来上班，可病理检查情况不太好，还需要进行其他治疗，一时半会儿不会回科室工作了。还有，去探望的同事，关于她的病情不要问太多，别给她太大的压力。"

李贺一惊,听主任的语气,沈芊芊搞不好得的是恶性肿瘤。先前他只知道沈芊芊做的是妇科手术,没几天就会出院,所以没有专程去探视。李贺在急诊的傍身技能,基本都是跟沈芊芊学的。他下班后买了一大束鲜花,又买了很多进口水果,双手拿得满满当当地进了沈芊芊的病房。

沈芊芊的二次手术是开腹做的,创伤比上次大很多。她十分虚弱,看到李贺来,也无力起身招呼。她的丈夫急忙接过李贺手里的东西,抽出一张塑料小板凳,让李贺坐下来说。

见到沈芊芊前,李贺一直在纠结该说些什么。沈芊芊才三十五岁,之前因为一直忙工作,两年前才急忙相亲结婚。沈芊芊的丈夫到科室来给沈芊芊送过几次消夜,李贺之前也见过。她的丈夫话不多,但李贺看得出,虽说是相亲结婚,她的丈夫却对她非常好。这才刚过上幸福的日子,正准备要孩子,怎么就摊上了这样的病。

"沈老师,最近身体好些了吗?"话刚说出口,李贺就有些后悔。这不是哪壶不开提哪壶吗?他从看到沈芊芊的那刻起,就知道她现在很不好:皮肤、眼神、心境,都是不甚鲜活的,褪了色似的。那种惨淡的神色,哪里会在昔日那个风风火火、中气十足的急诊科"女超人"脸上看到?

李贺随即转移了话头,开始东拉西扯,尽拣这段时间科室里发生的趣事说。他本就不善言辞,又心里难过,虽然努力找笑料讲,但终究事与愿违,使病房的气氛变得更加凝重。

一开始,沈芊芊还配合着李贺说的蹩脚"笑话",在应该算笑点的地方抿抿嘴。可她听着听着,就哭了出来。这些天里,她从来没有当着家人的面哭过,只是等所有人都睡着了,才默默流泪。

"人得了这个病,和过去的熟人都不知道该说些什么了。"

李贺觉得自己应该抓住这个机会,既然沈芊芊主动把话题转移到了病情上。但是此时此刻,自己应该说什么好呢?

"现在医疗技术越来越发达了,会好起来的……

"很多肿瘤患者发现得早,都是被临床治愈的,你也不要有太大的心理负担……

"有没有扩散转移?是哪一期了?"

一瞬间,李贺有很多话想说,可是好像哪句话都不合时宜。

又是沈芊芊打破了沉默:"我在想,虽然每天都有那么多人被确诊为癌症,但是人口基数那么大,得这个病的始终是少数,为什么会是我?"

在听到那句"为什么会是我"的时候,李贺意识到,当一名医生知道自己得了绝症,哪怕她看上去是最镇静、最配合的病人,却也是那个最否认现实的人。一种难以言说的沉重和沮丧将李贺的胸腔填满,让他在病房里每呼吸一次都觉得格外费力。

沈芊芊曾和李贺提起以前看过的一部大热的医疗纪录片——《人间世》,她记得其中一集的导语是这样的:人生,就像在打扑克牌,如果不足够幸运,总会抓到几张烂牌,有的烂牌,抓到手上时,就知道,已经输了。

而她的人生,已经彻底输了。

如果说罹患恶性肿瘤是"天灾",那么,医生在没有做快速冰冻明确病理类型的情况下就使用了粉碎机,让她的病情更加险恶,这就是"人祸"。后者让她更加不甘和抓狂,她有足够的理由去憎恨为她手术的医生。可崩溃过后,她又想,连自己不是也认定这是个普通肌瘤吗?没有做快速冰冻,不也是因为她是本院职工,天然的信任让一些"防御性检查"变少，治疗流程也更加简单流畅了吗？就连她本人不是也压根没提快速冰冻检查这茬儿吗？

归根到底，只能怪这操蛋的命运吧。

李贺没有在病房里待太久，病床上的沈芊芊和他记忆中神采飞扬的那个她判若两人。尽管李贺跟着沈芊芊值班时不止一次听她抱怨工作太累、压力大、夜班难熬，可是李贺看得出来，沈芊芊是有急诊情结的人，她那风风火火的性子在急诊科瞬息万变的环境里可谓适得其所。可是，在手术和疾病的双重打击下，此刻的她是那么疲惫和虚弱。

李贺只能起身道别。

为什么一定要是她呢？从学校毕业后就到了这家医院的急诊科工作，算起来，她属于科室里中流砥柱的资深急诊人。这个一直以工作为重的女人好不容易遇到良人，正准备要孩子呢，怎么就忽然被这种疾病选中了？！

李贺刚出外科住院部，一阵寒风吹来，灌进他的脖子里，让他起了一身鸡皮疙瘩。他紧了紧衣领，又看了眼身后那一片亮着灯的病房，发出一声叹息，默默地离开了。

- 19 -

救人是本能

年关将近,因为一起刑事案件,陶翰文随安然一同到与天成市中心医院只有一街之隔的绿源小区走访。

绿源小区作为天成市的"高龄"小区之一,地处城市最繁华的地带,四周高楼林立,就像一座被包围的孤岛。有能力改善居住环境的业主早已迁出,小区里很多房屋都被出租或出售。这里靠近医院,又紧邻地铁口,居民构成复杂,流动人口居多,导致该小区成为刑事案件的高发地。

一上午过去,二人一无所获。已经饥肠辘辘的陶翰文对安然说道:"老大,要不咱俩先吃点东西吧。反正上午也没啥收获,吃饱了下午才有力气继续找线索。我听赵英焕说这里有家火锅,是那种苍蝇馆子。门脸不大,环境一般,但是很多人排队也要来吃一顿。"

安然看了看时间:"好吧,先去吃饭。"

这里离中心医院很近,现在又快到了饭点,陶翰文便直接给李贺和赵英焕各打了一个电话，叫二人中午下班了来这里吃饭。赵英焕一口答应，但是李贺值中班来不了。

陶翰文与安然正要向红太阳火锅店走去，一名中年男子的身影落入他们的视线。

这个身材健硕、皮肤黝黑的男子绰号叫"黑豹"。前些天，这里发生了一起持枪杀人案，凶手用自制猎枪将一对夫妻打死，嫌疑人正是"黑豹"。

安然压低了声音："你在这里候着，我去跟着他。你找机会给队里打电话，多喊几个人来。"

陶翰文有些担心，"黑豹"有枪，队长孤身一人风险太大，连忙表示自己要和安然一起去。

安然知道他在担心什么，便拍了拍他的肩膀："你没带枪，就先在这里候着，路人太多，在这里抓捕也不安全。"

小区内老式居民楼星罗棋布，坑坑洼洼的柏油路面上到处是随意停放的机动车。这里简直就像一座小型迷宫。一圈转下来，安然没有发现"黑豹"的踪迹。

就在安然左顾右盼之际，一栋住宅楼里匆匆跑出一名壮硕的中年男子，随身带着一根长杆状物体。安然看清了，那人正是"黑豹"，这一次，他取了那杆猎枪。

安然急忙开枪示警，对方却丝毫没有投降的意思。"黑豹"转身，朝着安然的方向打了一枪。在他转身的瞬间，安然顺势一滚，向附近的花台倒卧。可是"黑豹"的猎枪发射的是霰弹，虽然安然躲得快，但小腿还是被其中一粒子弹击中了。而"黑豹"趁这个空隙脱离了他的视线。

安然急忙给陶翰文打电话："我看见黑豹了，他手里有猎枪。

我现在不知道他往哪里逃窜,已经请求特警来这里支援。火锅店那边人太多,如果黑豹往那个方向去了,千万不要在那里与他发生冲突,必要时疏散群众。"

说完,安然吃力地站起身来。他的右小腿流血不多,可是严重影响了他的奔跑速度。

在拐角处一片满是灰尘的泥地上,安然看到了熟悉的42码鞋印,他确定那就是"黑豹"的。之前"黑豹"在现场留下过同样的足迹,技术人员把它用石膏固定了下来,他记得非常清楚。让他心惊的是,脚印的方向指向了红太阳火锅店,"黑豹"果然往那里逃窜了。

安然再次打电话给陶翰文,可是已经没人接听了。难道那边已经出事了!想到这里,安然心里升起一种不祥的预感。眼下增援还没来,他只得忍着小腿剧烈的疼痛,向火锅店的方向奔去。

在火锅店附近待命的陶翰文始终不见安然回来,因怕对方出事,决定去找安然。正当他往一处岔路口走时,看到一个黑影从另外一边闪过。他定睛一看,这家伙居然带着猎枪,是"黑豹"!

陶翰文随即跟上那个黑影。就在这时,他听见远处有警笛声响起。他大喜,是支援的兄弟来了。谁知这"黑豹"也成了惊弓之鸟,加快脚步,匆匆向那家人头攒动的火锅店跑去。

陶翰文急忙追上去,可是临近火锅店门口时,他最不想看到的一幕还是发生了。端着猎枪想往店里冲的"黑豹"吓坏了不少食客。这家火锅店的店面很小,只容得下几张桌子,大部分食客都坐在店外的桌边。众人见"黑豹"端枪前来,顿时作鸟兽散。不明所以的老板拦住了店门外的"黑豹",对方不由分说便冲老板开了一枪,老板随即倒在了血泊之中。

狭小的店里顿时乱作一团，反应快的已经从门口逃了出去，仅剩下最靠里的一桌人，是两位老人和一名幼童。这家人里没有年轻人，又带着孩子行动不便，才被困在了店里。

警笛声越来越近，"黑豹"知道自己这回跑不了了，心下一沉，反正自己有命案在身，这些天东躲西藏的日子也受够了，被警察抓回去横竖都是个死，不如多拉几个垫背的。他拉下卷帘门，举起枪，对准了来不及跑出去的一家老小。

对方哭叫哀求，可是已经丧心病狂的"黑豹"完全不为所动，仿佛行刑者般打量着眼前的三人，思索着谁该是先受刑的那个。

"哐当"一声，火锅店的窗玻璃被人击碎。与此同时，一名年轻男子从窗户滚入，一进屋便扑向了"黑豹"，那杆猎枪也被甩落在地。两人随即展开肉搏。破窗而入的陶翰文被碎玻璃划破了头皮，鲜血不断涌出。打斗中，血液流进陶翰文的眼里，影响了他的视线。有几次，他几乎要制伏"黑豹"，却都因视线模糊被其反攻。在打斗中，他不慎踩到了一个啤酒瓶后摔倒，头部着地。

突如其来的变故也让"黑豹"大惊失色。这个忽然冲进店内的年轻人已经倒地不起，不远处是那杆掉落的枪。只要捡起那杆枪，这个屋子里的人都可以给他陪葬，反正他的人生已经没有任何指望了。

就在这时，他的脚被人死死钳住，没办法再往前移动一步。他一回头，居然还是那个年轻人。他反复抽了几次左脚都没成功，索性转过身，抬起右脚猛地向陶翰文的胸口踩下。

在"黑豹"粗暴的踩踏下，陶翰文的血肉之躯发出沉闷的声响。屋里的人惊恐万分地看着眼前的一幕，却没人敢上去救人。又是几脚下去，传来肋骨断裂的脆响，陶翰文的胸廓开始塌陷变形。

"黑豹"知道这个年轻男子就快坚持不下去了，他纳闷为何这个警察如此执拗地阻拦他，难道屋里这几个人都是他的家人？

可是已经没有时间让他多想了。一名男子端着手枪，在那扇破窗前厉声喝道："住手！""黑豹"认得窗外的男子就是先前在小区被他击伤的警察，眼下自己的脚仍然被这个不知死活的年轻人抱住，他够不着那杆猎枪。盛怒和绝望之下，他看着地上的年轻人，对方已经快不行了，出气的时间比进气的时间还多，却死死钳住自己不肯松手，那也好，就再送他一程。于是他又抬起脚，死命往奄奄一息的陶翰文胸前踹下。

安然果断地扣动了扳机，一声枪响后，"黑豹"应声倒地。

"蚊子！醒醒！"安然反复拍打陶翰文的肩膀，但对方毫无反应。安然的心里一片冰凉，陶翰文是他们队里最年轻的兄弟，参加工作才一年多。他不敢随意搬动陶翰文，怕折断的肋骨进一步扎伤了内脏。

安然立即拨打120，可是将近两分钟过去了，他居然还没有和调度人员建立有效沟通。一开始是不断的占线，等终于听见人声了，对方问清他所在的位置后，告诉他距离最近的天成市中心医院的救护车已经全部派出，现在只能帮他转接其他医院的救护车前来接诊。

这几分钟像是安然此生最漫长难熬的时刻。中枪的老板已经死亡，眼下需要急救的只有陶翰文。前来支援的特警终于赶到，这里离中心医院非常近，将陶翰文直接送到中心医院的急诊科该是比等救护车前来接诊快得多。

于是，安然同其他警察合力将陶翰文平移到车里。警灯一路闪烁，警车畅通无阻地向天成市中心医院驶去。

陶翰文被送入急诊科时心跳微弱,几乎没有自主呼吸,已经处于濒死状态。被放置到抢救床上后,护士立刻给他罩上氧气面罩高浓度吸氧。他的胸廓凹陷得可怕。不需要做影像检查,郑良玉就知道他断了多根肋骨,有的还扎伤了胸膜腔以及肺脏。郑良玉迅速用针头在他两侧胸部穿刺,两边都抽到气体和血液。陶翰文无法做CT检查,从穿刺情况来看,他存在严重的血气胸。

看到突然被送到抢救室的陶翰文,赵英焕和李贺都蒙了。两人抢救过很多危重的垂死患者,可是面对这个熟识且半个小时前还给他俩打电话约饭的朋友,他们的大脑一片空白。

"赵英焕,你在左边胸做胸腔闭式引流,同时引流胸腔里的血液和气体!李贺,你去做右边的,引流做好后我马上气管插管。动作快!"郑良玉紧急分工,边说边抬起陶翰文的下颌,有节奏地捏着球囊帮助他通气。

两人这才从先前的惊愕中回过神来,立即进入抢救状态,迅速消毒铺巾,分别切开陶翰文左右两侧胸部肋间处皮肤,再用弯钳分离组织。在用组织钳破开胸膜腔时,两侧胸部同时听到有气体溢出的声音,紧接着,二人迅速将夹闭的引流管置入胸膜腔内,在连接了负压吸引瓶后,胸腔里的血液和气体同时被引流出来。

这一年多来,赵英焕和李贺做过很多次这样的急救操作,早已轻车熟路。这会儿,两人的动作虽快,手却都有点发抖。

急诊科历来非常锻炼医生的综合能力,无论多么繁复危重的病情、多么复杂莫测的局势,患者和家属都很难看到一个惊慌失措的急诊科医生。哪怕赵英焕与李贺已经经历过无数生死攸关的时刻,但当抢救对象是自己往日里关系亲近的朋友时,他们终究还是没办法完全冷静下来。

闭式引流很快做好。监护仪上,陶翰文的血氧饱和度有所回升,但数值仍然很低。此时,郑良玉也准备做气管插管。

在郑良玉用喉镜撬开陶翰文后缀的舌根,挑起会厌,看准气管准备插管进去时,陶翰文因会厌被刺激,忽然发出剧烈的咳嗽,一大股带着鲜血的沫子飞溅出来。可郑良玉还是以最快的速度将导管插入气管内,并连接了呼吸机。

就在这时,陶翰文的心率急剧下降,转瞬间,监护仪上的心电图就变成了直线。赵英焕和李贺的心底一片冰凉:陶翰文整个胸廓已经完全变形,显然断了很多根肋骨,并且,这些断裂的肋骨已经扎坏了他的胸膜腔,甚至肺脏。眼下他的心跳也停止了,必须做心脏按压,可是胸外按压势必导致已经断裂的肋骨进一步扎伤内脏,同样会造成不可挽回的结果。

"拿开胸包来,做开胸心脏按压。"郑良玉不愧是老急诊人,面对这样的处境依然临危不乱。

开胸心脏按压术是心肺复苏中有效建立人工循环的方法,复苏的初步成功率明显高于胸外按压,尤其是对于多发肋骨骨折不便行胸外按压的患者。开胸心脏按压术因受技术水平和设备条件的限制,通常仅由心胸外科的专科医生进行。

"好,我现在打电话给心胸外科,喊他们的医生下来开胸。"

"来不及了,我来开胸,快准备开胸包!"郑良玉当机立断。

心胸外科在外科住院部的二十四层,现在是饭点,正是挤电梯的高峰,即使他们立即通知心胸外科医生来开胸,对方从另一栋大楼的二十四层下来,也要差不多十分钟。而心脏停跳六分钟就会出现脑细胞死亡,停跳八分钟就会出现"脑死亡"和"植物状态",那时哪怕把心跳按回来,也再无意义。

护士早就剪开了陶翰文被血染透的衣物。郑良玉抓过碘伏瓶子,将消毒液直接泼洒在陶翰文的胸部。这时开胸包已被打开,郑良玉戴上无菌手套,迅速给刀柄安上刀片。

他深吸一口气后,弯下腰,用手术刀划开陶翰文的胸壁。由于陶翰文的心脏已经停跳,郑良玉一路划下去,即使切断了血管,陶翰文的伤口也没见到活动性出血。

"咬骨钳给我,快!"

赵英焕已经从刚才的情绪中平复下来,迅速调整好状态,麻利地将器械递到郑良玉手中。

"咔嚓、咔嚓"两声清脆的肋骨断裂的声响,"已经进入胸腔了,我的手还进不去,拿胸腔自动拉钩,扩开切口。"

陶翰文左侧的胸腔部分暴露出来,他心包张力非常高,存在心包填塞。郑良玉立刻剪开心包,一股暗红色的血液从心包涌出。郑良玉的手已经完全进入胸腔,视野过小,此刻他还看不到胸腔里的全貌,只是用右手握住陶翰文已经不再跳动的心脏,凭借熟悉的心脏解剖结构,将拇指放置在右心室前侧,另外四指放在左心室后侧,用力均匀、有节奏地按摩着心脏。

抢救室里所有人都屏息凝视,把目光聚集在郑良玉身上。四下安静至极,只能听见呼吸机通气的声音。

三分钟后,郑良玉感觉到手中的心脏有了微弱的搏动,他心里一紧:按压开始起效了!随后,他感觉到那颗停跳的心脏的张力在慢慢增强,像一朵微弱的火苗,正逐渐变得热烈,开始燎原。

慢慢地,陶翰文原本已经涣散的瞳孔也开始收缩。本已经摸不到脉搏的大动脉也在恢复搏动。心电监护仪上,出现了让所有医生都为之振奋的有节律的心电波。

"心脏复跳了!复苏成功。患者的右心房有破口,这会儿刚好被血凝块堵着没出血,现在马上把他送到手术室去做后续处理!准备转运呼吸机,护士通知保安控制手术电梯,直达手术室。抢救箱的药物全部备好,带上便携式除颤仪,患者容易出现恶性心律失常,如果转运途中出现了室颤,直接除颤!"

郑良玉语气镇定无比,将转运途中可能出现的各种意外尽数算到,并做好各项风险的应急准备。

心脏复跳之后,原先不再出血的术口,开始有血液汩汩流出,李贺急忙用丝线结扎住出血较多的血管。

"室颤了!"赵英焕盯着监护仪,叫出声来。

"是细室颤,推一支利多卡因,转成粗室颤,准备胸内除颤仪。"

话音刚落,护士立即推注药物。郑良玉紧盯着监护仪,一看到细室颤转为粗室颤,就从赵英焕手中接过室内除颤仪,将它贴紧心脏。

"能量调到 80 焦,充电!"

充电完成后,除颤仪发出尖锐的警报声。

"床旁离人!"

周围医务人员迅速离开。

在听到微弱的声响后,郑良玉看到监护仪上陶翰文的恶性心律失常终于恢复到了正常节律。

所有医务人员配合有序,在最短的时间内将陶翰文送到了手术室。与此同时,相关科室的医务人员已经候在手术室。

心胸外科、血管外科、麻醉科的主任带头参与手术。尽管已经为陶翰文做了充分的评估，但是术中的情况依旧非常凶险：两侧的胸廓存在多处骨折，而且骨折断端存在明显移位；右肺严重的挫裂伤使右肺下叶变成了碎块；左右两侧的支气管都有断裂，正在持续漏气；胸廓内存在动脉断裂，心脏复跳后又开始了活动性出血。在大量的液体和血制品持续输入的情况下，陶翰文的血压仍然很低。

诸多医生、护士在手术间忙着修心补肺，郑良玉、李贺、赵英焕毕竟不是手术科室的医生，尽管再焦急，他们也不能在手术室内停留太久，只得像许多候在手术室外心急如焚的家属一样干等着。

好在手术进行得还算顺利，陶翰文的呼吸循环系统都能够勉强运转了。下一阶段，他要转入重症监护室继续接受治疗。手术虽然成功了，但是陶翰文远没有脱离危险期，他的胸部损伤极为严重，虽然手术暂时保住了他的命，但后续还存在出现呼吸衰竭、凝血功能障碍、心脏再次破裂出血等一系列并发症的可能，这些都会导致陶翰文死亡。

主刀手术的是心胸外科主任熊杰。他走出手术室，意外地看到了候在门口的郑良玉。熊杰有些意外，随即微微一笑："小郑，做得漂亮啊！这么多年没再上手术台，手还是一点没生。没有你的当机立断，在急诊室就床旁开胸抢救，这个小伙子也没有机会接受后面的手术了。"

"熊主任……"郑良玉只张了张嘴，便没了下文。他有很多话想说，却如鲠在喉。多年以前，刚从校门出来的郑良玉来到这家医院的普外科工作。那时分科不细，心胸外科和胃肠、肝胆外科混在一起，被笼统地称作普外科。刚毕业的他进入普外的第一个带教老师就是熊杰。

都说天下武功出少林。如果把外科手术系统比作整个武林,那么普外科无疑最是玄门正宗。郑良玉也是在那会儿上过心胸外科的手术。之后科室细分,他又在胃肠外科工作了多年,成为一名资深的外科医生。可是后来,他因犯错误而被"发配"去了急诊科。

那个病人得的是急性阑尾炎,是胃肠外科最常见的急腹症,也是他早已做得烂熟的手术。可是病人有些特殊,她的女儿是卫生部门的一个领导,她带着腹痛的母亲在急诊科做了腹部CT,明确诊断阑尾炎后便直接让母亲住进了胃肠外科,并让科主任安排了急诊手术。

当时郑良玉作为主管医生,建议病人完善术前检查,可是患者女儿不接受,觉得自己母亲没有其他问题,不想多做无谓的检查。他只好在患者没有任何查血结果的前提下做了阑尾切除术。手术很顺利,可是这个患者再没醒过来。

因为拒绝查血,又是全麻的腹腔镜手术,没人知道患者已经出现了严重的低血糖。直至手术结束,病人被转到复苏间,麻醉医生发现患者仍然意识不清,没有睁眼活动,才察觉到有些不对头。麻醉医生给她扎了个指血糖,血糖已经低到无法测量,便急忙静脉注射高糖纠正,可是患者始终没有恢复意识,进入植物人状态。

尽管事情的起因是患者的女儿拒绝抽血,她也在文书中签了字,且患者术中发作低血糖的原因与家属当天给患者自行追加胰岛素的剂量有关,可家属事后还是提出了高额赔偿。因为双方都属于医疗系统内部,又都有错,所以由第三方出面调节,大事化小。

科室自然赔了不少钱,可这事并没完。患者女儿是卫生部门的领导干部,因为她的施压,郑良玉被挤出了胃肠外科,去了急诊。

做了多年外科医生的郑良玉有"手术瘾",不管平日里多忙多累,但一上手术台,他整个人就精神抖擞,一天没手术便觉得磨皮擦痒。郑良玉喜欢那种手术洞巾被铺好,无影灯打亮后移动到术区,助手给他递上刀具,一切准备就绪后开始手术,而无论面对多么复杂的手术他都能运筹帷幄的感觉。可是那次"错误"发生后,郑良玉再也没有了这样的舞台。

那次的教训足够深,深刻到他在日后的工作中极度谨慎、处处设防,一切操作以保证自己不会再遭纠纷、吃官司为前提。但在今天这个受伤的警察面前,在这个命悬一线的危急时刻,郑良玉放弃了这些年养成的"好习惯"。面对这个重伤的警察,他决定冒一次险。

郑良玉到急诊科后,执业方向也改成了急诊,所以他并不具备床旁开胸资格。何况这么多年没上过胸外,他要承担的风险可想而知。可是这次,他没再细想那套条条框框的制度。毕竟,等字签了,风险谈了,一切都按照规章流程办下来后,人早就凉了。

李贺这一天是中班。把陶翰文送到手术室后,他必须得回到科室工作。尽管他心里万分惦念,可毕竟急诊科一直是一个萝卜多个坑,他要是一直守在手术室外,急诊科的其他医生就忙不过来了。赵英焕今天是夜班,下午休息,所以他和郑良玉一起守在这里。

"郑老师,跟了您一年多,都不知道您还有这种绝活儿!"赵英焕由衷地赞叹道。他知道,这种操作风险非常大。先不说床旁开胸技术难度大、专业要求高,而且极易出现纠纷。如此严重的创伤,心跳都停了,手术真的可以说得上是命悬一线。陶翰文活下来了还好说,万一死了,那就成了开胸开死的。在没有任何签字授权的情况下贸然操作，极易引起纠纷。

郑良玉瞟了赵英焕一眼："你个小猢狲，我知道你想说什么。他可以为了其他人命都豁出去，我为什么就不可以为他冒点风险呢？"

赵英焕知道郑良玉一向谨慎，无比爱惜羽毛。除了一到抢救室便需要立即实行的心肺复苏，其余有风险的操作，不管病人当时有多危重，郑良玉都会反复向家属交代一切可能存在的风险和并发症。只有家属同意并且签字之后，他才会开展后续操作。赵英焕至今都还记得初入急诊时，面对那个慢阻肺并发气胸的患者，郑良玉对他"不签字坚决不做有创操作"的言传身教。

私下里，他对郑良玉的某些做法不是没有成见。但人毕竟是复杂的。郑良玉是过度谨慎，自保为先，可在关键时刻，郑良玉和陶翰文一样，做了出于职业本能的利他抉择。

得知陶翰文沿着手术通道被安全送进了重症监护室，赵英焕一直悬着的心总算落了回来。赵英焕看着身边这个彪形大汉，忽然有了些肃然起敬的感觉。他拍了一下郑良玉的肩膀："郑老师，我想起了入学时宣誓的希波克拉底誓言中的一段，'凡传我医术者，我应该像尊敬自己的父母一样尊敬他'。从今往后，我会更虚心地向您学本事！"

郑良玉笑眯眯地转过头看着赵英焕："合着我四十出头，就得了个这么大的便宜儿子，真是不枉此生了啊！"

一番谈笑，让先前一直紧张凝重的气氛变得轻松起来。

陶翰文被转入重症监护室，这一阶段，他的主管医生是陈灵。

陶翰文是多发伤，仍需要多科室共同救治。

由于双肺和心脏都受了严重创伤，虽然有创呼吸机在持续辅助通气，陶翰文仍然存在严重的低氧血症，一直处于深昏迷状态，对外界的刺激没有任何反应。术后第二天复查的胸部CT显示他的肺部非常糟糕，严重的创伤加感染，又合并了水肿，出现了让医生头痛不已的"大白肺"表现。

有创呼吸机已经不能维持陶翰文的生命体征了，呼吸机支持条件已经达到极限。现阶段，如果要改善他严重的缺氧，和死神抢人，就需要使用叶克膜。

叶克膜技术在国内一线城市以及东南沿海城市的一些大型三甲医院已经应用得相当成熟。可是天成市地处西南，过去只有天成医科大学附属医院以及新华医院才有这个设备。因为机器数量少，而且开机运行价格极为高昂，这项技术真正运用的时间并不多。

中心医院今年也与时俱进地引进了这项技术，并从重症监护室、血管外科、心胸外科等科室抽调医生去西华医科大学进修，陈灵就在其中。学成归来，陶翰文成为陈灵遇到的第一个需要使用叶克膜设备而且完全不用她担心费用的患者。

叶克膜最核心的部件是肺膜和血泵，分别替代患者肺和心脏的作用，对具有可逆性肺损伤所致的呼吸衰竭具有明显优势。在使用叶克膜期间，陶翰文严重受损并感染的肺脏以及破损的心脏可以充分休息，使得肺脏和心脏各组织细胞有个修复机会，他的呼吸和循环功能暂时都可以由这个机器替代。待他自身的心肺功能好转到可以维持呼吸和循环，便可撤下这个设备。

安装的过程还算顺利，随着机器成功运行，陶翰文的血氧饱和度开始上升，居高不下的心率也开始回落。

医院各部门高度重视陶翰文的伤情，前来会诊的专家教授来了一批又一批。作为主管医生的陈灵则一直守在病房，索性将换洗的衣物都带到了科室。虽然中途可以和其他医生交接，可陈灵毕竟对陶翰文的病情最为了解，即使换班时出了什么问题，她也可以在最短的时间里做出反应。

这个病人很特殊。他的特殊不在于各领导轮番叮嘱陈灵，他是为了保护群众而受伤的警察，因此要不惜一切代价全力救治；而在于他在陈灵心中不仅是一个舍己救人的英雄，还是自己爱人的好友，何况他还这么年轻，她迫切希望他能挺过这一关。

这些天，赵英焕只要不上班便会来到重症监护室，看望正在和死神搏斗的陶翰文，也是看望正竭尽全力救治患者的陈灵。

陶翰文的状况很糟，浑身插满了各种管子。赵英焕在他身边大声喊了很多次，他也没有任何睁眼反应。赵英焕一想到过去每每和陶翰文碰面时，他那副生龙活虎的模样，和现在形成了极为强烈的反差，便感到十分难过。

赵英焕以为急诊科这一年多的历练，让自己即使面对病情凶险、病因不明的极危重患者，也可以神色从容、应对有度。可是这一次，面对这样的陶翰文，哪怕下了手术台，赵英焕依然没办法做到平静。

等陈灵忙完手里的事情，赵英焕带来的点心也已经凉透了。"这个是秦记的水晶虾饺和叉烧包，我拿微波炉热一下，你再吃吧。"

陈灵看着转身去开微波炉的赵英焕，忽然感到有些恍惚。和过去一样的是，赵英焕记得她喜欢的食物；不太一样的是，过去他们在一起时，赵英焕衣来伸手、饭来张口惯了，并不懂得体贴和照顾他人，一直是她在照顾赵英焕。

也许，她终究还是低估了时间的力量。

- 20 -
无国界

陶翰文刚装叶克膜那天,赵英焕来重症监护室看望他,刚好赶上探视时间,陶翰文的父母和女友都来了。

陶翰文的妈妈哭到几度晕厥,一下一下轻拍着浑身插满管子的儿子的脸,小声地叫他的小名,陶翰文自然没有反应。随后,让所有人意外的是,她居然狠狠一巴掌打在陶翰文的脸上。她凄厉地哀号:"让你不要考警校非要去,明明给你安排了轻松的文职,你非要上一线,你要是走了,我和你爸怎么活啊……"

陶翰文妈妈让人始料不及的一巴掌也抽在了所有人心上。陶翰文是一名英雄警察,这没错,可他也是他朋友的亲密伙伴,是他女友的亲密爱人,更是他父母的独生爱子。如果这次他挺不过来,纵使有无数的表彰悼念,纵使被追授英模英烈的称号,对爱他的人来说也没有任何意义,他们唯一的期望就是陶翰文能好好地活下去。

往后每次赵英焕来监护室时,都可以看到候在门外的陶翰文的双亲。几天下来，两人已经愁白了头发。

通过前些日子的考核，杨振和郑良玉同意了赵英焕去 EICU 工作。此时，赵英焕才彻底明白管理一个重症患者到底要花费多大的精力。只要某个环节出了一点小纰漏，患者就可能没了回旋的余地。特别是在亲眼目睹了罗姐丈夫和陶翰文的救治后，赵英焕明白了重症监护室的意义，以及陈灵投入这么多时间和精力的原因。这里的每一个病人都背负了太多的牵挂和期望。赵英焕实在不敢想象，如果陶翰文挺不过这关，他的父母该多么伤心欲绝。之前不是就有报道吗，一对中年夫妻在独生爱女的百日忌那天双双自杀。

但这份工作也的确太累了。现在的赵英焕，只能给陈灵更多一点的体贴和支持。他爱怜地看着陈灵吃下自己带来的晚饭，因为好些天没有睡好，陈灵看上去比往日更憔悴，可这并不影响他的喜欢。

值班室的门被"不合时宜"地推开，温馨时刻被迫中断。护士的语气欢快，暗示有好事。

果不其然，"陈医生，那个受伤的警察意识好转了！"

陈灵立即放下食物返回病房。果然，陶翰文已经可以自主睁眼了。

"这是几？"陈灵伸出了两根手指。虚弱不堪的陶翰文努力地动了动右手，过了许久，他才勉强地伸出两根手指。

"他做对了！"陈灵抑制不住地欣喜，她又指了指身边的赵英焕，"你还记得他吗？"

对于九死一生的陶翰文来说，点头、摇头都无比费力，可是他还是微微动了动脑袋。

陶翰文活过来了！在场的几人喜极而泣。对医护人员来说，最有成就感、最欣喜的时刻，莫过于拼尽全力将人从死神手中成功夺回之时。

这一晚，陈灵依旧留宿在重症监护室的值班室。陶翰文的病情虽有好转，但还需要密切观察后续变化决定是否停用叶克膜。赵英焕忽然很想出去转转，好好欣赏一下这个城市的夜景。

已经十点了，天成市的夜生活才刚刚开始。赵英焕开着车，漫无目的地在城市里穿梭。不知不觉间，他已经驶到了解放广场，索性停好车，走到了广场的标志性纪念碑下。这座纪念碑一直以来都是天成市的地标性建筑，在天成市市民心中占据着不可撼动的地位。

赵英焕驻足，他记得八岁那年的暑假，父母带他来天成市游玩时，听父亲说过这块纪念碑的来历。这是全国唯一一座纪念中华民族抗日战争胜利的国家纪念碑。父亲还告诉他，碑身内侧刻着成千上万在抗日战争中阵亡的将士的名字。

此时，纪念碑周边依然有不少游客：刚从周边商场血拼完，拎着大包小包的购物袋眉开眼笑走过的摩登女郎；在纪念碑前打卡留影的年轻情侣，对方还让赵英焕充当了临时摄影师；还有带孩子路过的父母，他们和当年赵英焕的父母一样，为孩子讲述这座纪念碑的由来。

"我们现在能够幸福安宁地生活，是因为很多人的付出、奉献，甚至牺牲。"这句话曾是赵英焕写作文屡试不爽的套路。二十年后，当他再次伫立在这块纪念碑下，他才真正懂得父亲当年这番话的意义。

快十二点了，赵英焕看见广场上有几名巡逻的警察，忽然感觉有些亲切。虽然彼此从事完全不同的行业，但在很多时候，他们的处境却有着相似之处。

中国社会良好的治安在全世界都名列前茅，而这些警察正是"守夜人"。有了他们的尽责和付出，人们才能安居乐业。但与此同时，这个群体也背负着"不作为""乱作为""中饱私囊"等骂名。而中国的医生，用有限的医疗投入，维系着世界人口第一大国人民的健康，也面临着诸如红包、回扣、过度医疗等问题的质疑。实际上，医生也好，警察也罢，即使平日没有身穿制服，只要有需要，绝大多数人也会出于职业本能挺身而出。

夜深了，明天还要上班的赵英焕回到车里，打开了音响。悦耳的女声在狭小的空间内响起，是陈明的《城市晚安》，他很久没有像这样单曲循环一首歌了。

夜幕已滑落天边

城市在悄然入眠

这繁星点点下的美丽家园

在夜色中走向了梦的香甜

曾有多少繁忙的不眠之夜

我痴痴地凝望着灯火阑珊

这片灯火总为我燃起神圣

让我在心底轻轻祝愿，城市晚安

看夜空多么灿烂

这城市在我心间

在你的面前

我甘愿平凡

默默守护着平安

从不知疲倦

他再度想起了陶翰文。是的，在你的面前，我甘愿平凡。

陶翰文术后第九天，停用了叶克膜，继续予以呼吸机辅助通气。复查胸部CT，他肺部的感染和水肿已经明显好转。

到底是年轻，身体底子又好，术后第十三天，陶翰文自主呼吸良好，已经可以拔除气管插管，不再依赖呼吸机了。又过了三天，陶翰文被转到了心胸外科的普通病房。

沈芊芊迟迟没有出院。她在妇科做完第二次手术后就被转到了肿瘤科接受化疗，可刚开始化疗，她便出现了严重的骨髓抑制，白细胞低得可怕，反复出现的感染让她差点被送进重症监护室。

彼时，林暂月虽然结束了在妇科的轮转，已经回到产科工作，仍时不时去看被转到肿瘤内科的沈芊芊。尽管她知道于事无补。

林暂月背上了一个沉重的十字架，被压得不堪重负，却没办法心安理得地放下。同样不堪重负的还有袁教授。沈芊芊一直没有向医院反映那起"误诊"，但袁教授还是辞职了，说自己这个岁数了，临床经验累积了一大把，可有些知识到底过时了，是时候"告老还乡"了。林暂月知道，一生热爱临床工作的袁教授，到底也过不了心里这关。愧疚感是人生最沉重的包袱之一。

这一天，她在病房门口意外遇见来看望沈芊芊的李贺。对方也有些诧异，随即笑了笑："你也来看病人吗？"

林暂月没有直接回答，只是点点头，并没有进去。

再次见到沈芊芊，李贺发现对方肉眼可见地消瘦了很多，眼眶也有些凹陷。因为化疗的副作用，沈芊芊的头发变得稀疏，说话的神情遮掩不住病态的灰败。李贺哑然，疾病对一个人的摧毁是全方位的。

短暂的交谈过后，心有不忍的李贺提前离开了病房，他发现林皙月竟然还在门口。李贺没有过问，而林皙月则机械地跟着他一起往外走。

夜空难得清朗，繁星点点。两人并肩而行，李贺不知道林皙月住在哪里，便没提出要送对方回家，只是一路默默地陪着。"没到肿瘤科之前，我挺羡慕肿瘤科医生的。以前总听别人说，如果医生内部存在鄙视链的话，那么站在顶端的一定是肿瘤科医生，因为钱多事少，医患和谐。可是来过几次后才发现，肿瘤科的医生也挺难做。他们每天都在和罹患绝症的病人打交道，而且明知道很多病治不好，还要眼睁睁看着患者饱受折磨，一步步走向衰败，最后离开人世。这种感觉，也不是每个人都接受得了的。"

"或许吧，看来我选择妇产科，也算去对了地方。很多时候，这份工作虽然累，还是很有成就感。特别是产科，一人进，两人出，和其他科室比起来，算得上喜事最多的科室了。"见李贺有意找话题让气氛变得轻松一些，林皙月也顺着他的话说下去。

不知不觉，二人来到了林皙月租住的住宅楼楼下。这是个老旧的小区，虽然住宅楼有电梯，但光线昏暗，且无门禁、无保安。一个姑娘住在这里，又是深夜独自上楼，终究让人不放心。李贺看了看黑黢黢的门洞："我送你上去。"

很多次，朋友聚会、科室聚餐、医院联谊，晚归时总有男士护花不懈，执意送林皙月回家。到楼下时，他们都表示要送林皙月上去，顺便坐坐。都是成年人了，大家都听得懂其中含义。每每这时，林皙月总会找理由拒绝，对方也知趣地止步于此。

可是这样一句稍嫌敏感的话，从李贺的嘴里说出来，却无比自然。林皙月是他心中的明月，不容亵渎。他能远远地看着林皙月，已经非常幸福。除此之外，别无他求。

电梯很快便到了十五楼。林皙月从包中拿出钥匙，打开了房门。

推门进去后，李贺没有和她一同进入。看对方平安到家，只身站在门外的李贺微笑着说："不早了，早点休息吧，不要想太多了。"

其实这一晚的林皙月，非常希望李贺能多陪她一会儿，而不是这般礼貌地道别。这些天她背负了太多的心事，无法示人。回到这个空落落的住处，夜深人静时，她还要继续辗转反侧。

可是认识了这么久，她何尝不知道李贺的性格呢？她当然也知道李贺喜欢自己，但这么久以来，李贺也从未真正争取过。

"谢谢你。"她也不能再说什么，只好缓缓关上门。

林皙月没有立刻去客厅，而是倚门而站。她想起一年来与李贺的相处，那个每每接触总有些腼腆的李贺，那个小心揣测她的喜好、做一桌地道苏菜的李贺。她更记得那天赵英焕背着自己过河时说的那句"李贺第一次见到你时就喜欢上你了"。

这么多年来，她感觉自己就像一条在茫茫大海上漂泊不定的小船。她曾以为赵英焕就是她的灯塔，却驶错了航道。而那个默默关心着自己的李贺，已被关在门外。

她突然鬼使神差般打开门。让她意外的是，李贺并没有走。老式房门在打开时需要向房内拉，使得原本背靠着门的李贺在毫无预兆的情况下差点向后摔倒。

措手不及的两人在四目相对时难免尴尬。李贺一直没有走，他感觉得出来，这一晚的林皙月心事重重。他不清楚她遭遇了什么，更遗憾自己终究不是那个可以分担的人。

许久,李贺才打破了横亘在两人间的沉默和逐渐升腾起来的暧昧:"你饿了吗?"

林皙月点点头。

李贺走进客厅,打开了冰箱,里面只有几个鸡蛋和几棵娃娃菜,好在冷冻室里还有一些基围虾和蟹棒。

"家里还有面条吗?"李贺笑着问林皙月。

"有的。"林皙月打开橱柜,取出一把挂面。其实她晚上吃过东西了,可是,她希望李贺可以多陪她一会儿。

她跟着李贺一起进了厨房,看着他无比娴熟地洗锅、倒油、翻炒、加水、下面。锅碗瓢盆的声音交织在一起,狭小的厨房瞬间充满了烟火气息,林皙月莫名红了眼眶。很快,两碗热气腾腾、香味四溢的面条被端出了厨房。

李贺的厨艺"一直在线",只是几样简单的食材,经过他的调制,蟹棒松软、蛋香浓郁,那几只在面汤里灼过的虾也恰到好处地增添了天然的鲜味。当这两碗面条被端上桌的时候,原本不饿的林皙月条件反射般地饿了。

"冰箱里没其他食材了,只能做这些,能吃得惯吗?"李贺有些不放心地问。

一碗面很快见底,林皙月用实际行动给了李贺肯定的答案。

吃完饭后,两人有一搭没一搭地聊天,各自说起自己的童年、求学等经历。对于林皙月来说,她的过往虽然心酸,但好歹都过去了,自从把自己从没妈的孩子的自怜自艾中救赎出来后,再说起这些,林皙月已经云淡风轻了。

窗户开着,安静的风在房间流淌。

认识林皙月这么久,李贺从没听她倾诉过往事,他轻轻握住了林皙月的手。他知道今晚的自己有些"乘虚而入",可那个"虚"真实存在,他为什么不可以因为她的"虚"而出现,只要她需要?

客厅里有一盏暖色的吊灯,平日里林皙月总嫌它昏暗,可是今晚,当暖黄的灯光打在温柔的李贺身上,赋予他让人靠近的暖意时,林皙月觉得无比安全和踏实。

林皙月还是提到了沈芊芊,在说到自己在手术中就发现了不对劲却始终没有直言,如今看到曾那般信任自己的沈芊芊变成了现在这个样子时,她终于崩溃了。

李贺将情绪失控的林皙月揽进怀中,他不需要她再说什么,他都懂。"她想让你也放下。"

医生是一个无法容错的行业,一个小小的过失足以改变他人的命运,让一名医生内疚一生。这样的包袱太过沉重。

而李贺,无限包容地承载了压在林皙月身上的重负。那个沉重的十字架,好像也被卸去了些许的重量。

马上就是春节了,雷霆请大家吃饭,不过这一次是散伙饭。

一个多月前雷霆出门诊,正在他接诊患者时,遇到一个平诊患者插队,态度强硬地要求先问诊。雷霆留意到插队者的证件,对方是政府优抚对象,在医院的确享有"依法优先"的权利。但是对方态度傲慢无礼,出言不逊,雷霆感到不悦。就在此时,他正在接诊的门诊患者因为还没有交代完毕,不愿被人插队,和那个优抚对象发生了冲突。优抚对象很快在冲突中败下阵来,便把怒气撒在雷霆身上,质疑雷霆不按规定执行医院政策,一个电话打到了卫健委。

医院面对政府部门的施压，象征性地对雷霆进行了院内通报批评，并扣了四百元奖金以示惩戒。令众人意外的是，雷霆直接递交了辞职信。

主任再三劝他不要意气用事，医院做出这样的决定实属无奈，但医院不想失去他这样优秀的人才。院方也知道这件事委屈了雷霆，特别是科主任，在雷霆挨了这个巴掌后给他塞了甜枣，表态雷霆业务精湛，往后可以直接带组，那些占据雷霆过多时间和精力的杂事可以交给下面的医生去做，他就可以全心扑在手术和科研上。

可雷霆还是不为所动。他问自己，真的是受不得一点气，所以愤而离职吗？自己是从什么时候开始有了辞职的念头？或许是当住院总的那半年，没日没夜的手术、会诊，近乎困于牢笼的时光让他像一台停不下来的工作机器，完全没有属于自己的时间，并间接导致了和未婚妻的分手。又或者是当下恶劣的医患关系，让他感到人心叵测和凉薄的同时，对这个行业产生了深深的倦怠。

优抚对象事件是"压死骆驼的最后一根稻草"。雷霆感到在这种环境下当个医生，有时候是件非常可悲的事情，早年为了理想付出一切，有一天却发现自己连当医生的尊严都被人踩在脚下。

递交辞职报告后，雷霆还有为期一个月的交接。这个月里，他不再收治新患者，只需要安心管好现有的几名患者，工作量骤减。虽然他还适应不来这种"闲适"，但总算有时间和好友好好聚聚，以便一一告别。

这天晚上，在市里口碑最好的一家火锅店，雷霆终于聚齐了赵英焕、李贺、陈灵、林皙月四人。

几个月以来，陈灵和林皙月第一次一起坐下来吃饭。陈灵一直避免和赵英焕以情侣的身份出现在毫不知情的林皙月面前，包括那次户外徒步。

然而刚一入座，陈灵便看到林皙月挽着李贺进来，两人有说有笑。再次见到陈灵时，林皙月只是微微一笑，就像当初二人在监护室里抢救羊水栓塞的产妇时，她对陈灵释放的天然的好感和善意，好像过去那些不快从来都没有发生过。只是一转眼，轻舟已过万重山。

这次聚会，雷霆看到赵英焕、李贺二人都如愿和心仪的人走到一起，虽然过程曲折，但结局总算圆满。只是自己，三十多了，还是孑然一身，而下次与大家再见面，也不知道是什么时候了。想到这里，一种莫名的感伤浮上雷霆心头。

四人都知道雷霆辞职的个中缘由，不便多劝，只是觉得可惜。

不停翻滚的鲜红汤锅也没能让气氛一同热闹起来。大家有一搭没一搭地闲聊，最后还是林皙月问道："霆哥不在中心医院干了，是打算以后都不从事医疗行业了吗？"

雷霆苦笑道："我十八岁高考，从本科一路读到博士，那么多年来，除了当医生，真的不知道还能做什么。"

李贺接过话茬儿："我现在做的这份兼职属于医疗教育行业，是英焕给推荐的。除了医院，还有很多行业需要医学出身的人。霆哥是博士毕业，又顶着西华的光环，即使不在医院工作，也多的是选择。"

"我以前工作的那家医药企业，最近也开始向公立医院推广呼吸机，正需要医学背景的人去当讲师，给销售人员培训呼吸机的使用。霆哥是神经外科出身，对呼吸机的掌握不在陈灵之下，药企肯定欢迎。而且霆哥只做培训，不负责销售，待遇也优厚。"赵英焕接过话题，他和老东家的人事颇为熟络，至今仍有联系。

雷霆笑了笑："我之前的同学和同事也有不少改行的，而且大多数人也做得很不错。"

陈灵没有接话，像雷霆这种名校毕业的博士生，又在临床一线打磨已久，到了其他行业上也不可能混得太差。虽说隔行如隔山，但就凭吃苦耐劳、具备高度责任心这两点，就是巨大的优势。

"我念初一的时候，第一次看 TVB 出品的影视剧《妙手仁心》时，就打定主意要当医生了。高考时，我所有志愿填的都是医科类大学的临床专业，我是发自内心地喜欢医生这个职业。除了这个，其他的我都不想做。我只想当一个纯粹的医生。"

周围的人沉默了。这一句"纯粹的医生"，乍听之下好像很简单，看病救命就好。即使大家在这个行业待得不算久，也知道雷霆说的"当一个纯粹的医生"是件多难的事情。

"我在网上报名了无国界医生。"

在座的人都是一惊。

"无国界医生"不属于任何政治、经济、宗教团体，他们秉承"中立、独立、不偏不倚"的原则，对危困人群提供一视同仁的救治。这个旨在为饱受战争、天灾、疫病的地区提供无偿医疗救援的全球最大独立人道医疗救援组织，其成员前往的地区大多条件恶劣、传染病肆虐、战争频发，成员的安全很难得到保障。

"你先不要冲动，有事好商量。"赵英焕如开导轻生者般的语气，让李贺和林晳月都有些忍俊不禁。毕竟 2015 年，阿富汗一家创伤医院被美军炸毁，造成至少十五名无国界医生死亡的新闻，赵英焕等人都印象深刻。

对于他们这些在和平年代中长大的人来说，"无国界医生"要面对的艰难处境是他们根本无法想象的。而且，雷霆在出了这样的事情后辞职又立刻报名加入"无国界医生",多少有些心灰意冷的情绪在里面。见雷霆这样义无反顾,赵英焕等人都不禁为他担心。

"我第一次听说'无国界医生'组织是在上大学的时候。那天我无意中看到一部纪录片,印象特别深刻。片子拍摄了一名中国香港的急诊科医生,在南苏丹给二十万村民免费治病,他是当地唯一的医生。纪录片嘛,煽情都比较克制,但我那天还是看得泪流满面。在香港,医生是当地的精英阶层,但这个人可以为了理想去那样贫穷落后、疾病肆虐的地方。我想我能理解他,所以会被他的纯粹打动。"

"只是报了名,不一定能被选上呢。"见周围人面色忧虑,气氛有些凝重,雷霆忙宽慰大家。

见雷霆去意已决,大家都明白这顿饭算是提前给他饯行了。

饭桌上,李贺问赵英焕什么时候去EICU,毕竟杨主任都批准了。赵英焕当着一桌好友的面牵起陈灵的手,说自己进急诊的初心有点"曲线救国"的意思,现在得偿所愿,自己还是想继续干急诊。如果去了EICU,就和陈灵一样,管理的全是危重患者。而且只要所管的患者有一丝变化,哪怕在休假,也会为他们提心吊胆、牵肠挂肚。急诊的工作虽然强度大,但还算适应,也喜欢急诊的紧张刺激。值班的时候病人基本都能处理完,休息的时候可以彻底放空,节奏张弛有度。

饭后,大家把雷霆送上了出租车。趁时间不晚,李贺与林皙月打算回趟医院看望沈芊芊,而赵英焕和陈灵也不着急回去,二人来到中心公园散步。

这一年的春节在立春之后，连日来被密云笼罩的天成市突然放晴，气温明显回升，夜空清朗，月色明净。公园里有种叫不上名字的观赏植物已经开了花，繁密的花瓣中心是鹅黄色的纤细花蕊，单朵的小花虽然谈不上精致，可成百上千朵在一起倒也惊艳。

入夜后，公园里的人依然很多，有晚饭后拖家带口到这里赏花的，也有铺着餐布席地而坐，一边聊天一边享用美食的。不远处一块空旷的水泥地上，一些上了岁数的大姐在跳广场舞。音响里传来颇有节日氛围的乐曲，"今天是个好日子，心想的事儿都能成……"

陈灵和赵英焕也被每个人脸上喜悦和满足的笑容所感染，不自觉地相视而笑。先前给雷霆饯行时的感伤也在这欢快的气氛下逐渐消散。

意外地，陈灵忽然看到了呆坐在石凳上的罗姐。这是罗姐爱人过世后，陈灵第一次见到她。

罗姐一动不动地坐着，形单影只，像要与石凳一同融为雕像。几个月前，罗姐也是这般坐在监护室的门口。在这个阖家欢乐的时刻，一个人坐在这里的她与周围热闹的人群形成强烈的反差。陈灵不知道此时此刻的罗姐在想些什么，是眼前的场景让她想起自己昔日也曾幸福的家庭？是哀怨此刻所有的人都理直气壮地幸福生活着，命运却不肯把这幸福也匀一些给她？还是丧子丧夫后，余生的她只想沉浸在自己的世界里，独自吞咽这苦果？

在这样一个特殊的时刻、特殊的场景，陈灵牵紧了赵英焕的手，而对方给了她一个有力的回应。两人都没有去惊动罗姐，只是悄悄地从她身边绕行而过。

三甲复审正式开始前,中心医院邀请了相关专家和领导莅临医院参与预评审。全院领导与各科室主任全程陪同检查组参观,杨振意外地在检查人员中看到了刘慧宇。

如果不是看到她胸牌上的名字,杨振还有些不敢确认。也就两年的时间,虽然她的外表没有太大变化,但浑身散发出的那种从容冷静的气质完全不同于她跑120时整日眉头紧锁、忧心忡忡的模样。

杨振之前曾听说她从医院辞职后,考上了卫生系统的公务员。他挺为刘慧宇开心,虽然不再做医生,但这也算是个不错的去处。

因为本就业务能力出色、办事细致,刘慧宇很快就成了领导的左膀右臂。如今,她以检查组成员的身份回到了曾经给过她严厉处罚的前"东家"这里,杨振也不免感慨世事多变。

院长、书记、分管副院长都亲自负责这次的接待。谈笑间,一行人已经到了外科住院部,刘慧宇的领导忽然想起了什么,便就地指出需要整改的内容,负责陪同的医院领导无不认真聆听。对于刘慧宇,他们的态度也几近谦恭,无不夸她年轻有为。

刘慧宇没接话,只是微微地牵了牵嘴角。

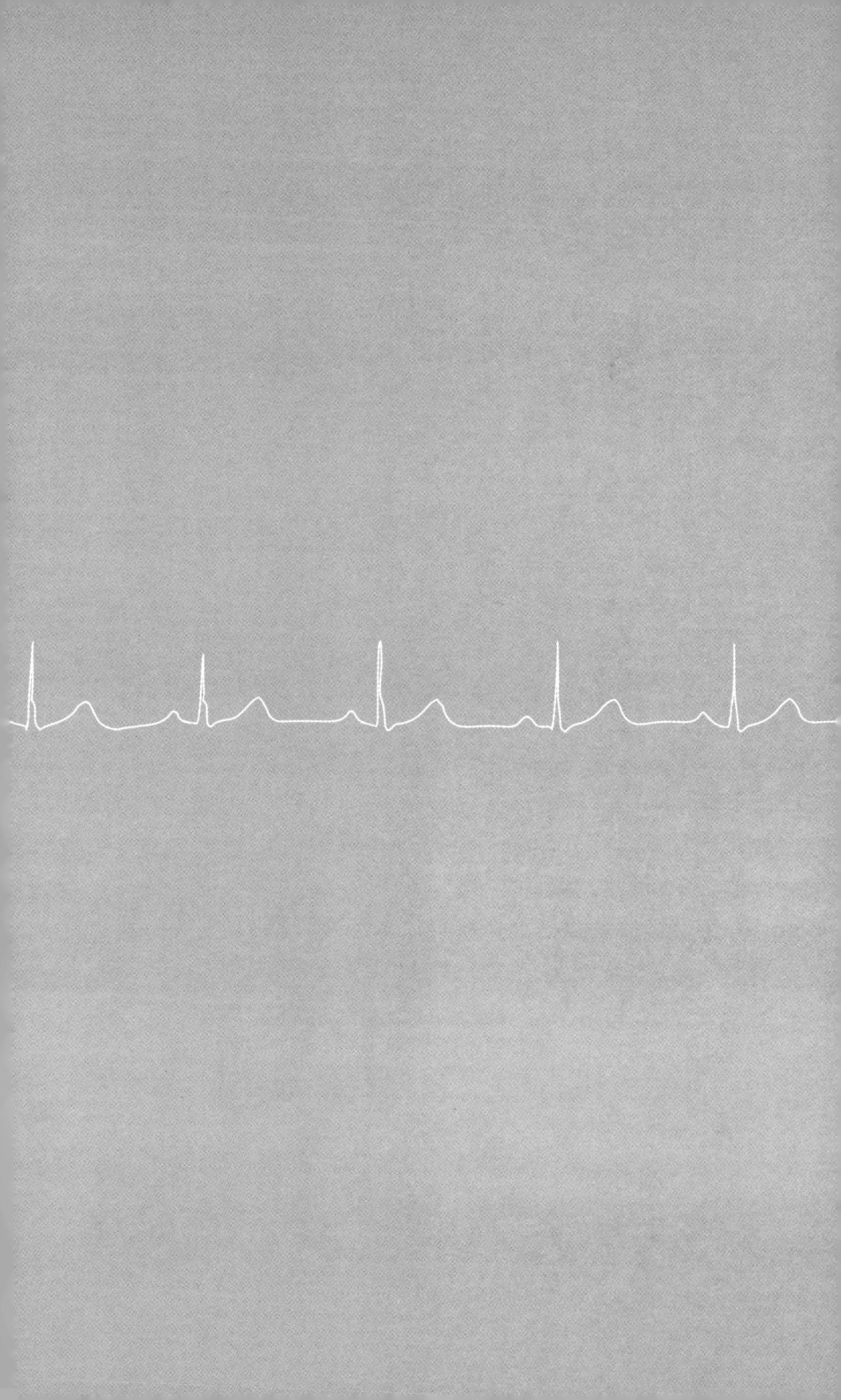

图书在版编目（CIP）数据

要命的急诊 / 第七夜著 . -- 北京：北京联合出版公司，2023.10
ISBN 978-7-5596-7160-8

Ⅰ.①要… Ⅱ.①第… Ⅲ.①长篇小说－中国－当代 Ⅳ.① I247.5

中国国家版本馆 CIP 数据核字 (2023) 第 150857 号

要命的急诊

作　　者：第七夜
出 品 人：赵红仕
选题策划：好·奇
策 划 人：华小小　费雅玲
责任编辑：李艳芬
营销编辑：夏君仪
封面装帧：@吾然设计工作室
内页设计：昆　词
投稿信箱：curiosityculture18@163.com

北京联合出版公司出版
（北京市西城区德外大街83号楼9层100088）
北京联合天畅文化传播公司发行
天津丰富彩艺印刷有限公司印刷　新华书店经销
字数240千字　889毫米×1194毫米　1/32　10.75 印张
2023 年 10 月第 1 版　2023 年 10 月第 1 次印刷
ISBN 978-7-5596-7160-8
定价：58.00 元

版权所有，侵权必究
未经书面许可，不得以任何方式转载、复制、翻印本书部分或全部内容。
本书若有质量问题，请与本公司图书销售中心联系调换。电话：（010）64258472-800